午夜自行车

〔日〕村田喜代子 著
莫琼莎 译

南海出版公司

新经典文化股份有限公司
www.readinglife.com
出　品

目录

热 爱

1

是我提议今天驾车去兜风的。

我还清楚地记得告诉新田这个计划时，他一脸不快的表情。新田原本打算去为足球赛声援助威。如果两个人是朋友关系，其中必定有主动的一方和被动的一方。新田无论在身高、体重、学校的成绩，还是摩托车的驾驶技术方面都比我强，但掌握主动权的是我。这是一种精神上的力学关系。一旦把决定说出口，我绝不妥协，新田也唯有顺从。

2

离开家门时，天还黑黢黢的。我们骑着摩托车在星空下向S市高速路的入口疾驰。进入城市高速路后，一路飞驰间，天渐渐亮了。前方的群山在朝霞的映照下熠熠生辉，美不胜收。

两辆摩托车的引擎状态极佳，一路十分顺畅。途中，我们在一家汽车旅馆里享用了牛肉盖饭和猪骨汤。

3

我想说说黑夜和清晨交接时分那条闪烁着淡蓝色光泽的高速路。那时的高速路可真爽啊！视野范围内没有一辆车……泛着淡蓝光芒的高速路，像河流那样延伸开去。速度表的指针一旦超过一百二十公里，眼前宛如倾吐出来的长长的纽带般的道路就会神奇地、悄悄地平静下来。这种感觉与看着极速旋转的陀螺生出的静谧之感相仿。摩托车一路狂飙，车轮急速旋转，这一切却格外安静。静极了，真惬意啊……摩托车在高速路的柏油路面上左右轻晃，全速前行，眼中那条白色中央线像心电图的曲线般弯弯扭扭一路延伸，在我心中勾起莫名的寂寥。我冷不丁想到了蛇。四周一片沉寂，似乎一切都静止了，唯有白线在跃动。这是一种垂死挣扎般的寂寥。一条濒死的蛇。

4

在高速路上飞驰两个小时后，前方终于隐隐约约出现了我们要去的那片大海。驶出高速路后又过了一个小时，在预计的九点左右，看到了午前时分风平浪静的日本海。我们将摩托车停放在高高伫立的海边断崖上。我撕开一包从父亲的抽屉里拿来的七星烟，递给新田一根。海风吹来，吹动我们的上衣。摩托车的引擎散发出微微的热量，这是它看起来最性感的时候。

“比赛已经开始了吧，”新田开口说道，“要是不给我踢赢，下回我可没什么兴致啦。”

5

公路交通地图册上有一条用红铅笔标注的路线。新田是个认真规矩、会在事前精心准备的家伙。从国道岔出来的路沿海岸线延伸，红铅笔顺着这条道路描画，在某个地点一下子离开这条路，横跨在了海岸线上。这是一条弯弯曲曲的复杂路线。地图册上没有标示出来，但此处确有一条小路。曾经有一段时间，这处断崖上原来就有的滨海小路改造成了滨海步行街。但在接下来的两年里，这条路上连续发生多起自行车坠崖事件，于是被封锁了。现如今，道路护栏上的白漆已斑驳脱落，路面也是坑坑洼洼的。我从一个朋友那里听说了这些消息。这条断崖上的小路距离海面有五六米，有的地方路面窄于一米，是一条无人行走的滨海小道。

“再没有这么合适的路了，这是一条绝佳的路线。”

我每天在学校里只要一碰到新田，就会着魔似的喋喋不休地提起这件事。在我坚持不懈的游说下，新田不久就妥协了。我们俩之间向来如此。

6

我们俩总是搭伴骑摩托飙车。我席卷着白丝带般的高速路中央线一路飞驰。恍惚间觉得那条白丝带连接着新田和我，两辆车都铆足了劲，白丝带绷得紧紧的。碰上新田在前面的时候，只要他一加速，紧随其后的我就被白丝带猛拽着往前赶。我稍有懈怠，新田就会提速拉动白丝带，我也加紧赶上。白丝带不松不懈，一直保持高度紧张状态，以一种让人窒息的平衡维系着我们俩。那时候，我的神经绷到了极致。新田也一样。

7

我们俩在断崖上休息了三十分钟，全身放松，什么都不想。脱掉头盔后，脑袋还像被一团热气笼罩着，晕乎乎的。从海面上吹来的风一点点消除了我们的燥热。新田一声不吭地趴在草地上睡着了。我琢磨着他是否还在惦记足球赛的事。看到他闭着眼，侧着脸躺卧，手里握着摘下的眼镜，脸上的表情轻松惬意，一点看不出还在惦记违约没去为足球赛加油，我松了口气，放心了。

8

四周一片寂静，都能听到极远处的动静。刚才经过的国道方向传来隐约的车流声。除此之外，这里可以说是悄无声息。本来以为今天是星期天，会有像我们一样骑摩托车来兜风的人，却不知为何一辆都没碰上。但这对我们来说再妙不过啦。崖下是海，靠右一点是一片开阔的沙滩，沙滩尽头有一大片防风林。那儿的树木被海风吹得前仰后合，直不起腰。在海边炫目的光线下，俯趴在地面摇晃的枝干投下纷乱的影子，呈现出光怪陆离的阴森森的景象。我沉浸在这片令人难以置信的静寂中，感觉直到昨天，不，直到刚才还习以为常、与各种喧嚣相伴的日子已离我远去。侧耳谛听，浪涛和海风在海湾里撞击、融合，发出一种既不像呻吟又不像轰鸣的嗡嗡声，直入云霄。我还听到了整个海湾中无数的波涛层峦叠嶂般的翻滚，众多的海边岩石、沙粒，还有松树林中硬挺的针叶掀起的无声波澜。双耳逐渐麻木消融，隐入万物的喧腾……

9

我一路和后视镜中新田的形象相伴而行。因为总是我在前，他断后，这种顺序从未变过。偶尔有两人齐头并进的时候，新田的身影就紧紧贴在我那块凸面镜中央鼓起的部分。凸面镜中的背景是蓝得刺眼的晴空时，镜中的新田就好似一张小贴画。每当这时，我都加速前行，试图将这张贴画剥掉。镜中的新田急速后退，越来越小，最后变得像棒球般，很快消失不见了。那个瞬间真是畅快之极！我总是联想起高高抛向空中的白色棒球嗖嗖直蹿的情景。新田的白色运动上衣远远地融入晴空。好个本垒打！击球手就是我。

10

休整完毕，准备动身时已是九点半了。

新田指着地图上一个地方说："怎么样？路线的终点是这个山丘上的一棵大银杏树下。从路上能清楚地看到吧？""没错。"我点头赞同。新田又强调道："你要是先到了，一定不要动，就等着。咱们俩要在碰头地点不见不散，说定了。"我表示同意，加了一句："但是，如果我等了一个钟头你还没来，我可要回头找你啊。""哪来这种担心！"新田笑了。

11

我们骑上摩托踩下油门时，新田若有所思地拦住我："今天我先行一步。"他大概是想跑在前面，控制一下总想提速的我。

12

沿着海岸的国道弥漫着海水的腥味。我和新田的摩托保持一百米左右的距离飞驰。三十分钟后，前方出现了岔道。靠海一侧的小道边竖着一排白色护栏。新田举起一只手向我示意，那就是滨海路线的入口。我们放低速度驶近入口。只见那儿拦着一道铁丝网，但已破败不堪。破口处可容一辆摩托车轻松通过。有讽刺意味的是，这道原本起封闭作用的铁丝网反而提示了人们入口的存在。新田回头向我示意后，骑着摩托从破口慢慢驶入小道。我紧随其后进去。驶入的瞬间，我的上半身罩上了海面涌起的耀眼光芒，恍惚间竟觉得这是一条高高悬浮在海面上的小道。海风和涛声哗的一下簇拥到眼前，我的视野范围内一片蔚蓝。

13

道路异常狭窄。白色护栏的另一边是无限延展、天水一色的茫茫世界。摩托车的轰响也被淹没了。迎面而来的风墙夹带着海水的凉意。新田加速了，我们之间的距离一下子拉开。前方还有一段直路，我没有提速，看着新田的背影逐渐远去。拉开距离后，我才能自由飞驰。

14

从地图上看，海湾的全貌像狐狸或狼那类动物突出的下颚形状。我正绕着大弯从“上颚”拐向“嘴巴”里。一侧是海，一侧是岩壁。这是急速拐向岩壁的弯道，宛如一道道通向大海的台阶。亮蓝色的大海如潮水般直逼眼底。我一定身在极高的地方。红褐色的粗糙岩壁不断急速逼近。我在这一个个明亮的台阶上画着假想中的“R”。“R”是摩托车拐弯能达到的最小圆弧。我小心谨慎地控制着车速，以漂亮的弧度绕过拐角。岩壁扑面而来，我尽力驶向小道外侧，左眼的余光扫到了遥远的海面折射过来的刺目光线，而后借着一股令人愉悦的向心力绕过一个拐角。又一处红褐色的岩壁突现眼前，刚刚把车扳正的我又被下一个拐角吸了进去。阻隔去路的岩壁在延伸，前方一下豁然开朗，小道又重现眼前。没有减速的空隙。眼前的道路不断涌现，气势一如捆束在轮际的绳索挣断松散后那般狂乱。岩壁干燥的表面犹如碎玻璃，折射出的流光溢彩飞掠过眼角。第三、第四个拐角又出现了，刚转过一个拐角，前面又出现一个……我似乎在某处岩壁附近看到了新田小小的背影，在一个又一个扑面而来的拐角洪流中，我陷入一种眼花缭乱的混沌状态，搞不清是真的看到了新田的背影，还是一种幻觉。

15

虽然在减速，但车把手还是不听使唤地一味向岩壁倾斜。我想最大限度地利用道路的宽度，无奈离岩壁太近，没有充裕的回旋角度。无数个向大海和天空延伸的“台阶”在我面前滑过。不知何时，海水的腥味消失了。汹涌的涛声和引擎的轰鸣声也从耳边消失。在这个张力十足的无声世界里，我梦一般地狂飙。那会儿死亡也许就近在咫尺，有一丝差错就必死无疑。我一定曾和死神紧紧捆绑在一起。身体里紧绷的丝带般的东西断开了，我极度疲惫、精神恍惚，拖拽着断裂的“丝带”疾驰。

16

我从小就喜欢东游西逛。当然，每次都是和新田一起。我也搞不明白为何那么热衷闲逛，奇怪的是，在和新田一起的记忆中，没有一次是有目的的游玩。我们没有特意去爬山或下河，就是毫无目的地到处游荡，因此闲逛过的风景都缺乏能成为回忆的美丽色彩。比如废弃的玻璃工厂旁边的小道，一条能看见市立图书馆的宽宽长长的道路，仅此而已。要说记忆中唯一的亮色，是在一条铁道沿线两侧，麒麟草高高的植株上怒放的一丛丛小黄花。对我们来说，走路和生存有同等的意义。行走于街边的狗也是如此，狗就是边走边活着。我和新田没有什么特别的回忆，但是觉得彼此交往了很久。小时候我们凭双脚走路，大点后换成自行车，然后……现在成了摩托车。就这么简单。

17

又冲过了五六个拐角……渐渐地，我紧握把手的双手放松了些，开始适应疾驰在弯道上的规律。把手的操纵变得有节奏起来，可以不经过大脑，下意识地操作。接近拐角时，会同时踩下前后轮的刹车，后轮随之划出一个和缓的弧度，到下一个拐角的入口时又重复这个动作……迎面而来的海风随着车速时缓时急，与我的呼吸频率配合得天衣无缝。我双腿紧紧夹住车身，上半身有节奏地左右摇摆，像在驾驭一匹疾驰如电的快马。

18

拐过弯道后，前方是一大段和缓的下坡路，我紧握车把的双手放松下来，意识在体内缓缓苏醒。我的身体被来自内部和外部的两股离心力牵引，保持住了平衡。只觉得屁股底下有一股浮力升腾，头顶上另有一股力量在往下压。我被来自上下的强大牵引力悬在空中，好似受人摆布的牵线木偶。

19

我左右急速变换视线，泛着点点粼光的大海映在眼眶中。倾斜的大海扑面而来，令我心神激荡。拐角一过，海平面以垂直于地面的姿态直逼眼前。头顶依然是一片开阔的天空，和大海一样是直立着的。我身轻如燕、自由驰骋。大海、远处海平面上的小岛，还有另一侧海湾的曲线，犹如晃动的玩具箱中的玩意儿在眼中跃动。使自然静止的金属零件似乎脱落了。不知在这样的状态中疾驰了多久，在两处向大海突出的连续弯道上，轮胎打滑了。弯道上布满沙石，似乎是从上方的悬崖上坠落的，感觉像在水面上急行。刚才还遥挂在悬崖上方的海平面忽然迫近眼前，我急扳车把，以最接近地面的角度扳倒车身，因此摔了个难得的大跟头，被岩壁擦伤了手腕。事后查看，发现我是在距悬崖边缘仅十厘米的地方及时扳回了把手。

20

最后一个弯道了。我尽力冲入拐角最里侧，又最大限度地向外侧环绕。没有对面来车的路是施展这种回旋车技的绝佳场所。进入这条海滨小道后，我还没有碰上一车一人，这里像散场后的网球场般闲寂，就连新田也不见了踪影。我在车上挺直上半身极目远眺，只看见在渺无人迹的世界里才有的寂寥光线倾泻在蜿蜒的小道上。拐过最后一个弯道，不知又过了多久，我发觉天空忽然又逼近眼前，快到终点了。道路迅速变成上坡路，耳边再次流淌起熟悉的穿行国道的车流声，像远处传来细雨轻点地面的声响。我脑海中浮现出地图上和新田约好的地点。我闭着眼都能顺着坡道开到小丘上。不一会儿，看见一棵巨大的银杏树，那就是我们的会合地点，满树翠色犹如一把遮天绿伞。暂时遗忘的汽车引擎声又充斥耳畔，正常驶来的车流和缓的速度让我感到异常新鲜。

21

将摩托停在银杏树荫下后，我环顾四周寻找新田。小丘上长满毛茸茸的绿草，微风轻拂，伴随着清脆的鸟鸣声，没有新田的踪影。我凝神站立片刻，耳畔拂过一缕轻风，刹那间，脑海中曾泛起的疑惑消失了：新田这小子迟到了。那家伙小心谨慎，肯定不会超速乱窜。我当时就这么想。理由很简单，我忘了唯有今天是新田先出发的。在没有岔道的路线上，先行者还没有到达，我当时还没有意识到这说明什么。我放眼四顾，对这个近在眼前的可怕事实毫无察觉。柔软的草面在我长时间被紧张感束缚的眼里显得那么亲切可爱。慢慢地，脚底重新体会到了大地给予的平衡感。我脱去上衣，除去手套，蹬掉皮靴，欣赏着这些物件像花束般横七竖八、颇有情调地散落在草地上。

22

天空就在眼前，近得让人难以置信。一段时间里，我真的将新田抛到了脑后。满足感和适度的疲劳正好让我惬意地打个盹儿。天空迸发的点点光芒像小飞虫般在眼前涌现。我没有正对太阳躺着，但强烈的光线灼烤着双眼，视野里到处都是明晃晃的小圆点。我依旧仰卧着，只是把头侧向一边，这么一来丛生的青草正对着脸，有些刺人。视线落在碧绿的草根上，我发现根茎部分满是枯萎蜷缩的青草。被纤细小刀般的茎叶覆盖的不见天日的地面，在我眼中呈现出一个别样的世界，它好似一片高大的密林。在这片苍莽密林中，一只尾部膨大的黑蚁正像野兽般潜行，头部长着尖尖的触角。我猛吹一口气，那家伙以水滴滚落般的速度，扑簌簌地在阴暗的草丛中落荒而逃，不见了踪影。眼前漾开一池湛蓝的湖水。闭上双眼，身体开始轻轻飘起。眼底还残留着尾部膨大的黑蚁的背影、幽幽的青草密林。不知何时，我已沉沉睡去……

23

安静分几种，无声状态中也有一些动静。那时候的静寂里，似乎有上千根银针在刺我……不知为何，我一下子醒了。眼皮像被什么粘住了，一时无法睁开。在一种异样的静谧中，我强烈地感受到自己孤独的存在。不寻常的静寂、紧张的空气，我闭着双眼探察周围的气息。远处传来涛声和风声，燥热已退，身体渐渐变凉。我闭着的双眼仿佛看到新田的摩托车被岩壁的洪流吞噬的情景。使劲睁开眼，看了看表，指针停在十二点多的位置。我尽力挣脱迷糊状态，打算从草地上站起来。

24

正是烈日当头时分。我依旧躺着向对面的海岸望去，刚才还是亮棕色的海滩，现在成了一片暗棕色。大海失去了光泽，变成一块灰色铅板，和之前判若两物。我久久地瞪着仰躺在草坪上的头盔，白色的头盔幻化成头盖骨的形状。我脑海里浮现出残酷的一幕。

25

滨海小道是条死胡同。这个小丘是路的终点，也是通往国道的唯一出路。在这里没看到先行出发的新田的身影，意味着他没跑到这里。而且我在途中并未超越新田，前方一直是空无一人的路……新田去了哪里？吸入胸腔的空气似乎变得稀薄。是新田决定将这里当会合地点的，也是他反复叮嘱不见不散的。那会儿，我还打算先走一步，新田才没完没了地叨叨。没办法，以前好几次都是我打破约定。我从上衣口袋里掏出一根烟，香烟被挤得不成样子。我点上了火，抽完烟后心慌意乱起来：新田一定发生了不测。我到达小丘已过去两个小时，新田肯定不在小丘上。头脑一片混乱，但我还是极力开始整理来龙去脉。

是事故吗？眼前闪现出刚才经过的几个危险的拐角。在这几个拐角发生了什么？这疑虑就像浓烈的气味般飘散在周围。发生了什么事，我不敢再想下去，只知道正处于令人恐惧的事态当中。所谓“令人恐惧的事态”，就是橡皮绳拉扯到极限后的中心点、那个紧绷得没有一丝富余的中心点，我就处在这样的位置。刚站起身想去查看，又打住了，因为可能落入更为恐怖的境地。我犹豫来犹豫去，最终还是起身出发。

26

顺着来路又开了回去。速度不经意间加快了，我留意查看护栏上的擦痕和路面的状况。如果发生了什么，应该会留下痕迹。我突突地开着摩托，左顾右盼。一路上并没有发现异样之处。面前只是不断展开一幅幅似曾相识的奇异风景。来时看到的风景从相反的方向向我袭来。来时右边是岩壁，左边是开阔的大海，而今道路两侧，岩壁和大海的位置正好相反。当初我不停地向左拐弯，现在则是向右控制车把。拐过弯道后呈现的风景，以略带陌生的面孔迎接我的到来。我小心地从相反的方向重返上午任意驰骋过的道路，内心渐渐被一种奇怪的感觉笼罩……这种逆行的感觉，就像一度张开的毛孔又缓缓合上，或膨胀起来的血管一点点收缩。是那种与释放相反、与吸入相反的现象……不知为何，我的脑海里冷不丁浮现出的东西是伞，一把在狂风吹袭下倒立着满地打转的黑伞。

27

前方出现了记忆中那个弯道。虽然左右两侧的景物不同，但它兀立于海面上的特征非常明显。我回忆起轮胎陷入沙石打滑的可怕情景。新田的摩托一定也会在这儿打滑。我缓缓地骑着摩托驶近，一想到万一这儿真有确凿无疑的线索，心便痛苦地揪成一团，呼吸也变得困难了。我听到自己的心脏发出咚咚声，就像在翻看恐怖故事书。道路的护栏上没有异常，但没有打消我的疑虑，因为摩托车飞越护栏落入海中是很容易发生的事。在拐弯处，我下了摩托，仔细查看铺满沙粒的路面上的轮胎痕迹。大概是海风的作用，没找到一点蛛丝马迹。我没有放弃，继续查找。在悬崖边上发现了轻微的轮胎打滑的痕迹，但是从距离悬崖边缘的位置和地形判断，那肯定是我留下的。

28

我从崖上探头看下面的大海，却被拍打礁岩的波涛激起的白色泡沫惊得倒退了几步。从崖上到海面大概有二十米，望下去让人眼晕。我拨开路边的草丛，寻找被车轮剐蹭的痕迹。悬崖边的青草葱葱茏茏，一直延伸到低矮处的崖壁上。我一只手拽着护栏，探出身去，扒拉着崖壁上的草丛，忽然间停止了动作。就在那一瞬间，我的内心清晰地感知到：我已经远离新田了。草丛中残留着夏天的气息，强烈地刺激着鼻腔……新田肯定不在人世了，记忆中他的笑脸慢慢变得苍白暗淡，最后成了一张黑白照片。

29

在一个又一个拐角的岩壁对面，出现的都是没有人烟的风景，我还是没有发现不寻常的迹象，只有太阳的位置和海浪的颜色在一点点变幻。

车速放慢后，涛声扑面而来，在耳边轰鸣。更让我不安的是，周而复始的浪涛在开阔的海湾里汇聚成声势浩大的浪潮，发出震天动地的轰鸣，一波推一波，不断地往上涌。这是浩瀚无垠、无可匹敌的大海的呐喊。听到这样的声响，我觉得迷失在广阔天地中的自己和已被带到世界某个角落的新田都是蚂蚁般的存在。那只尾部膨大的蚂蚁……

30

黏稠的汗水顺着前胸滴落下来，头发都湿透了，衬衣也湿乎乎地粘在身上。我已往回行驶了一半的路程，才发现还穿着外套。十月初的天气，像这样的低速行驶不需要防风服。拉开拉链，汗味和热气蒸腾而出。我顺便脱下头盔绑在后备厢上。蹲在岩石下的阴凉处，喝了几口水壶里温热的茶水。放的时间长了，茶水的颜色变得像毒药。

涛声依旧。我心里劝自己不要再去想新田是死还是活。新田仍旧活着的推测，从多个层面来讲都很难成立了，但我坚持认为没有亲眼所见，就不能断定这是事实。不过有一点很清楚，新田已经消失了。

31

已是午后两点。早上和新田分手后，已经过去很长时间。我忍住内心的煎熬，开始回忆新田的样子，不，是竭力在脑海中搜索新田。不知为何，怎么都想不起新田的模样。我无意识地左寻右找，但头脑中一片空白，好像被漂白了，什么都没留下。面对着这张忽然摆到面前的白纸，我茫然了。为了恢复新田的形象，我启用记忆之笔，在头脑中的画布上描画起来。那家伙……我暗自嘀咕着，眼睛大大的，戴着近视眼镜。棱角分明的坚毅的脸上有两道粗眉。奇怪的是，我能记起新田脸部的特征，但眉眼的细节却怎么也想不起来。我在头脑中的画布上描画着没有把握的脸部轮廓，将眼睛和鼻子涂改了好几次，于是出现了一张奇怪的脸，这不是新田的脸。到底是怎么回事？才半天工夫，怎么就忘得一干二净了?！我身旁浮现出没有头部的新田，他的头被漫画中框住台词的圆圈包围着，模糊不清。

32

我站起来，抖掉身上的沙粒，这时听到了一丝动静。声音是从正要赶去的海湾入口方向传来的，比一般的风声和涛声尖锐，我屏息凝神又听了听。开始觉得像混合了风声和涛声，模糊不清，渐渐地越来越近，可以毫不犹豫地确定是摩托车发出的声音。车又驶近一段距离后，我有十足的把握判断这就是听惯了的 250CC 摩托车引擎的轰响。脸腾的一下热了，是新田的摩托！我不明白为什么他的摩托还在出发地点附近，从声响判断，引擎的状态棒极了。不管怎么说，新田一定是克服了什么障碍，现在开过来了。我站在弯道这侧的路边等着他。引擎声切切实实轰响在耳边，越来越大，一点一点将之前晦暗的猜测击得粉碎。从周围的大海和岩壁上折返的回声，像无数个太鼓被乱击后发出的巨响。这样的声响激荡着耳膜，我仿佛看到了与昨天相同的世界和美好的现实正以不可阻挡的势头奔来。由于连续急转弯，引擎声驶近时发生着微妙的变化，当车冲到弯角的最顶端时，声音尤其大。终于，在前方那个突出的大拐角对面，摩托的前轮噌的一下冒出来，紧接着飞出车把和人。不是新田！火红的上衣跳入我的眼帘，不对，不是新田。眼前的一切变成了慢镜头中的影像，那辆摩托车梦幻般滑了过去。

33

飞驰而去的摩托车卷起的狂风击打着我的脸颊。摩托驶远了，但余音袅袅不绝，一直到驶出了声音能传导的范围，才犹如丝带嘣地断开一般，听不见了。呆立在丝带这一头的我，就像被弹了个大跟头。我紧咬嘴唇，第一次对把我拽入这种绝境的新田爆发了怒火。

34

我再次骑上摩托，现在我需要的恐怕只有耐力了。我留意观察着海面，慢慢骑着车。因为我清楚护栏上没有伤痕说明不了什么，摩托车是会飞越护栏的。前行了一大段路，我下了车，推着车观察海面，看不到什么漂流的物件和油花，只是不时有低飞的海鸟掠过平整如镜的美丽大海。推累了，我就靠在岩壁上休息，眺望着远处破浪归航的小渔船。

35

海岸线似乎长得没有尽头。我脑海里浮现出转个不停的小老鼠踩动的转轮。看着远处被云朵和海浪遮蔽的海面，内心渐渐感到痛楚。上初中时，我碰上一位同级的男生在电车里憋得汗流浃背，当时车里特别挤。为了让他好受些，我一直喋喋不休地和他聊天，他说那样能舒服一点。我不明白那时在电车中发生在那个同学身上的事，为什么现在发生在了广阔大海边的自己身上。海上的景象加剧了我内心的痛苦。海天连为一线的情景，就像在遥远的海面上关闭了一间密室。我骑着车前进，但是感觉一点都没有缩短与目的地之间的距离，我迷失在这个奇幻的广袤世界里了。

36

“昨晚的梦中，脚底都是碎裂的土块，怎么都睡不着。”

这是在废弃的玻璃瓶工厂的空地上，新田说过的一番话。

“凹凸不平，支离破碎，地面都崩成了一小块一小块的。平时不是结实得很吗？那种地面，每踩一脚，脚底的土都会碎裂。我在梦里还琢磨呢，我这是到了哪儿呀？”

“那些土块当中，有什么在闪闪发亮吗？”我问道。

“啥都看不见，什么都没有。”

“很黑吗？”

“倒不黑，就是什么都没有，只有我一个人。”

在新田的梦中没有出现的情景如今呈现在我们眼前，周围的地上覆盖着厚厚一层白色、茶色和绿色的玻璃瓶碎片。有很长一段时间，我们几乎每天都来这儿溜达。没有什么特别的目的，只是觉得这个落脚之处都是些亮闪闪、脆生生的物件，神奇极了。新田坐在一块石头上，把一只脚使劲探入玻璃屑深处，他的脚深深地陷进玻璃堆里，好恐怖。

37

新田的脸仍是一片空白。无论如何也想不起他长什么样了，我焦躁不安。这种情形时有发生，但记忆都是这样啪的一下断开的吗？胃刚才就开始疼了。早饭后没再吃过什么，净是转悠，说不定都回不去了……直觉告诉我，再也见不到新田了。我强忍着胃部的疼痛，恍然间觉得和新田到这里来是一场梦境。不仅如此，连新田曾经活在这个世上也是一场梦吧。我只是在自己的梦里相信新田存在过，可能别人都没见过他……脑海里来回翻腾着这些莫名其妙的想法，它们却在脑子里扎了根。我仿佛做了一个长长的梦，累极了。我和新田拥有许多共同的记忆，在这个海湾，我们过度膨胀的美梦被现实残酷地击得粉碎。我不知道梦已结束，还在寻找已经不存在的人。

38

我心存侥幸地想，回家后，和昨天一样普通的生活说不定依然在等着我。明天早上我还是背着破破烂烂的旧书包去上学，探头看看学校办公室，似乎没有不寻常的电话打来，屋里很平静。新田的教室里，有个不认识的家伙坐在他的桌前。傍晚时分，我走出什么都没有发生过的学校，踏上归途。从那天起，熟悉的摩托车店和烤章鱼店前再也没出现新田的身影，也没有从什么人口中听到他的名字。因为叫新田的家伙从一开始就不存在。当然啦，足球赛之类的也从未存在过。

39

这些空想温柔地俘获了我的心，像敷在伤口上的软膏一样慢慢渗进来。我真想就此钻进这个甜美的假想的口袋，可是新田那张没有五官的脸浮现在了身旁。我想象着这张脸发出柔和的光芒，好似永不落山的夕阳。

40

回到滨海路线的出发地点时，已是四点半多了。我看着前方那道依然破败的铁丝网，停下摩托，没有必要再往前走了。

海风穿过铁丝网的破口，呼啸而过。我骑坐在摩托上，静静停在落日余晖渐浓的道路中央。抬起头直视前方，紧盯着早上和新田一起穿过的那道铁丝网，我的心沉入了涛声高涨的大海。浪涛之间显露出各种形状的岩石，不知海面下又是怎样一番情形。一想到暗无天日的海底世界，我的后背好像渐渐没入了冰凉的海水。我下了摩托，推着车走入路边的草丛，面朝大海坐下来。前方已无去路。

41

吸入肺间的氧气越来越稀薄，我不时深呼吸，似有异物梗阻在喉头。氧气虽然稀薄，但也有一定的浓度。缺少什么的感觉也是一种浓度吧。小时候吹过气球玩。那时候猛吸一口气吹起气球，我那小小的肺立刻就被抽空了。那一瞬间，脑袋麻木，眼前一片漆黑。头脑中升腾起某种模糊不清像是浓雾的东西，然后弥漫开来，让我脑袋发胀。这种奇怪的鼓胀感如今也充溢在眼前的大海和海湾风景中。这是一种与饱满状态性质相反，但同样也给人饱和感的浓度。气球吹得越大，充溢在空空大脑中的奇怪的负密度的东西就越强烈，源源不断地向我袭来。

我把摩托车的速度降到最低，视线在路面滑过，发现那条净是沙粒、掺杂着小石子的凹凸不平的路膨胀起来，扑入眼帘，像是被放大镜放大了。小石子和小沙粒扭曲着变大、膨胀，然后一个个突出地表，像小丘般隆起。地层中积郁的纷乱气体逐渐增多，将地表顶出一个个瘤状物……

我明白这股从地下涌出的气体到底是什么了。上午躺在会合地小丘的草地上眺望的天空，也是充满了同样的气体。那是一群将我灰暗的内心逐渐冷却的空虚的小虫，新田消失后，这种小虫不断在我的视野里增加。一群群小虫不仅遍布道路，而且蔓延到了海里，海面像覆上了一层黏膜，脓肿般鼓胀起来，绝壁的岩石也像覆盖上了一层油膜，折射出闪闪的光亮。我觉得这满世界闪烁的强烈光线都是不在这里的新田发射出的，是新田的消失、新田的缺失带来的……

42

越发高涨的涛声向我袭来。崖下漆黑的海面上，涌动的浪花宛如一朵朵时而开放时而闭合的百合。黑夜降临了，海风如看不见的波涛般呼啸而来。落日西沉后，我不知时间又过了多久。虽说借着天际残留的微光还可以看清手表，可我连这点心情都没有了。我没考虑时间的早晚，在悬崖边坐下来。狂风带来了遮天的云层，月亮终于看不见了，地面上没有一星光亮，这天我第一次体会到了夜的漆黑。白日里那蔚蓝开阔的海湾风景消失了。四周没有一丝生物的动静，寂静的感觉好似油画的色彩，黏稠得化不开。坐在伸手不见五指的黑暗中，我仿佛被黑夜所缚，呼吸困难起来，胃也开始疼，是那种迟缓沉重，又有点暖暖的难受的痛。我忍不住呻吟，为自己的脆弱感到恼火，握起拳头顶住胃部，却一下子疼得喊出声来。这儿就是胃，我想。正在疼痛难忍的是我自己的胃吗？这是多么明确的感受啊！只要把拳头放在心窝，就能感受到胸膛里散发的热乎劲，让我有种奇怪的感觉。我想到了腹中那一片黑暗的世界。那该是比包裹海湾的夜色更浓重的黑暗吧。胃就悬挂在那里……还在疼，我的胃就像黑暗中亮起的一点微弱的火苗。在黑暗中听着自己的呻吟，我渐渐明白了面对的不是黑暗，而是另一个自己。因为我看到，海湾开阔的夜色中有一个发出微弱光芒的身影，那就是我自己。疼痛的胃就像一盏小小的信号灯，指点着我的所在，而我的身体是个比信号灯大一些的点着灯的人形口袋。这个口袋就在身旁，我的体温、我的呼吸、我的脉搏……这些组成了人的形状，像一根温暖的柱子立在身旁。它不仅有我的体温和脉搏，还有一样，我的意识——残留在“我”这个具体的身体里的意识。由这些东西组成的我的形状摇摇晃晃地站起来。夜越深，另一个“我”就越发如熊熊炉火般发亮。

43

喉间涌上一股黏稠的液体，胃部还在持续疼痛，我今天第一次感到了强烈的饥饿。带来的便当已变冷发硬，我犹豫着是否该吃了它，最终还是摸摸索索地打开摩托车的后箱盖，拿出了便当。铝制便当盒摸上去凉飕飕的，我打开嵌在盖子上的筷子盒，用牙叼出了筷子。肚子饿得连拿筷子的手都抖个不住。我对着大海盘腿坐下，打开放在膝头的便当盒的盖子，举起来一顿狼吞虎咽。看不见里面都有些什么，黑乎乎的便当盒里，筷子所及之处的东西都被拨入口中。舌尖上小片状的黑乎乎的东西，或是肉或是蛋或是米饭。这也是灯，我边吃边想，这也是一盏小小的灯。肚子吃得饱饱的，真是奇怪，好像米饭也会吃醉了似的，脑袋晕乎乎的。

44

借助打火机的光亮，我看了看表，时间已过晚上八点。胃部的疼痛神奇地止住了。肚子吃饱后，心情也平静了许多，我喝干水壶中剩余的几滴茶水。然后抽完一支烟，收拾起便当盒，发动摩托车的引擎。我记得在滨海路线入口附近有个电话亭，想去打两个电话，第一个是为了最后确认一下，第二个是报告和处理这次事故。引擎启动后发出混沌的轰鸣声，逐渐变得响亮、饱满，鼓动着我的耳膜。摩托车的前大灯为我照亮去路。

45

接电话的是新田的姐姐。

“没有，他还没回来。”新田的姐姐接着问道，“你们俩在什么地方走散的？”我总觉得新田姐姐的口气就像他妈妈似的。

“我还以为他已经回家了。”

听我这么一说，新田的姐姐语调轻松地安慰我：“那家伙没问题的，向来不会出什么岔子。”

即使知道了新田的死讯，降临到她身上的不幸大概也会这样简简单单地到来吧。

“注意安全。”新田的姐姐嘱咐说，我答应后挂断了电话。坏消息还是尽量拖到最后再说。

46

电话亭里有人贴了一张小条，就在电话机正对面的玻璃上，那是个最容易被打电话的人发现的位置，挺像海边村子里的人干的。我按照贴纸上写的电话号码拨了过去，派出所的警察接了，是个上年纪的男人的声音。正如我预想的，很难向对方完整地描述整件事的来龙去脉。我花了大概十分钟，滔滔不绝地讲述了事情从超出预期到陷入泥潭的经过。

“那么，你现在在哪儿？”警官问道。

我回答说在海滨步行道的第一个拐角处等候，然后走出电话亭推起摩托，不禁感叹自己又回到了起点，也是这条路线最后的终点。

47

废弃的玻璃瓶工厂终于迎来了它的末日。是新田发现的。

“我路过那儿一看，嘿！没了。什么都没了，全都消失了。”

“楼也没了？”

“什么都没了。”

据新田说，工厂旁边的空地上堆积的那么多细碎的玻璃屑的海洋，像是被一阵狂风刮走了，一粒不剩。

“得用几十辆卡车来拉吧。”

玻璃屑全都被运走了。我被新田拉着去那儿看了看。玻璃瓶的碎片和一般的玻璃不同，材质较厚，碎成小片后也有一定分量。我们来过这里好多次，看着满地颜色各异的碎玻璃，就像铺满河滩的碎石子一样。

“感觉好怪啊，不久前还满地都是玻璃屑，没法落脚呢。”新田用帆布鞋的鞋尖不断敲打着地面。

“就像抽干了水的泳池。”

那儿再也没有曾经吞没过新田双脚的玻璃屑之海了，我们面前只剩一片普普通通的地面。

48

我推着摩托车慢慢走在被巨大的涛声覆盖的夜路上。除了摩托车的前大灯，周围没有一丝光亮，我觉得自己也成了一盏行走在黑夜里的灯。迎着海风前行的每一步，都像踏入一个某种缺损越来越明显的场所。现在天已经黑了，看不见傍晚时分那种强光泛滥的情景，但我能感到它的存在。越往前迈进，这种感觉越发清晰。不久，我身旁的黑暗中浮现出一个人的形状，就像往容器中注水一样，一点微弱的灯光慢慢出现了。那和我的“灯”不同，是在另一个人形的东西上燃起的灯光。周围成了一片真空，我与这盏灯如影随形。远处传来了警官乘坐的摩托车的声响。

锅 中

1

已是傍晚时分了，外面依然很亮。

我在厨房里正切着菜，奶奶从后门进来了，手里拿着从地里摘下的东西。

奶奶的菜地很小，从这块地里摘下的也净是些小玩意儿，像草莓啦、小西红柿啦、黑玉米啦……就是这些可爱的小东西，奶奶每次也只摘一点点。

“快来看看，多美。”

奶奶手心里捧着四五个深绿色的柿子椒。

“把这个切得细细的，在菜快要烧好前撒下去，颜色会变得很好看。”

我从奶奶手里接过柿子椒。绿色的柿子椒摸上去温温的，大概是被夏日的阳光足足烤了一整天的缘故。我把它们放到砧板上，细细地切起来。

切柿子椒的时候，远处的房间里传来音乐磁带的声音。我的堂妹美奈子有边学习边听音乐的坏习惯，可躺着看漫画和杂志的时候倒没见她放过音乐。

我的身旁，一口大黑铁锅架在火上，蔬菜冒着小小的气泡，密密地挤了一锅，发出噗噗的声响煮得正欢。散发着鸡肉香味的白色蒸汽阵阵腾起，眼前这一切让我想起很久以前小学修学旅行时去过的温泉，那个冒着水蒸气的热水池。远处传来的音乐盘旋回绕在这口大锅上方。

传到厨房来的声响不仅仅是这个，我还听见了别的声音，比美奈子的房间更靠里的一间和室传出古老风琴的声音。那是奶奶以前在小学工作时用过的一架旧风琴，因为受了潮气，有几个音弹不出来，现在弹奏的曲子《野玫瑰》里，有几个地方噗噗地出不了声，听起来断断续续的。

弹奏风琴的是我的堂兄纵男。

他的名字有点怪，读作“tateo”。我听着风琴曲，把切好的柿子椒撒到了锅里。虽然缺了几个音，好歹也听出弹到了《野玫瑰》的结尾。绿色的柿子椒在充满哀愁的音乐声中撒落到锅里的鸡肉上。

这时，弟弟信次郎从厨房门口进来了。他每天都要避开家里各种各样的奇怪声响，拿着学校的教科书去附近的寺庙，还在那里午睡。

“看书了吗？”我把锅从炉子上端下来，问道。

“嗯。”信次郎随便地点了点头。估计他今天又睡了一大觉，一侧脸颊上还有睡觉时压在草席上留下的印子。

“还是在外头学习效率最高。”他一路说着，身影消失在了里屋。

这里是乡下的奶奶家。

学校放暑假后，在七月的最后一周，我们四个孙辈——我和弟弟信次郎，堂妹美奈子和堂兄纵男来到了这里。

我们的奶奶今年八十岁了，精瘦精瘦的，但身体非常健康。

我们到的那天午后，摇晃在绿色田间的那把小小的白遮阳伞给我留下了深刻的印象。奶奶站在田间小道上，一直等候着我们。她穿着裙子和鞋，撑起久久藏在柜底的阳伞等着我们。

奶奶在前面带路，领着我们顺着田间小道回到家中。进家门后，奶奶又是切西瓜，又是端冰镇大麦茶，一直在厨房和饭厅之间穿梭不停，然后将一封航空信摆到了我们面前。

这是一封从夏威夷寄给奶奶的国际信件，正是这封信让我们来到了乡下的奶奶家过暑假。纵男一副代表我们的煞有介事的样子，将那个四边蓝橙条相间、花花绿绿的信封拿到手里。单是看一眼信封，都让纵男、我、信次郎和美奈子心怦怦直跳。先不说信的内容，单是信封四边蓝色和橙色相间的花纹就让我们激动不已。

里面装着一封用比弟弟信次郎还要差一些的文笔写的信，大致如下：

拜启

花山苗女士：

我是您的弟弟春野锡二郎的儿子。

父亲于一九二〇年怀揣着巨大的梦想从日本来到夏威夷，靠种植菠萝为生。后来他把种植园转交给了我，现在，他快不久于人世了。这个临终的人最后很想见您一面，拜托您过来和父亲见面。

克拉克　敬上

还好奶奶活得够长，克拉克的信才能如愿送到她手中。

花山苗是奶奶的名字。

找到这个经营菠萝种植园、可能很有钱的弟弟，奶奶并没有特别欣喜。那是六十年前的往事了。奶奶得知消息后很淡然，但我们几个的父母因为这件事欢欣雀跃，他们打算一起去见见夏威夷的锡二郎舅舅和克拉克，然后把我们四个托付给他们，并为这个可能的结果而开心。

我们的父母在七月中旬打了长长的电话，沟通关于夏威夷的事情，然后又和夏威夷的克拉克通了话，加深了表兄妹之间的交流。父亲们为了让公司准假，编造了各种理由，比如声称要去探望生病的亲戚啦，可能还要参加接下来的葬礼啦。母亲们则拜托邻居和朋友帮忙看家，把我们送到了奶奶家。

奶奶丢下家中的杂务，穿上裙子和鞋，来到田间迎接我们。

“事情的原因就是这个，”奶奶看着我们说道，“暑假期间你们就在这儿一直待着吧。也就这会儿啦，长大了就要各奔东西喽，大家愉快地度过这个暑假吧。”

纵男判断奶奶和锡二郎之间可能闹过别扭，还说：“女人很记仇，到死都不会去见他的。”

我们来了以后，关于夏威夷的弟弟的事情，奶奶就说过这么多，她很快陷入了一团忙乱。

我们到达那天傍晚，奶奶把厨房里的柜子都打开，一个劲儿找东西。她把找出来的用旧的大锅在厨房的木地板上一字排开，还有些锅没找到，奶奶垂头想回忆起每天都用那些锅时的情景。

“大锅一个……中锅嘛，一个、两个、三个……炒菜锅，一个、两个……”

我们在那些黑乎乎的铁锅旁坐下来，木地板总是湿乎乎的，坐上去屁股发凉。

“蒸锅在这儿，咦，盖子哪儿去了？”

奶奶将叠放着的锅一个个拿起来查看锅底，我们觉得她大概找不着蒸锅盖了。就在刚才奶奶踮着脚查看的橱柜顶上，蒸锅盖已经当作一个陈旧的豆酱桶的盖子用了。只要我们不说，那个盖子是不会自己跑下来的。作为奶奶快十六七岁的孙辈，我们绝不会告诉她自己不想理睬她的蒸芋头和南瓜馒头。

“好啦，从今天开始我得努力干活啦。”奶奶放弃寻找锅盖，直起腰来说，“锅都齐了，孙子孙女们也齐了。该干活啦！”

奶奶把那些旧锅搬到厨房台面上，把昨天还在使用的一口小锅收起来。这时，远处的和室里传来了风琴的声音。奶奶把着水龙头，为这次旧锅大搜寻行动之后响起的风琴声叹了口气。

纵男在一板一眼地用右手演奏。他在四个孙辈当中年龄最大，十九岁了。他今年刚上大学，决定这个暑假绝对不学习，于是在屋里自在地闲逛。无论对纵男还是对奶奶来说，发现这架风琴都带来了某种幸福的感觉。

弹首《野玫瑰》吧，奶奶点了支曲子。可是奶奶配合纵男演奏的曲子做出来的菜肴，却是说不出来的难吃。

那是一锅南瓜、高野豆腐和鸡肉的乱炖。锅里已分不清哪是鸡哪是高野豆腐，只是黑乎乎的一团，南瓜也早已不见了踪影，被炖得稀烂，整锅汤汁黏糊糊的。

这些东西咸得发苦，吃得我舌头都缩成了一团。我们都一声不吭，只有嘴巴在动，因为除了嘴巴，没有别的地方可以消耗胡乱塞进去的食物。我的舌头顶着这些难吃的东西，吃也不是吐也不是。

奶奶却吃得有滋有味，说道："好吃，好吃啊。和你们一起吃的饭就是不一样。"

一会儿工夫，奶奶就吃完了两小碗米饭。

就这样，来到乡下的第一天，我们就对奶奶做的饭绝望了。第二天更糟糕，第三天有过之而无不及。我们认为奶奶的菜难吃，可能是她的假牙造成的。她不自觉地做着软烂的食物，一直吃到现在。而且奶奶的假牙把嘴巴都填满了，连饭食一半的味道都品尝不到。

第三天的饭吃到一半，信次郎忽然对奶奶说："奶奶，明天让姐姐做饭吧。我觉得那样对大家都好，您也能轻松些。"

我、美奈子和纵男端着饭碗，缩着脖子闭上了眼睛。奶奶一脸难过的表情，目光落到了盘子里煮烂变黑的鱼上。

我接替奶奶做饭，对奶奶却是一种无奈的伤害。

奶奶最喜欢吃煮的食物。

第二天，我代替奶奶做的第一道菜是大虾炖莲藕。我带着信次郎到山下的镇子买来做菜用的食材。

奶奶双手捧着装菜的大碗，流下了喜悦的泪水，说道：“多美给我做饭了。”

然后，她低头对着大碗拜了拜。

第三天我做了茄子、牛肉炖魔芋，第四天是韭菜炒猪肉，第五天是辣椒小葱烩鸡肝。锅里的菜每天都吃得干干净净。

从应试学习中摆脱出来的纵男要么弹弹琴，要么看看书，再不然就在大白天睡觉。高中二年级的美奈子卷卷头发啦、磨磨指甲啦、看看漫画啦，基本上不学习。

弟弟信次郎是个初中生，净在外头瞎溜达。还好这里只有农田、寺庙、池塘和竹林什么的，不用担心他被不良少年带坏。在家的时候，我傍晚常被爸妈派到路上等总也不回来的弟弟。

昨天煮了胡萝卜、莲藕和芋头，我明天该做些什么呢……

奶奶家地势高，夏天很凉快。

信次郎初夏长在后背的痱子，四五天就消失得无影无踪了。

吹进厨房的风凉爽宜人，美奈子用同情的目光看着我每天和奶奶的大铁锅“搏斗”。

“来到这儿了还当厨子，真是的。”美奈子说道，“你老老实实地接过这个担子真是亏了。”

其实每年学校一放暑假，妈妈就让我到热气腾腾的厨房里做饭，我并不觉得在奶奶家凉爽的厨房里干活有美奈子想象得那么痛苦。我是个从小就常常被妈妈使唤来切土豆的女孩子。

美奈子和我都是十七岁，但她不能像我一样熟练地削土豆皮，我也不会像她一样把头发卷得那么漂亮。由此看来，我们俩是重要的事情各会一半。

纵男每天只在吃饭时起床，其余的时间都在房间或是房檐下的走廊或是院子的树荫下或是其他地方，把书放在肚皮上睡觉，我们对他说了这样一番话："我们俩会一起嫁给你的，所以你别再那么瞎混了，会变穷的，快起来！"

听我们一说，纵男笑了，说："堂兄妹结婚可是很危险的呀。"然后看着我们又说："危险也罢，我会娶你们的。"

"为什么？"我问道。

"笨蛋，难道没听说过孟德尔杂交豌豆的事吗？"

于是，纵男在微风轻拂的梧桐树下，躺着给我们上了一堂孟德尔如何杂交豌豆的课：开紫花的豌豆是优良品种，所以在杂交第二代中将开紫花和开白花的豌豆分离开来，R 是紫花的遗传基因，r 是白花的遗传基因……

纵男还讲了一个恐怖故事，说是一朵染病的紫花混入了维多利亚女王的血液里，最终使一代代王子和公主都染上了紫毒。

"你要是在厨房干得太多了，那么明年后年都会叫你来，小心为妙。"美奈子是真的替我担心。

"奶奶能活那么长吗？"我看了看四周，放低声音问道。

"大概一时半会儿死不了吧。"美奈子把握十足地回答我。的确，奶奶和别的老人比起来，既没有反应迟钝，也没有受到神经痛的侵扰。对一个八十岁的老人来说确实难得。

"我认为这是两种强健的豌豆杂交的结果。"

对美奈子这番话，我点头表示赞同。

潮湿凉爽的空气在屋内静静地流动，我回到屋里，好像进入了水中世界。在这一片昏暗的水底，奶奶正在为我收拾晚饭用的豆角。

我今天准备做豆角和高野豆腐炖鸡肉。奶奶把报纸铺在膝盖上，上面放着从地里摘来的豆角，正一个一个仔细择着，那满是皱纹的拇指和食指尖上粘着细丝般的豆角筋。

"是多美吗？"奶奶依旧低着头问，接着又说，"这些豆角可嫩啦。"

我看着奶奶的头顶，发现她的头发已变得很薄很薄了。

看着奶奶薄薄的头发，我脑海里忽然出现了一幅画面……这画面和头发毫不相关。

那是在夏日的夜晚，一面竹帘垂挂在窗边轻轻摇动的情景。电灯亮着，透过竹帘，屋内的一切清晰可见。奶奶的头顶就是这样的状态。

头发还有一些，但起不到遮盖头皮的作用了，能看见头发下面像薄塑料袋的颜色那样暗淡的没有活力的灰白色头皮。看似极易折断的细头发像梳子的木齿一般，稀疏而整齐地趴在头顶上。

奶奶的头顶是如此寂寞。竹帘里侧还有电灯亮着，能看见和室的摆设，而奶奶的头顶悄无人声，连空气都凝滞了，像在我眨巴眼的工夫，灯就灭了似的。

此后，没有人影的窗前，竹帘变成了黑色条纹状的东西，影影绰绰的，在夜风中摇摆——我眼前出现了这样一幕哀伤的景象。

“来，多美，把这些拿到水池那边。”奶奶抬起头，双手把满满一捧择好的碧绿豆角放到我怀里。

我哗哗地冲洗过豆角，用菜刀纵向切成两半，然后把它们倒进奶奶的大铁锅里，开大火和鸡肉一起爆炒。锅中噼噼啪啪地溅起热油，豆角在锅中蹦跳翻飞，这时候其他人都纷纷从外面回来了，纵男是从梧桐树下进来，美奈子是收好晾晒的衣物从后院过来，弟弟信次郎则是在寺庙的树荫下睡完了午觉回来的。

一天晚上，大家在各自的屋里铺好床，聚集到饭厅里互致晚安的时候，我发现弟弟的一件睡衣落在后院忘收了。

夜晚的院子黑漆漆的，睡衣就晾在那棵大大的银杏树旁。到了晚上，银杏树的枝干遮天蔽月，树下漆黑一团。

奶奶说日落后收回来的衣物沾上了露水，就从自己屋里拿来爷爷穿过的一件旧睡衣给信次郎。信次郎只瞟了一眼就大叫，我光着身子睡，不要了，拔腿就逃。

“这家伙，别跑啊。”纵男因为这件睡衣兴奋异常，一个箭步蹿上去逮住信次郎，嘴里催促着奶奶，两个人一起给信次郎穿上睡衣。

从纵男和奶奶的臂膀间东倒西歪站起来的信次郎，成了一个我们从未见过的奇怪的男孩子。那件褪了色的棉布睡衣长度只到大腿一半的位置。

我和美奈子忍不住捶着榻榻米大笑起来，纵男则乐得四脚朝天滚作一团。信次郎看到我们这样，只是站着小声嘀咕了一句“浑蛋”。但有一个人没笑，是奶奶。

她抬头看着信次郎，脸上没有一点惊讶的表情，然后摇了摇头，轻声说：“哎呀呀，太像轴郎了！”

奶奶让信次郎在面前转了一圈。我们从来没有听说过那个名字。

“轴郎是我最小的弟弟。”

就这样，奶奶开始为我们讲述一个少年的往事。据说轴郎在上中学前精神出现异常，被关进了装上栅栏的房间。奶奶没有讲起在夏威夷可能快死了的锡二郎，却以几倍的热情说起这个弟弟的故事。

“以前不知是什么原因，到处都有精神不正常的孩子，我们家的轴郎曾经是个老实乖巧的好孩子。”奶奶说道。

“给房间安上栅栏，那不就是牢房吗？”纵男问。

“是啊，那倒是个铺着榻榻米的整齐的房间，要是没有栅栏，不知他会跑到哪儿去呢。”

“真可怜啊……”信次郎叹着气小声说。

我眼前出现了一幅寂寞的图景，一个和信次郎年龄相仿的少年呆呆地坐在安着栅栏的和室深处。屋外的动静和阳光，所有的一切都如影似幻地在他不远处滑过，然后远去。

我们全都陷入了一种莫名的静寂，看着信次郎。我们透过他看到了一个名叫轴郎的精神异常的少年。

“在那样的屋子里过一整天吗？”美奈子问道。

“他是个很安静的孩子。”

“他做些什么呢？”

听我这么一问，奶奶直了直腰有些得意地回答：“一直在学习。”

“学什么呀？”

“在纸上写各种各样的字。”

“字？什么字？”信次郎盘腿坐在大伙儿中间，问道。

“手啦、足啦、头啦这些字，写了好多。”

我们不出声地互相看了看。

“原来就是个爱学习的孩子。虽说不正常了，字还是写得很好。”

“还写了什么字？”信次郎一副很感兴趣的样子。

奶奶掰着手指头，边回忆边叨叨：“目、耳、口、鼻……还有头、首、胸、腹、背、尻、足……发、爪、骨……”

“哎呦。”信次郎低声叹道，“好怪啊！”

看来轴郎对身体部位的名称很感兴趣。

“他不写些花和动物的名称吗？”

“不写。”奶奶摇了摇头。

“是写毛笔字吗？”纵男又接着问。

“从前都是用毛笔在纸上写字。轴郎就在安着栅栏的和室的阴暗角落里，背靠柱子半蹲着，把纸铺在膝盖上写。如果是写‘首’字的话，一张纸上就写一个大大的‘首’字，榻榻米上铺满了这样的纸。纸是贵重的东西，但父亲还是一直给轴郎许多纸。”

纵男和美奈子沉默不语，信次郎挠了挠自己的脑袋。

我们有个多么奇怪的亲戚呀。我想起纵男说过的孟德尔关于豌豆的紫花和白花的实验，暗自庆幸轴郎的“紫花”没有降临到我们头上。

随着奶奶的讲述，我满脑子都开始转悠隐藏在宽敞开阔的家中所有阴暗角落里的恐怖东西。衣柜的黑影、碗橱的黑影，还有小小的、小小的茶杯的黑影。美奈子捅了捅我的脚。

于是我和美奈子，还有纵男以困了为借口，向奶奶道了晚安，飞快地逃离了那个关于短睡衣少年的话题。

跑到走廊，面前是院子。天上有一颗大大的惨白死鱼眼睛似的星星俯瞰着我们，我只看了一眼，心脏就揪成了一团。

“姐姐！”身后传来信次郎的低声呼唤。

听到喊声，我都不敢回头看他。

“等等我。”

“我不要！”我说着加快了步伐，“别跟着我。”

信次郎不高兴地说：“咱们俩不是住隔壁嘛。”然后他跑到我的身旁，小声嘀咕：“姐姐，今晚咱们中间的拉门就别关了吧。”心惊肉跳的睡衣少年这么说道。

那天夜里，听着弟弟细细的鼾声从半开的拉门另一侧传来，我觉得怪怪的。信次郎已经脱去那件睡衣，换上衬衫，又变回原来的样子睡觉了。我的目光越过两个房间之间敞开的拉门，看着弟弟熟睡的脸庞。

看着这张熟睡的脸，我想象着弟弟精神异常后的样子。那张原本一发怒就绷紧的嘴唇，大概只会静静地闭着，再也不会说出盛气凌人的话语来了。那双炯炯有神、时而对我侧目瞪视的眼睛，大概只会木然地睁着吧……

那样一来，弟弟就会变成一个呆呆的人偶。如果弟弟成了那个样子，我一定会做一个温柔的好姐姐。看着弟弟熟睡的样子，我净琢磨这些事。

我会让他写好多字，让他玩。

目、耳、口、鼻……眉、睑、颊、唇、颚……

只是，在那之前，我应该好好地练习写汉字。

想到这里，我总算又被拉回了现实世界。暑假前从学校带回的成绩单啪的一下浮现在脑海里。

2

我们的父母从夏威夷来了一封信。

信里说，锡二郎见到日本来客非常激动，病情也大大缓解了。他看了带过去的奶奶的照片，激动得从床上坐起来，拿出眼镜瞧了又瞧。

由于这些情况，父亲和叔父们的计划全被打乱了，他们原本打算向公司申请参加亲戚葬礼的丧假。但是，锡二郎拥有庞大的菠萝种植园，极其乐意地替他们支付了去夏威夷的费用。克拉克也来了信，信中这样写道：

拜启

我们的日本姑姑：

您的几个孩子来看望我们，真是太感谢了！父亲身体好多了，每天都提到您，向您的孩子们询问关于您的情况。为了父亲，我想再挽留他们住些日子。您多保重。

克拉克　敬上

奶奶低着头听纵男读信。读完后，纵男摇头叹道："真要命！"接着又说，"奶奶的弟弟真有钱啊，明年我一定要去夏威夷，在那儿玩上一个月。"

"我可不想去那样的地方。"信次郎撇撇嘴，"夏威夷是呆瓜去的地方，除了新婚旅行的夫妇和呆瓜，谁还会去那种地方！"

"行行行，这话是你说的，你可别忘了。就算我是呆瓜吧，我要去夏威夷和那个克拉克的孩子搞好关系，克拉克应该有像我们这么大的孩子吧。我先跟那些金发红毛的孩子攀上亲戚，然后请他们把我介绍给他们的男女朋友。"

纵男的一番话，转眼之间改变了信次郎的看法。

"你觉得克拉克会有孩子？"信次郎一本正经地问纵男。

"没有就怪了，咱们家族一般都多产。"

"咱们这种英语水平，能和他们对话吗？"

"那就看你怎么努力了，我这边不用担心。"

"我明天就开始学英语。"

信次郎就这么被纵男牵着鼻子走了。可是加入话题的不止信次郎一个，美奈子聊完金发男朋友的话题后，就把手放在胸口上不自觉地喊起来：“我明年一定要去夏威夷！”

“多美你打算如何呀？”美奈子问我，一副明天就要出发的口气。

“当然也去喽。”

“好嘞，大伙儿明年都去夏威夷。”美奈子激动地说。

然后，我们围绕着夏威夷的话题展开了热烈的讨论。

“你们知道发现夏威夷的是谁吗？”纵男看着信次郎问道。

“库克船长。”

“夏威夷的首府在哪儿？”

“去你的，我都是中学生了。檀香山。”

“原住民是什么人？”

“卡纳卡人。你不知道我地理学得最棒吗？”

两人唇枪舌剑之际，奶奶始终一副事不关己的样子，仿佛在表明夏威夷和这个家没有关系。

我觉得这一切也太神奇了！一边是关在栅栏屋里的轴郎，一边是菠萝种植园里蓝眼睛的孩子们……应该有吧。轴郎和夏威夷的孩子无论在岁数还是地理位置上都相隔甚远，实际上又不是很遥远。那天晚上，信次郎对我小声说“姐姐，我害怕，咱们一起睡吧”。那时，轴郎就像是在我们身边……

我想起了在田间的稻穗丛中漫步时吹来的风。呼呼的风打在脸上和手臂上，感觉痒痒的，吹过菠萝种植园的风也是这种感觉吗？

可是，奶奶没有被纵男、美奈子、信次郎和我的兴奋劲儿感染，只是默默低着头，后来脸上竟然流露出不快的表情，不知什么时候离开了。

热烈讨论的我们后来才注意到奶奶不在了。纵男扫了我们一眼，悄声说："奶奶该不是不想去夏威夷吧。"

"到了明年夏天，大家都去了夏威夷，剩下她一个人会很寂寞的。"

"硬带着她去呗。"曾说过讨厌当呆瓜的信次郎，挥舞着肌肉结实的胳膊说，"我背她去。"

"奶奶得有三十公斤吧。"美奈子笑出声来。

"哪有那么重，不过二十五六公斤。"纵男说。

那么轻、那么小，人还能活吗？我和美奈子面面相觑，信次郎则发出"啊"的一声，惊翻在地。

太阳下山了，奶奶还没回来。我和美奈子担心奶奶会不会离家出走了，纵男躺在通风的前廊，一直说没问题，但是他高高跷起的脚在微微晃动，暴露了他内心其实并没有十足的把握。我、美奈子和信次郎走出屋子，到奶奶可能去的地方寻找。我们去了屋后的小菜地、晾衣服的院子，甚至还去了平时从未靠近过的仓库，可是哪儿都不见奶奶的踪影。

我忽然想起刚来那天奶奶撑着阳伞走在田间小道上的身影，于是到田里摘了几根小葱，预备晚饭时做麻婆豆腐用，顺路到附近的田间小道去找奶奶。

我走在四周是一望无际的绿色稻田的小道上，听到了不知从哪儿传来的奇怪声音。不，确切地说是歌声，还有节拍，但又不像歌声那么悠扬，说是某种声响更合适。我这么琢磨着，向四面张望。

青蛙的叫声算声音还是歌声呢……耳边的声音像青蛙在大合唱。我站在稻田中央，前后左右都是一眼望不到边的绿色田野，终于听出越过起伏的绿色稻浪传来的怪声中夹杂着人的声音。

我在稻浪中探头探脑四下寻找，发现右边田里一棵大楠树下有间小小的屋子，人声就是从那里传出来的。

是一群人发出的声音，和青蛙的叫声很像。

来到这间屋子跟前，我才明白那奇怪的声音是怎么回事：是念经的声音。太阳依然高挂，蝉声不绝。

我用手背擦去鼻尖和额头渗出的汗珠，悄悄地踏进院子。绕过屋后，有一条与里屋相通的宽敞的走廊，越靠近走廊，念经的音量就越如雷贯耳，感觉周围的空气都被震得瑟瑟发抖。蝉声也被震飞到不知哪里去了，只有念经声以巨大的威力震慑四方。

我在树荫下探头窥视，只见五六个老婆婆聚集在一起，正满头大汗地念经。她们躬着背念经的身影看起来那么渺小，也许是屁股落在榻榻米上的缘故吧。在她们小小的身体上，还有小小的头和满是皱纹的脸，这些脸上的嘴巴节奏一致地开合着。

老婆婆们都干劲十足，脸涨得通红，念经的声音高亢激昂，带有一种奇怪的韵律。

她们的合唱在我听来是这样的：

嘎啊低依　嘎啊低依　嘎低　嘎低
索哇　索哇　索哇　嘎啊低依　嘎啊低依
索哇　索哇　索哇咔

我不停地用手擦着鼻子上的汗，从这些不像是人类发出的声音的旋涡中，分辨出了奶奶的声音；从那些不像是人类的满是皱纹的脑袋中，找到了奶奶的脑袋。

那会儿我的感觉简直怪极了。我看着自己奶奶的脸，有一种说不出来的奇怪感受，因为她们的身影和声音太像青蛙了。

为什么我的奶奶会发出那么怪异的声音？发出那种非人类的声音，难道不觉得害羞吗？

但是，奶奶正在热情高涨地拼命念经，和平时判若两人。上了年纪的人真怪啊，我百思不得其解。

我站在高高的楠树下，在大树和屋檐构筑的阴影下，时不时吹来一阵凉风，渐渐地鼻尖也不再冒汗了。

我的目光不经意间落在脚边黝黑潮湿的泥土上，发现有一列长长的蚂蚁在蠕动。队列一直从脚边延伸到后门那里，然后绕过一把靠在门边的扫帚，消失在屋内的角落。中途从扫帚的位置分出另一列蚂蚁，它们登上墙根旁的一根蔷薇枝，在长有棘刺的绿色枝干上一只接一只缓慢地蜿蜒绕行。

奶奶们的念经声流淌在这曲折前行的蚂蚁队列上方，几只领头的蚂蚁不久爬到了枝干尽头，钻进了白色的蔷薇花蕊……

当天晚上，信次郎和奶奶在聊天。两个人在前廊下面对面坐着吃西瓜。

“瓜真好吃，奶奶。”信次郎赞叹道。奶奶点了点头，没说什么。信次郎又加了一句：“如果死了，就吃不到西瓜啦。”

奶奶依然只是点了点头。

“锡二郎舅爷爷没死，可真好啊。”

“……”

“要是死了，连菠萝都吃不到了。”

信次郎似乎要把奶奶往某个方向诱导。

“奶奶您不想吃菠萝吗？”

奶奶第一次摇了摇头，说：“我不想吃那种东西。”

信次郎的诱导被轻易甩到了一边，他非常生气，大声说：“可我很想吃菠萝！”

我和美奈子在屋里不禁面面相觑。为什么我的弟弟净说些吃的事情，就不知道别的展开话题的方法吗？美奈子差点笑出声来，她低下头，用手掩住了嘴。

奶奶咔嚓咔嚓吃着瓜，一声不吭。信次郎抬脸瞄了她一眼，问：“奶奶您为什么那么讨厌锡二郎呀？有什么原因吗？”

“……”

“是以前有过无法忍受的争吵吗？”

“……”

“说说原因嘛。”

“……”

我偷眼瞧着，觉着信次郎挺可怜，他是真想去夏威夷啊。被他一步步逼向夏威夷的奶奶也越来越可怜了，他们两个看上去像被千斤巨石压着，透不过气。

“您倒是说话呀！”信次郎大声喊道。

“要不，叫他别问了？”美奈子对我小声说。原本是美奈子让信次郎去说服奶奶的。

“已经来不及了。”我很担心信次郎会把手中的西瓜扔掉，提心吊胆地看着他和奶奶的背影。

从田间念经回来后，纵男问奶奶去了哪里，她却沉默着走进了自己的屋子，一副沉思冥想、无精打采的样子。

纵男一脸不解，说这个家里的气氛不对劲。好不容易到来的暑假眼看就要毁掉了，首先要在我们的父母回来之前，为奶奶这种暧昧态度作个了断。因为了解夏威夷那边的情况后，父母们一定要来商量将来如何和克拉克一家交往。纵男的话很有道理。

“奶奶！”信次郎大声喊道。完了，要扔瓜了，我缩着脖子想。但信次郎的手没有动，接着我听到他略带颤抖地细声恳求：“我，太想去夏威夷了……”

我和美奈子默默地咬紧了嘴唇，信次郎可能在掉眼泪。

“对不起，”奶奶转向信次郎说道，“我对锡二郎既不讨厌，也不喜欢。”

“那是什么感觉？”

“我想不起来了。”奶奶回答说，“一点都没有印象了……”

奶奶低着头，嘴里嗫嚅着。从背后看去，信次郎陷入了沉默，没再说一句话，只是一个劲儿盯着奶奶。奶奶也是一言不发。

我和美奈子无言地对视了一下，都摇了摇头。前廊和拉门这边都寂然无声。

但是，奶奶并没有像我们担心的那样脑子出现问题。我们曾经怀疑她是不是得了老年人的健忘症，从奶奶的年龄来看，就算得了那种病也正常。

我们后来装出一副若无其事的样子聚集到饭厅，缠着奶奶讲以前的往事，打听那些我们不了解的人。连上奶奶自己，她共有十三个兄弟姐妹。其中像她这样还顽强地活着的，十三个人中也只剩几个了，就算加上锡二郎，活着的依然是少数。

纵男掰着手指头听奶奶数兄弟们的名字，一共十二个。奶奶的名字已经算进去了，就是没记住锡二郎。

“有十三个兄弟姐妹啊，”纵男叨叨着，“有可能忘记一两个。就拿我来说，小时候一起玩耍的邻家小朋友的名字也没法全想起来。”

或许如此，我想。兄弟姐妹有十三人之多，年龄上的差距也很大，最大的或最小的人和其他兄弟的关系可能比邻家小朋友还疏远呢。

八十岁的奶奶要回忆十五六岁时的事情，记忆就得回溯到六十年前了。我们真要回忆点什么，最多就是十年前的往事，纵男也就能回忆起十四五年前的吧，所以还真不知道回忆六十年前的过去是怎样一种情形。

对往事的记忆，在头脑中到底是以怎样的结构累积起来的？这个结构中最早的、像雾霭般沉积在底层的关于六十年前的世界的记忆，又是怎样一种形式？我想，奶奶那朦朦胧胧地沉浮在遥远记忆里的兄弟姐妹当中，应该有少年轴郎的身影吧。锡二郎舅爷爷则是沉入了记忆的底层，不知道什么时候才能浮上来。

奶奶出人意料地清晰地报上了十二个人的名字："菱太郎、矿二郎、衡一郎、铁郎、冲介、穿二、轴郎。"

纵男一五一十地数着名字，为奶奶喝彩："奶奶，好厉害啊！"

"银郎、锈郎、积介……现在有几个了？"

"十个了，只剩下奶奶您和两个人了。"

"还有两个是女孩子，我和妹妹阿麦。"

"了不起！"纵男欢呼，接着赞叹道，"奶奶您要是考大学，准能一次考上。"

奶奶说出了十二个人名，剩下的一个就是可怜的锡二郎。

奶奶接下来给我们讲了老七铁郎和老八积介的故事。

"铁郎是个身材好、长相帅的小伙子。只要到镇上去一次，回来的时候和服袖筒里肯定有女孩子写的叠得小小的求爱信。因为不能带回家里，他就绕过房子的围墙到后面的竹林里读信，然后撕碎用火柴点着了烧掉才回家。这么一来竹林里到处都是烧焦的碎片。"

"他可真受欢迎啊。"纵男不觉露出羡慕的神情。

"有一天，铁郎不知怎么了，忽然说想做个鞋匠。他好像是想了很久才和父亲挑明的，但是不清楚什么原因，只是说想做个鞋匠，让父亲允许他离开家。"

奶奶一脸困惑的表情，接着说下去。

“父亲非常吃惊，追问当鞋匠的理由，可是铁郎一声不吭。我们家的男孩子一般是当教师啦、出家当和尚啦，或是当农民种地什么的，没有人说过铁郎那样的话。”

“那准许他做鞋匠了吗？”信次郎追问。

“没有。铁郎最后不顾父亲的反对，一个人离开家，下了山，到附近镇子上的……什么鞋铺当了学徒。”

奶奶说完这番话，耷拉着瘦小的肩膀叹了口气。

“只有一次，父亲到镇上去，从那家鞋铺的橱窗看见店里火势正旺的炭炉旁边，有个师傅模样的人，还有正在干活儿的铁郎。据说，铁郎在膝盖上垫了块破布，正在唰唰地打磨制鞋用的皮革。父亲盯着铁郎看了好久，才垂头丧气地回家了。”

“他成鞋匠了吧。”美奈子说道。

“他在师傅店里做了五年学徒，快要出师的当口，发生了一件谁都想不到的大事。”

“我知道，跟女人有关吧。”

“没错，没错。”奶奶对着纵男不住地点头。我忽然意识到话题正朝着不适合信次郎的方向展开，他正倚着柱子默默地听。

于是，我对弟弟小声说：“你该睡了吧？”

“我不困。”信次郎不解地看着我回答。纵男和奶奶这种时候毕竟还是和家里的父母不一样。

“铁郎和他师傅的老婆一起从店里私奔了。看来铁郎从一开始就是冲着女东家去的。”

“奶奶，他师傅老婆的年龄不是很大了吗？”信次郎冷不丁问道，我也彻底断绝了押他去睡觉的念头。

“据说这个女东家是师傅的第二任老婆，还很年轻呢。后来听说……那两个人什么都没带，在九月晚上的山路上一路狂奔。偷别人的老婆就够可以了，何况还是有大恩的师傅的老婆。山下传来大批人马点着火把吵闹的声音，女人还在路上摔倒了，从没有过那么吓人的事。”

“他们逃回这里了吗？”

“逃到附近了，但要是在家里停留，立刻会被追赶来的人发现，所以直接上了大山，顺着山路一路跑远了，后来就一起过日子了。”

真了不得呀，纵男摇着头，深深地呼吸了几口气，仰面躺在榻榻米上，闭上眼睛说：“咱们有这样的先辈，真是想不到啊。这真是个凄美的豌豆剧。”

“那时我已经嫁到这个家里了，铁郎和那个女人就是从旁边的山上逃跑的。”奶奶看了看我们沉默的脸庞，接着说，“杉树林无边无际，一直延伸到对面的山头。两个人走在林间小道上的时候，看到在一片绿海般清秀的杉树林中，只有一个地方是红褐色的。铁郎看了一眼就明白那是遭到雷劈后烧焦的杉木。在绿树的环抱中，两棵杉树已经变成了红褐色，伫立在那里。”

我们紧紧盯着奶奶，听着她往下讲。

“走在铁郎身旁的女人看到那两棵杉树，说了这么一句话：快看啊，那两棵杉树就像殉情而死的……”

纵男还是躺在榻榻米上。

后来两个人翻过山头，组成了一个家庭。奶奶的故事也讲完了。

但接下来，奶奶又说出了让纵男爬都爬不起来的后话。

“这就是所谓报应吧，那以后又过了十几年，某一天，这次是铁郎成了师傅招了学徒，那个学徒是个坏蛋，偷了钱打算逃跑。铁郎发现后，两个人打了起来，铁郎被学徒挥舞的铁锤打中，死了。”

纵男沉默了，豌豆剧浪漫的尽头有个恐怖的收尾。

后来，那个从师傅的老婆成为铁郎妻子的女人不久也染病死去了。两人身后留下了一颗小小的豌豆，他们生的一个小男孩。

“把那个婴儿当亲生孩子抚养的人，是铁郎的弟弟积介，积介没有孩子。”

奶奶的父亲有十三个子女，没有一个人是铁郎那样的死法，老头后来都不再出门了。

奶奶的故事是那么长，一直把我带到了遥远的过去……我沉浸在这个像一阵旋风一般、犹如梦境的梦境当中。忽然间，我注意到躺在对面榻榻米上的纵男脸色变得苍白。

我看着纵男不同寻常的严肃表情，想起他跟我说过这样一番话。

“我老爸不是奶奶的亲生儿子，好像是奶奶下面第二个弟弟的孩子。”

纵男说这话的时候，不知怎的还挺高兴的。

“多美，你听说过家族遗传这个说法吗？我听说了那件事，心里一直激动得不行。我老爸的老爸到底是个什么样的人呢？”

现在纵男煞白着脸，他老爸的老爸不就是铁郎嘛！

在我眼前，这个从一粒豌豆生出来的小豌豆中又生出来的孙豌豆，一言不发地缓缓倒在榻榻米上。

3

每隔三四天，我就搭弟弟信次郎的自行车到山下镇子买东西。

下山先要穿过连白天也略显昏暗的杉树林中的小道，然后在一大片竹林里七拐八拐地前行。途中除了偶尔碰上骑车的村里人，没遇见过其他人。

曾问过奶奶一个人生活的时候是怎样采购东西的，她说山下的镇子里有装满鱼、肉和日用杂货的车子到山上送货，一户户地转着卖，可我还是喜欢和信次郎搭伴骑自行车到山下购物。

自行车相当陈旧古老，我在储物间发现它的时候，怎么也不像能用的东西。信次郎是个特别热衷干活的家伙，他给这辆车打了气、换了链条，还买来脱锈用的蜡擦拭车身。我看着他每天在后院忙碌着这些事。

纵男演奏的风琴声时不时流淌到后院里。信次郎从奶奶那架黑亮亮的快乐牌缝纫机抽屉里拿来缝纫机油，正在给自行车上油，我蹲在一边看着。信次郎打着包票对我说：“明天肯定让你骑上它。”

纵男弹腻了风琴，开始在前廊睡午觉的时候，信次郎在给自行车的前轮脱锈。纵男睡午觉醒来在厨房喝大麦茶的时候，信次郎已经把前后轮都擦完了，正开始倒腾脚蹬。

直到我傍晚通知开饭，他都挥汗如雨地蹲在自行车旁边。

“完工啦！”信次郎大叫着站起来，飞身跃上自行车，从晾衣场前面那长着牵牛花的墙根开始，绕着池塘骑了一圈。

“坐上来试试！”信次郎单脚支地，斜撑着自行车说。

车后座的角角落落都擦去了灰尘和铁锈，变得闪闪发亮。第二天早上，闻讯跑来的纵男和信次郎说了什么，大概是得到许可后骑上了自行车。纵男一边顺畅地骑着，一边在车上大发感想：“真好骑啊，干得不错嘛！”

我生纵男的气，也许那会儿是第一次。纵男的性格是能办到的事也尽量少使力气。这种时候他机灵着呢，一点都不客气。他极少生气发火，我也对他那种怪怪的小毛病不太讨厌……这次是为了信次郎生气。

我走到信次郎身边，瞪着纵男说了句：“浑蛋！”接着命令他：“我说了让你下来！”

纵男笑着下了车。

从那以后，他和美奈子没再要求骑过这辆车。信次郎用它载着我飞驰下山，回来时两个人都是走路，推着前后都装满东西的自行车上山，这样比用手拎着上山轻松多了。

我们穿过杉树林中的小道，沿着小溪回来，买东西只花了半天时间。我们晚到家不仅是因为路远，还因为常常边玩边走。

有一天在买东西回来的路上，我和信次郎一路讨论着，如果往小溪的上流走，说不定会找到瀑布。因为我们记起在奶奶聊天时，她说过带着要洗的衣服去瀑布玩的经历。

“提着衣服去瀑布，应该离得不远。”信次郎这样推断，“只是人不怎么走了，那条小道已经被草盖住了，所以咱们顺着路走时，注意听着点。”

顺着回村的道路，信次郎推着自行车，我扒开路边高高的茅草留意观察周围，向山上爬去。中途换成了我推自行车，信次郎走进草丛里探路。烈日炎炎，在大山的正上方放射出耀眼的白色光芒，我们置身于山间的空气中，没觉得太热。有些意想不到的地方响起了鸟鸣声。

爬了好长一段路，信次郎大叫一声“找到了”，接着就消失在高高的茅草丛里。他行走在草丛中，就像潜水艇上的潜望镜一般激起层层波浪，所以我没有失去他的行踪。

不一会儿，信次郎沙沙地拨开草浪飞跑出来。快听听，能听见瀑布的声音。他小声说着，拽着我奔进草丛。

“听见了。”我点点头。

“我说能听得见吧。”

草丛中，我们俩紧紧挨着，因为一分开就看不见对方的身影了。

“姐姐，你在那儿待着别动，我去整理一下自行车上的东西就来。”

信次郎说完就拨开茅草钻向路边，我在草浪下望着天空，心里开始发虚……十几分钟过去，弟弟终于回来了，在前面牵着我的手开路，虽然看不见脚下的情形，但感觉地面在急速往下延伸。

走了一会儿下坡路，来到一条没有茅草覆盖的小道上。这时，我们已完全置身于瀑布的轰鸣中，都听不清对方的说话声了。顺着小路往下走到尽头，眼前赫然出现一道大瀑布。我们得把头仰得高高的，才能看见瀑布的上端，这是一道遮天蔽日的巨大的瀑布。

“……”信次郎说了句什么。我把耳朵贴近他，大声问他在说什么。

“那、里、有、蛇……别动……”

我还没听他说完，就发出一声尖叫跳起来，信次郎险些被我吓倒。我足足叫了大概有一分钟，吓得不敢看地，只是仰着脖子看着天，噼啪乱跳，这期间蛇已滑到水里游走了。我顺着信次郎指的方向看去，那条蛇正在瀑布潭附近阴暗的水面上摆动着S形的身体向远处游去。

因为这件事，我不停地吵吵着要回去，打消了信次郎还想待会儿的念头。我只顾着心惊胆战地留意脚边，都没能好好地看瀑布。但瀑布的水声却听了个真真切切，因为那隆隆轰响的水声让我震颤的心脏感受到了越发强大的压力。

当我们钻出草丛回到原来的路边时，瀑布的声音在耳边渐渐远去，我才终于缓过气，平静下来。

信次郎走过我身旁，爬上眼前的一棵栗子树，去拿之前放上去的购物包裹，我在下面一个个接着。

“要是来了狐狸，会把这些吃了的。”这是信次郎把包裹放上树的理由。

这段时间纵男出乎意料地安静，美奈子说。

纵男每天在前廊、放有风琴的里间小屋，还有院子里的梧桐树荫下睡觉。表面看起来和以前的生活态度完全一样，他时不时在看书时打上两三个长长的哈欠，要是在院子里，就摘下一朵手边的花儿放进嘴里吧嗒吧嗒嚼起来。

我小时候曾经学纵男吃杜鹃花，被妈妈训过。那会儿妈妈训斥我的理由是："行为不端的家伙才吃那种东西。"我不明白为什么吃花就是行为不端，但被说了，也觉得是那么回事。

纵男虽是个男孩，但嘴唇薄薄的、红润润的，很漂亮，是适合吃花的嘴巴。可我吃了花，总感觉自己一点都不像拥有那种嘴唇的女孩子。

从外表看来没什么变化的纵男，内心其实已经开始发生变化。自打从奶奶的话中得知真正的爷爷的不幸遭遇后，他可能一直在反复思量这件事。

今天，在放风琴的屋子里，纵男睁着眼仰面躺在榻榻米上，两只脚高高地顶在墙壁上。那面墙上挂着好几个相框，有奶奶在小学工作时远足的照片，还有工作几十年里得到的奖状等。在这些变黄的相框里，有一幅是以前对小学生的训诫，纸的右上角贴着一张椭圆形的男人标准相。

附记上写着东京帝国大学某某校长，是位了不起的先生。纵男就算倒立着也进不了这所大学。相框里镶嵌着这位很久很久以前的先生的话语。

"纵男，你看过这个吗？"我凑近墙壁问道。

“嗯……”纵男回答。他每天都在这里消磨时光，应该是看过了。

我在墙壁前放声念起来。

请养成好习惯

坏习惯很容易养成，而养成好习惯非常困难。坚持不懈地努力养成好习惯很了不起。好习惯有早起床、不挑食、帮忙做家务、每天认真复习功课。还有很多的好习惯。

从前的伟人，在大家这个年纪的时候，就鼓起勇气培养好习惯了。

各位，只要养成一个又一个好习惯，总有一天你会浑身都是好习惯，不知不觉中，你就成了一个出色的日本人。

纵男默默地听我念完，然后一副受不了我蹩脚发音的样子，说：“真差劲啊……”

“读得差也比你强！”我回敬了一句。

我至少还是遵守这里所写的“好习惯”的女孩子，可能还是写下这些训诫的先生所希望的理想少女。纵男正相反，是个浑身都是“坏习惯”的少年。

纵男最好把被铁锤打死的亲爷爷的事当作反省材料，来思考如何做人。

“喂，多美，”纵男忽然爬起来说，“奶奶最近晚上聊到的那两棵杉树，还在这座山上吧？”

“杉树？”

“就是被雷劈了、殉情而死的那两棵杉树。”纵男两眼放光地说。

“是那两棵树啊。那么早以前烧毁的树不可能还在了。”

“可是，松树什么的即使枯萎了，也会一直立着。”纵男说完，眼睛盯着我，又小声加了一句，“咱们去看看是不是真有那两棵树，好吗？”

如梦似幻的遥远往事现在就在身旁……我沉默了。纵男看着我，等着我的回答。

“得走很远吧。”

“咱们不是有自行车嘛。”

这时，我脑海里浮现出信次郎的小脸，不知怎的觉得他很可怜。

“去看看吧。听说被雷击中后连树干都变成锯齿状了，就像被猫抓过一样。”纵男站起身来说。

接着浮现在脑海里的，是刚才信次郎出门时的背影。他也许去寺庙午睡了吧。这么一来，回到家就是傍晚了。

“美奈子怎么办？”我问道。

“傻不傻呀，自行车坐不了三个人。”纵男说得没错。

我们登上了没有人烟的山道。山道很宽、坡度平缓，可是骑车的纵男后背很快渗出了汗水。

“抱紧啦。”纵男说。

“你出汗了……”

“那又怎么了？”

“恶心死了。”

“你是搭车的，要求就别太高了。”纵男心情不错。

自行车慢慢拐向右边，再慢慢向左拐去。眼前出现了一大片杉树林，密密麻麻地覆盖了整个山坡，远处是蓝得让人沉醉的天空。

铁郎和鞋铺的女东家真的走过这个地方吗？奶奶的故事叫人心惊肉跳，可是这座山一点也不让人害怕。山背面有一片湖，从那个方向传来布谷鸟的鸣叫。

一直走了很远，眼前那些纺锤形的深绿色杉树一棵接着一棵，枝繁叶茂，连成毛蓬蓬一片。天空像空洞般静谧，大山也沉寂无声，好似模型一般。信次郎修理过的自行车一路飞驰。

山道渐渐变陡，我们忽然瞥见右边那一片毛茸茸的深绿色杉林中有一抹异样的色彩。枯萎的红褐色树木在周围绿色的衬托下，像是一幅褪色的照片镶嵌其中。我们凝神细看，是两棵杉树。

“就是它们！”纵男停下自行车，我们下了车向杉树林走去。在挨近杉树林的地方看去，只见一棵棵杉树高高直立，郁郁葱葱的枝叶遮蔽了大部分阳光。我们打消了踏入阴暗林中的念头。

“从这儿看看就足够了，”我对感到遗憾的纵男说道，“进到林子里，反而找不到。”

纵男和我在路边坐下来，四周一片静寂，静得让我觉得耳朵发疼。有一只鸟飞掠而过，发出“唧——唧——唧”的鸣叫，而后又陷入沉寂。纵男忽然小声嘀咕了一句：“不是那两棵树。”

“不是什么？”

“不是奶奶故事里的杉树。”

“为什么？”我凝视着斜坡上的杉树，说，“不是两棵树一起枯萎了吗？”

“在这么高的山上，雷电多得很，两棵树从侧面被击中、一起烧毁的情况时常发生。”纵男摇着头，然后又指着那两棵树说，“你仔细看看。几十年前枯萎的杉树上面不会还有叶子，应该早就掉光了，只剩下树干。”

我觉得纵男说的是对的。因为眼前的两棵杉树上，女人长发般长长的褐色枝叶稀稀拉拉地耷拉着。

“不知奶奶是不是把那两棵杉树当成了铁郎看到过的树？”

“也许吧。咱们也没看见别的被雷电烧焦的杉树呀。”

“这两棵杉树要是烂掉了怎么办？”

“还会有别的杉树殉情的。”纵男笑了，发出一种不像他的声音的低沉笑声。我看着那两棵杉树褐色的枝叶，感觉它们长发般的枝叶互相缠绕在了一起。

“唧——唧——唧”，又有鸟儿掠过，然后林子又恢复了寂静。这种寂静强烈地唤起了心中对于逝者的想象，眼前的两棵树仿佛在耳鬓厮磨地互相诉说着什么，我似乎听到了它们让人恐惧的谈话。

一阵轻风穿林而过，还活着的杉树拂动着一簇簇翠绿的树叶，枝干微颤，好像在风中呼吸一般。而殉情的杉树只是稍稍抖动了一下低垂的红褐色枝叶。

我以前在头脑中描画的关于“死”的情景，是那种像风般轻柔、像蝴蝶般舞动各色斑斓衣装的样子，可眼前殉情的杉树看起来是那样沉重，好像背负着看不见的重物，压得我喘不过气来。

“我要回去了。”我对纵男说道。

“为什么？”纵男站在很近的地方，直视着我的脸问道。然后他盯着我，眼神仿佛一直能看穿我颤抖的内心，又问了一句：“为什么……”这不像纵男的声音。

“多美！”纵男用一种奇怪而低沉的声音叫着，忽然紧紧地抱住了我。

我“啊”地大叫一声，吓得纵男松开了手，可我还是惊魂不定，莫名其妙地噼噼啪啪乱打纵男的手，只觉得殉情的杉树上的枝叶都哧溜哧溜倾覆下来。

纵男在身后不停地呼喊，可我连头都不回，拼命跑向路边的自行车，然后飞身上车，向山下一溜烟逃去。

我抛下殉情杉树和坏蛋堂兄，自己回家了。

那天晚上，静悄悄的。

纵男到傍晚才迈着疲惫的步伐回到家里。是美奈子来到正在做晚饭的我身边说的，还说纵男在井边一边洗脚，一边不停地叹气。

晚饭做了干烧鱼和醋拌莲藕。纵男讨厌吃鱼，更受不了酸东西。我在一大碗醋中放入切得薄薄的莲藕片，边搅拌边琢磨酸味是否浓得足以放倒纵男，又特意没在纵男那份酸藕片里加糖。

后来，纵男龇牙咧嘴地吃完了那盘酸藕片。因为吃饭前我在众人面前对他说："我做的东西，不许吃剩！"

吃完鱼和酸藕片，纵男喝了好几杯茶水，回了自己屋里。

太阳下山后，奶奶叫纵男帮她写一封寄往夏威夷的信，是给锡二郎的。纵男拿着信纸和钢笔来到饭厅。

"拜启。"奶奶端坐在纵男的面前，认认真真地开始口述。

"拜启。"纵男重复着奶奶的话，动笔写了起来。

"不知近来贵体是否安康，特致问询。"

"不知近来贵体……是贵体吗？嗯……是否安康，特致问询……多美，'问询'的'询'字怎么写来着？"

我看都没看他，一边和信次郎、美奈子一起咬着梨，一边说了句不知道。信次郎吞掉满口的梨后得意地回答："'ヨ'的下面是'エ'和'口'，再下面是'寸'。"[①]

"哎呀，信次郎聪明得很呀！"

美奈子模仿奶奶的口吻称赞道。

"我日夜在神灵面前祈祷您早日恢复健康。"

"奶奶在撒谎。"信次郎说。

"心里是这么想的。"我回了一句。

纵男不耐烦地说："吵死了，别出声……我日夜在神灵面前祈祷您早日恢复健康。"

"多亏了您的庇佑。"奶奶带着一种不同寻常的表情继续说着，然后用当年做小学老师的声调加了一句，"'庇佑'的'庇'字是草字头，下面一个'陰'。"

---

① "特致问询"原文为"お尋ね致します"；下文"多亏了您的庇佑"原文为"お蔭様をもちまして"。

我一直觉得很奇怪，奶奶的记忆不是平衡分布的。她对某些特定的细节有惊人的记忆力，但这只是记忆中极小的一部分。换句话说，奶奶的记忆力只在没什么大用的部分发挥着强大的威力。如果她不记得“庇佑”的“庇”字怎么写，而是略微记得一点夏威夷的锡二郎弟弟的事，不知道她周围的人该有多省心，锡二郎的病也会立刻好了吧。

“接下来，我有一个请求。”奶奶接着说。

“我有一个请求。”

“光阴似箭、时光荏苒，年幼的姐弟经历岁月的洗礼走到今天，昔日朦胧的记忆也如幻影般消失殆尽了。”

纵男变得异常忙乱，笔下唰唰生风，嘴里重复着奶奶的话。

“我已忘却了您的容颜。”

“我已忘却了您的容颜。”

“姐姐，奶奶在说些什么呀？”

“嘘，别吱声。”

“恳请您寄送一两张照片给我。”

“恳请您寄送一两张照片给我。”

“致，春野锡二郎先生。”

“致，春野锡二郎先生。”

说完，奶奶轻轻地叹了一口气，弓着腰孤零零地坐在那里，低下了那张小小的满是皱褶的脸，看上去是那么寂寞无助。

写完信后，屋里很安静。信次郎和美奈子面对面地啃着梨。我和纵男背对着背，都是一副什么都没发生、什么都没看到的样子。

屋外，月光如银，满院生辉。

我眼前出现了月夜中的杉树林。银色月光照耀下，一簇簇杉树像披上了一层白白的雪妆。

4

今天的菜谱是鲜贝烩饭，考虑到这是一道奶奶可能闻所未闻的菜式，我做成了日本饭菜的样子，实际上用了西洋烹制米饭的方法。

哦哟、哦哟，带着贝壳的米饭。奶奶发出了惊呼。

“怎么样，这就像海盗吃的饭。”

奶奶吃着鲜贝烩饭，嘴巴张得像开了口的贝壳，叹道：“这些贝壳在锅里张开了嘴，流出了美味的汁水啊。”

“所以说，您吃饭时得抓着贝壳一起吃，这可是一顿忙碌的晚餐。”

听我说完，奶奶右手拿起勺子，左手抓起一个鲜贝，张开满是皱褶的嘴巴，那皱褶就像系在扣子上的那条皱巴巴的餐巾似的。她先是嗞嗞地吸完贝壳里的汁水，再吸出贝壳肉，然后用舌尖把粘在贝壳里的饭粒舔干净，说道：“好吃、好吃！都是托孙辈的福，让我吃上了这种像是在海边挖贝壳的饭食，好在我够长命啊。”

我们听了都敲着勺子笑个不停。

在奶奶吸食贝壳的“嗞嗞”和“吱吱”声中，我们结束了这次比以往耗时甚多的晚餐。

洗碗是美奈子的活儿，她站在洗碗池边洗着碗。浴室那边轮到信次郎当班，他去了厨房对面的浴室里。饭厅里只剩下不干活儿的纵男和奶奶，捧着吃饱后鼓鼓的肚子心满意足地坐着。

水池里堆积的绘有不倒翁、茄子和黄瓜图案的大大小小的旧餐具，洗干净后收进了碗橱的阴暗角落里，这时洗澡水也烧好了。

轮到我和奶奶洗澡了。纵男和信次郎先洗过了。今天轮到美奈子刷洗浴室，所以她最后洗澡。

蟋蟀的鸣叫声透过纱窗回响在贴着瓷砖的浴室里，奶奶的后背呈现在我面前。我用毛巾搓着奶奶那皮包骨的后背，想起了小时候常和信次郎玩的“富士山”游戏。

我们用力将手背的皮揪起，形成富士山的样子。手背的肉很薄，揪起来的皮能形成漂亮的山的形状。信次郎的“山”小一点，我的“山”稍微大一点。我冲洗着奶奶的身体，想起了这个揪手背游戏。奶奶身体的每个部位都会形成漂亮的“富士山”吧。用一般的眼光来看，奶奶皮包骨的身体真是很可怜，可是从塑造“富士山”的角度来看，奶奶瘦骨嶙峋的身体是很有价值的奇特存在。

我仔细打量着奶奶的手臂和大腿，忽然被奶奶的后背吸引住了。这后背的面积肯定能形成大大的漂亮的“富士山”，那可是手背没法比的。

我想象着奶奶的后背上耸起一座“富士山”，想象着从山顶一直延伸到山脚平原、由山脊和山谷形成的皱褶状起伏，以及它投下的阴影和广阔无边的山脚平原的剪影。大概可以用指尖在奶奶的后背上缔造出这样宏伟的自然吧。

我一边抵御着想把后背的皮揪起来的诱惑，一边使劲搓洗奶奶的背。

雾气腾腾中，奶奶转向我这一边，轮到她给我搓背了。

“啊……真美啊，好美的后背啊，油亮亮地放着光呢。”奶奶赞叹着。我不喜欢自己的油性皮肤，听了奶奶的赞美并不高兴。

“看啊，我浇水啦，好美的画面！”接下来，奶奶必定要说她的口头禅，“天堂，天堂啊。”

在一池波光粼粼的热水中，浮动着我和奶奶的两个脑袋。我在水中看着奶奶变红的脸庞，总觉得像是核桃仁在热水里泡开后的样子。奶奶脑袋旁边浮现出她最喜欢的“天堂”。

我看着那个“天堂”陷入了沉思。奶奶一定总是这样和“天堂”生活在一起吧，她一半的内心世界已经被这个“天堂”带走了，几十年前的往事就像梦境一般。

不，也许对于奶奶来说，现在这个浴池也是一半在梦中，我这个孙女就是最新的梦……那么，在只有一半清醒的人眼中，世界看起来到底是什么样子呢?

我琢磨着这些事，转过身和奶奶面对面，可是奶奶那只有一半清醒的内心，这时通过我这个入口打开了一扇通向过去的门。她眯缝着眼睛盯着我，冷不丁说出了一个天大的秘密。

“啊哟，那个地方和你妈妈长得真像啊，多美。”奶奶在水中叹息道，“真的和麦子很像啊……”

奶奶，您刚才说什么呀，我问道。“麦子是谁呀？为什么我要像那个叫麦子的人？”

那一瞬间，我清楚地看到奶奶唰的一下变了脸色，与平时判若两人。

“麦子是谁呀？奶奶。”

我的脑袋在水面上猛地向奶奶滑去。奶奶怔住了，说不出话来。

慢慢地，奶奶的眉眼和嘴巴开始一点点地颤抖，我仿佛看到她的脸皮后面也有什么东西在颤抖、崩溃。不久，奶奶的眼睛里渗出了泪水，她用手捂住脸哭了起来。

“难道，”我摁住扑通扑通直跳的胸口说，“那个人是我的亲生母亲？”

奶奶终于点了点头。

“现在的妈妈不是亲妈？”

奶奶还是点了点头。

我那时是蹲在浴池里的，只觉得猛的一个趔趄差点摔倒。腿都没有知觉了，支撑身体的最重要的双腿忽然被拽走了。我心里想，原来父母和亲人是自己的双腿啊。没有了他们，就会像这样摇摇晃晃地漂浮不定，没有依靠……

这异常鲜明的感受给我重重一击，但无论何时我都不会停止对新发现的好奇，觉得必须问问奶奶关于信次郎的事。

“信次郎是你现在的父母生的。”奶奶静静地回答了我的问题。

这么说来，我们是长相和身体都完全不相似的姐弟。我沉默了。

奶奶从泡了很久的浴池里站起身，颤巍巍地爬上淋浴台。我也跟着出了浴池，两个人一屁股坐在瓷砖地上。

我只觉得眼前忽明忽暗，奶奶那张像极了核桃仁妖怪的脸也若隐若现。也许在奶奶眼中，我也是一样。这是从浴池里出来后的症状，我心里的症状也是如此。简单地说，我的眼前一片漆黑。

奶奶用热水浸湿的毛巾捂住脸哭了，然后开始说了起来。

“麦子是我妹妹的女儿。”

这么一说，我想起来奶奶的妹妹是叫阿麦，阿麦的孩子就是麦子。

“麦子生下你以后，不久就死了。”

奶奶还在一个劲儿抽泣。

“刚好我这边的涉助和清子结了婚，为了孩子，也只有这个办法了，就让涉助夫妇收养了你。”

涉助是我现在的父亲。

“妹妹家里欢喜得流泪，真心地感谢涉助。所以孩子生下来立刻就报了户口，成了涉助的孩子。”

“那个叫麦子的人，生完孩子后不久就死了吗？”

“我想是过了一两天吧。”

“那我的亲生父亲就没说什么吗？自己的孩子给了别人，就不吱声？”

“你亲生父亲……”奶奶又流下了眼泪，似乎是一种回答。

“已经死了？”

奶奶点了点头。以前的人不知怎的总会忽然死掉。

我记起以前曾经想象过这样凄惨的故事。那时候是在夜里，钻进被窝后，在脑海里浮想联翩地想着玩。不仅是我，女孩子大概都会有一两次被这种想象打动心扉。连美奈子这样的女孩也一直有成为孤儿的幻想。我们就这样憧憬着拥有一颗绿色的豌豆——纵男所说的豌豆的凄婉经历。

要是可能，我真想把这种空想变为现实时的少女情怀告诉美奈子。然而，我现在做不到，只能带着一种交织着遗憾、悲伤、舒畅和寂寞的感觉，看着奶奶赤裸的身体。

这世上真有这么不幸的人啊！我想着自己的亲生母亲麦子，眼中不觉滚下一滴泪。这位母亲结了婚，自己的男人连孩子都没看上一眼就死了……又一滴泪滚落下来。

还有那个好不容易来到世上的无父无母的婴儿。又是一滴泪。啊，那个不幸的婴儿就是我！

多么像梦一般的现实呀！我被这个故事深深打动了，痛哭流涕。

所谓事实的真相……我用毛巾擦去满脸的泪水，琢磨着：即便这一切不像真的，但依然是事实。

现在，在梧桐树荫里叹气的人不是纵男，而是我了。周围的东西，在我眼里都像是透过一层淡蓝色镜片看到的景象。这个世界上的“孤儿”大概都戴着一样的眼镜。

我想说一件和妈妈有关的打蝴蝶结的事。

我的妈妈……也就是我刚知道的那位亲切的养母，从小就不会打蝴蝶结。自己绑头发的时候，蝴蝶结的两个翅膀不知怎的总像一个直立的“8”字。她一般都是请自己的妈妈帮忙打结，但这位妈妈的妈妈也把蝴蝶结竖起来结成“8”字。所以，从小都是外公在出门上班前给妈妈的头发绑蝴蝶结。

我作为如此笨拙的母亲的女儿，也还是要让爸爸替我系围裙。

“真是让人没办法的母女俩。”父亲来回看着我和妈妈，摇头叹息。系围裙的时候打个蝴蝶结这种事，连信次郎都会做，我们母女俩却做不了。顺便说一句，我和妈妈都像常人那样会用缝纫机和做针线活，所以这不是灵巧还是笨拙的问题。

那么，我们都不会打蝴蝶结，又是出于何种原因呢？

回到妈妈娘家的日子，在厨房的水池边并排站着三个竖立的“8”字结的景观……外婆、女儿和外孙女共同的“8”字结，只能看作纵男说过的豌豆交配后的结果。

但是，那粒豌豆被奶奶一番话击得粉碎。豌豆之间并没有交配过。这就是事实。

我很想念已经在夏威夷待了些日子的妈妈。虽说对生母麦子有些歉疚，但一想到妈妈打“8”字结的事，思念之情就涌上心头，我在梧桐树下哗哗地流眼泪。

信次郎丝毫没有注意到我的变化。而我知道了事实真相，现在依然认为自己是信次郎的姐姐，所以他什么都不知道，倒让我松了口气。

梧桐树下，我眼前好多次闪现出让信次郎帮我系围裙的情景。不仅是围裙，上初中的时候，我还请他系过马尾辫上的蝴蝶结，不，是指使他系过。我这个姐姐，拿捏着许多让弟弟听话的把柄。

我深深地怀念起弟弟帮我系蝴蝶结的情景来，他那双少年才有的骨节突出的手瘦瘦的，在眼前窸窸窣窣地拨弄。弟弟的注意力全都放在了我的头发上，而我的目光正好投在他的指尖。蝴蝶结的颜色是学校规定的深蓝色。

“这样行吗？好了吗？喂，差不多就行了吧，我上学要迟到了。”

我背靠着梧桐树干，叹着气。我决定从现在起做一个为弟弟着想的姐姐。

一天下午，信次郎带着美奈子来到梧桐树下。“去瀑布吧。”他对我说，“美奈子说想去看一下。”

首先浮现在脑海里的记忆是蛇，那条摆出长长的 S 形浮游在水面的蛇。我一想到这个，浑身就起鸡皮疙瘩。

“小信说要带我去。”美奈子戴着白色的太阳帽。即使我不去，信次郎和美奈子大概也会去吧。我不知不觉站起来，微笑着对和美奈子并排站着的信次郎说：“你去把我的帽子拿来！”

“嗤！”信次郎撇了撇嘴向屋里跑去。我向来如此，总会立刻打消几分钟前的决定。不久，信次郎呼扇呼扇地拿着帽子，旋风般地跑回来了。

我们三个人一起走在下山的路上。我和美奈子肩并肩走着，信次郎打头阵。目标就是上次他挂购物袋的那棵树。信次郎左顾右盼，把周围的树木看了个遍，终于找到了那棵树。

“又不是像电线杆那么立着，四周净是树和草，不容易发现。”信次郎向美奈子解释说。

然后，三个人手拉着手哗啦哗啦地在草丛中向下走去。我从这儿开始，已经满脑子转悠着蛇影了。

“信次郎，看到蛇早点说啊。”我不经意地这么一说，冷不防吓了美奈子一跳。

“有蛇出来？”

“有。还很长呢。”说着，我竟生出一阵快感。

“小信没说过这件事呀。”美奈子在草丛中站住了。

“就一条小蛇，扭着身子爬出来而已。”

“真有啊！啊，真有蛇出来啊！”

我看着美奈子的脸，心情越来越舒畅。

“那条蛇弯弯扭扭地爬到我脚边，它是绿色的，还有灰色的斑点。”

“不可能，哪有什么花斑蛇！”

“我可是真的看见了，那条蛇就在脚边。”

美奈子开始发抖。

“好不容易来一趟，别管那么多了。”信次郎说话了。

“走吧，看见了我就拿石头砸它。”我说。真是奇怪，我觉得真能那么做。在美奈子瑟瑟发抖的时候，我已不觉得蛇有那么可怕了。我变成了一个心地险恶的女孩子。

钻出草丛后，瀑布就出现了。上次正好面对着瀑布，这次下草坡时向旁边偏离了许多，瀑布在离我们很远的下方。

我拉着美奈子的手，走过被飞溅的水滴淋透的岩石。上一次因为蛇引起骚动，都没有走到瀑布的侧面。我和美奈子蹲在一块平整的大岩石上。

“蛇是从哪儿出来的？”美奈子大声问。她都到这会儿了还忐忑不安。

“就在对面。”我指给她看，美奈子顺着我指的方向看过去。我从侧面看着她柔顺的黑发，还有那张一点都没有晒黑、白嫩得如洋娃娃般的脸庞，想起了自己那头粗硬的黑发和一点都不像女孩子的黑黑的脸蛋。也许薄命的麦子也和我一样，是个长得不怎么漂亮的女人，我觉得这么想有点过分了。

我们来到一大片阴凉中。瀑布上方的悬崖上茂密的树丛遮蔽了阳光。飞溅的水滴呈雾状笼罩住岩石。

“有点冷啊。”踩着石头跑过来的信次郎说。我们手臂上的汗毛都冷得竖了起来。

蛇是在我们要回去的时候出现的。我们离开瀑布，跃过岩石，回到了原先刚出草丛的位置，这时草丛里滑出了一条蛇，横在我和美奈子面前。

美奈子没有叫，全身僵硬地直立着，死死抓住我的胳膊。

“没事。”我点了点头说，可是也不知该怎么应对，两个人一直这么站着。这条蛇的颜色一下子还形容不出来，它是绿色的，颜色发乌，又像是灰色的，但是全身没有一个斑点。

这恶心的绿色、黑色和灰色的混合体蠕动着爬行起来，我吓得浑身一哆嗦，只看到自己的脚在似乎很远的地方对准蛇踢起一块小石头。蛇以反 S 形的姿势扭动，尾巴拍打着地面迅速逃离，滑过岩石，蛇皮还闪烁着点点鳞光，钻进草丛里了。

“怎么啦？”信次郎从草丛中探出头问。

“多美她呀，”美奈子用兴奋的声音大叫，“多美用石头打了蛇，还打中了！”

信次郎忽然大笑起来。

“别吹牛了！”弟弟说完，笑个不停。

奶奶从那以后态度上看不出什么变化。我有时走到奶奶面前，故意低下头叹息给她看，她也没有一点反应。她给了我这么沉重的痛苦，自己心里却什么负担都没有吗？还是说有心理负担却故意不表现出来，一直在忍受呢？

总之，不仅是我，连信次郎也会为麦子的往事感到痛苦，所以奶奶做出若无其事的样子，实际上可能是拼命想抚慰我吧，我猜想。

今天，奶奶又是手上拎着往常的布袋，头上裹着毛巾，中午出门去了老伙伴家。头上顶着毛巾，奶奶变成什么样了呢？裹毛巾大概是想起到与我们戴遮阳帽同样的效果。想到奶奶稀疏的头顶上裹着折成两片的毛巾在田间行走的情景，我心头怦然一动。

奶奶体重很轻，走起路来像树叶般轻飘飘的。头上的毛巾是行走在田间的奶奶的标志物。

她又去了那棵大楠树旁的屋子，又会满头大汗地念起“嘎啊低依、嘎啊低依、索哇、索哇、嘎啊低依”吧。

忽然，我脑海里闪现出奶奶那些早就死去的亲人的名字。

发疯的轴郎、逃往山里的铁郎、手指殉情树的铁郎情人、阿麦和她的女儿麦子，还有早就去世的爷爷。

还有好几个我不知道的奶奶的兄弟，也应该算在其中。

奶奶可能就是给那些人送去“嘎啊低依、嘎啊低依”吧。

但是，我并不相信那种奇怪的声音能传到轴郎、铁郎和麦子那里，给他们慰藉。

死了的人是一种奇怪的存在。

我还有很多不明白的事情。

我眼前出现了奶奶念“嘎啊低侬、嘎啊低侬”那天，在田间聒噪的无数只青蛙、院子里白色的蔷薇花，还有攀爬蔷薇枝的蚂蚁队列，那些小小的生物似乎也在进行正式的吊唁。

蚂蚁在不停地攀爬着蔷薇枝，左绕右绕、左绕右绕……终点是那朵夕阳般的白蔷薇花。

即使奶奶不念经，青蛙和蚂蚁也会念的。

自然就像一个深不见底的大碗……我想。

傍晚时分，奶奶头顶着折成两片的毛巾，手臂上挎着布袋，摇摇摆摆地回来了。她在浴室刚洗完被汗水打湿的衣服，一场暴雨从天而降。奶奶望着昏天黑地的窗外，抚着胸口庆幸不已，说要是再晚回来一会儿，可能就淹死在田里了。

纵男在里屋弹着风琴，琴声在哗哗的雨声中时隐时现。外出的信次郎被淋成落汤鸡，跑回来了。

雷雨总也不停，我和美奈子在厨房里听到响雷，丢下锅碗瓢盆逃到饭厅里。奶奶、信次郎、美奈子和我不知不觉都端坐着，只听见雷声在头顶的天花板上轰响。

“纵男真不愧是长大了呀。”奶奶感叹道。的确，纵男弹奏的并不完美的风琴声，在风雨雷电中隐隐地持续。

那天晚上雨停后，纵男的妈妈给奶奶打来电话，说纵男、美奈子和我的妈妈今天都从夏威夷回来了，爸爸们因为牵挂工作，已经先一步回来了。

锡二郎舅爷爷已经好多了，从打点滴变成吃流食。他清楚地记得很多关于奶奶的往事，给他们讲了不少。但是奶奶好像不太欢喜，自己不了解的人那么清楚这边的事情，总归是感觉不舒服。

“他们说了克拉克是个怎样的人吗？”纵男问。

“没听说。”奶奶回答。

“他们住在什么样的房子里？”美奈子探身问道。

“没听说。”

“那个家里有没有小孩？”信次郎问。

“不知道。”

后来奶奶说，既然你们那么想问，反正父母都回来了，大家都回家去吧。

5

浓绿的叶子中间垂挂下红色的果实，五个像落日般的西红柿在地里成熟了。

“快看啊，多美。拿篮子来。”

我看不见弯着腰猫在田里的奶奶的上半身，只看见她穿着灰色连衣裙的屁股在田里移动。

我把手里的篮子递过去。奶奶今天早上摘了三个西红柿，打算带回去装在早餐盘子里。

“顺便可以摘些秋葵。”

听了奶奶的话，我又往篮子里加了五六根秋葵。秋葵看起来像一个个细长的三角形帽子，长满细细的绒毛，不经意间摸上去，绒毛还刺手呢。

“好嘞，再来一个……”

一根胖胖的茄子被奶奶扔进篮子里，篮子一下变得沉甸甸的。奶奶直起身，摁住头上的毛巾伸了个懒腰。这是该回去的信号。

走出菜地，绕过院子的围墙，我们回到了家门口。清晨时分，道路已变得很亮堂，昨晚的秋虫还在鸣叫。草丛中涌出的虫鸣声直冲云霄，传向四方，听来声音仿佛从天而降。阵阵声浪中，我和奶奶如渡河涉水般行走其间。

穿过院门，走到屋前，奶奶忽然问了句：“能先不急着回家吗？”

“行啊。”

听我说完，奶奶的表情一下子放松下来。

厨房里，美奈子正在洗菜。

“等会儿切一下就可以了。”美奈子说。

来到奶奶家后，美奈子养成了早起的习惯。我们四个人在奶奶家又待了下去，各自回家的时间延后了。美奈子的好习惯不久会成为她带回家的好礼物。

仔细想来，我们虽然没怎么学习，但都找到了各自的礼物。信次郎去外面玩耍晒黑了，远离了看漫画的坏习惯，这是具有划时代意义的事情。

纵男可以端坐着吃饭了，以前都是赖在椅子上做事的，他还能用两只手弹风琴了。

我呢，可以张罗五个人的饭食，也意识到了帮忙和管理是两件完全不同的事。这应该会对我长大后看待和思考问题产生好的影响吧。

我站在厨房的窗户前，觉得自己的内心像清风般透明。美奈子将洗过的菜切好，倒入已放入大酱汁的锅里。

大酱汁变得像雾霭般混浊起来，是其中沉淀的麦麸制造的混浊。每当用勺子搅拌“雾霭”的底部，就泛起阵阵沉淀物，茄子、炸豆腐块和菜叶沉浮于这片浊流中。

忽然间，我想到一件事，把眼前的大锅想象成池塘那么大的面积，然后凝神细看。在大酱汁的洪流中，我发现了一个小小的不停划动的东西。眼前好像是溶化了土块的土黄色水面上，冒出了人的脑袋和手臂，那一定是轴郎的脑袋和手臂。

我还看见铁郎铛铛地做鞋时用的铁锤手柄在水面沉浮不定。

麦子的头发随水漂动。

两棵杉树在昏睡。

大山沉入水底。稻田沉入水底。

屋子、牛马、鸡漂浮在水面，看上去就像废弃的垃圾。

我关上火，盖上了锅盖。

奶奶的锅真恐怖。

饭厅的餐桌旁，纵男、信次郎、美奈子和奶奶都到齐了。我端着锅走过去。奶奶低下头说，什么都不用做就能吃上饭，然后又像唱歌般说着：“天堂，天堂啊。”

吃完早饭后，信次郎看了看窗外，对大家发出了邀请："去寺庙后面的池塘吧。"

按信次郎的说法，好不容易来一趟，必须到处看看。奶奶也赞成地说，就是就是，这话在理，连我也能走着去那个池塘。大家最后决定带上做好的便当过去吃。只有美奈子有点不安地问："有蛇吗？"那次在瀑布遇见的蛇把她吓得够呛。

这是个晴空万里的早晨。我们簇拥着头戴毛巾的奶奶，五个人一起走上了田间小道。

那把阳伞怎么样了？信次郎问奶奶。

"我收得好好的呢。"奶奶回答。

"以前的男人去澡堂的时候，是不是打着阳伞？真怪啊。"

"我们这儿是乡下，以前就没人这么打扮。"

"为什么？"

"压根儿就没有澡堂。"

"是嘛……"

"所以我不会记错的。"

在路上碰上了去耕地的人。奶奶笑眯眯地和他们打招呼。别人问了句什么，奶奶回头看着我们说："哪里哪里，净是些不听话的孩子。"

信次郎听了，不满地抱怨："为什么那么说呀？"

"不能夸自己家里的人。"

"但是不了解的人听了，就当是真的。"

"看说话人的脸就明白啦。"

"奶奶，您和刚才那个人说话时是什么表情？"

奶奶歪着脖子对着信次郎做了个表情，说道："就是这样……"

大家一路随着奶奶的步子慢慢走。渐渐地，信次郎不耐烦了，先是不停地看奶奶穿草鞋的脚，后来终于一个人跑到前面去了。

在信次郎总去午睡的那座寺庙围墙的后面，有一个池塘，岸边有一半地方丛生着郁郁苍苍的树木，人无法靠近。剩下的半圈挨着小路的地方好像能坐人。

池塘没有多大，圆圆的，一眼能看到边，还能清楚地看到对岸树梢上的鸟。池水墨绿，没有一丝波澜，心情不好的日子最好别来这里。天空却是异常晴朗，飘着朵朵白云。

"池水很深吧。"纵男说。

"没有没有，就到人的脖子那儿。"奶奶深知底细，"四周很浅，看起来很深，其实水就到肚子上下，中间虽然一下子变深了，但也就到胸口。能浸到脖子的地方，你们看啊，就在那棵树垂下的枝条附近。所以打捞掉进水里的孩子，也不是从那边直接拖上岸，要绕到这边水浅的地方。"

"您亲眼见过？"

"何止是见过，还是我教的年级里的孩子。"奶奶盯着池塘说，"因为青蛙多跑来捕捉，要是青蛙没捉着，倒把小命送了就太不值了。"

听起来像是没有因此而淹死的孩子。

"来了很多孩子，谁掉进水里，总有人发现的。"

而后，奶奶的话题转到了少年轴郎身上，从前轴郎就差点淹死在这个池塘里。

“轴郎说出去玩玩，离开家时已经是傍晚了，他就是来这个池塘捉青蛙。对面那棵树下青蛙特别多，轴郎在那儿捉了几只青蛙，返回这边岸上的途中，游到中间的时候出事了，那孩子的腿原来就有抽筋的毛病。”

“在水没到脖子深的地方腿抽筋的话，真是一点办法也没有。”

“有谁看见了吗？”信次郎问道。

“傍晚时分，快到晚上了，池塘边没有一个人。”奶奶说着摇了摇头。

“还发生了件奇怪的事。”奶奶接着说，“我当时在厨房里，后门口有个奇怪的孩子探着头叫我姐姐、姐姐。声音小小的，像说悄悄话。我吓了一跳，一看，是个瘦小的男孩子，说你家的轴郎在池塘溺水了，我已经把他拉上来了。难怪那孩子的衣服湿漉漉的，头发还在滴滴答答地往下淌水。那孩子对着我怪异地笑了笑，说他让轴郎吐了水在草地上躺着，让我们快去……”

“真这么说的？”信次郎问。

“是啊。几个大点的兄弟立刻飞跑到池塘那里，正像那孩子说的，轴郎浑身湿透了，仰面躺在草地上。”

哦——我们四个面面相觑。

“那么瘦小的孩子还真能把轴郎拽上来啊！”纵男半信半疑地说。

“后来，村里的人和父亲琢磨了半天，得出结论，那个小男孩是河童[1]。”

我们又一次互相看了看。

“瘦得像黄瓜似的胳膊腿，绿得像草叶似的奇怪的小脸，一准就是河童。”

我们陷入了沉默。正儿八经听奶奶讲过去的往事，最后却以这样的情形结束，让人有点茫然。这感觉就像在乡间请人带路，却发现一直信赖的带路人屁股上长着一条长长的尾巴……就是这种怪异的感觉。最好小心防备这个带路人，我们脸上浮现出这样的不安。

“奶奶，那个孩子的脸真的像树叶的颜色吗？”信次郎一脸无法相信的表情，又问道。

“雪青的。”奶奶翻了翻白眼。信次郎也陷入了沉默。

水面上起了风，天空阴沉下来，头顶上乌云涌动。正如上了年纪的人嘴里的故事变幻莫测那样，不知何时，池塘的水面变得暗沉沉的。

我们打开装着饭团子的便当盒吃起来。吃到一半，乌云散去，水面哗的一下变得明朗。在吃饭的时候，纵男忽然问奶奶：“那个……轴郎到底是几岁开始精神失常的？”

我、美奈子还有信次郎都跟着齐刷刷地看向奶奶的脸。没错，必须问清这个问题。

但不知怎的，我们的奶奶露出惊讶的眼神，歪着头不解

①日本民间传说中的水怪。

地问：“轴郎？”

“就是那个精神出了问题，被关进囚牢一样的房间里的。”

“胡说什么呀！”奶奶一脸奇怪的表情，“那孩子压根儿就没有精神失常，好好地升了学、当了教师呢。”

我们一下子惊呆了。

“那孩子最后成了一所中学的校长，在去东北的学校赴任的途中，在火车里脑溢血发作死的。”

“奶奶，您撒谎！”信次郎大声叫道，“您不是说轴郎精神失常死的吗，还说他写了好多字。”

奶奶迟疑地承认：“我确实说过那样的话。”

“我可没瞎说，您说他写了‘目、耳、口、鼻’之类的字。”

“可那孩子也许不是轴郎，轴郎倒在火车里的事件，在当时的资料里还有记录……”

“那精神失常的是谁呀？”

在信次郎的大声质问中，奶奶一脸迷茫地看着天空。

奶奶在便当盒上掰着手指头数十三个兄弟姐妹的名字，和那个晚上的情形一样，十三个人中，只有锡二郎的名字没有出现。奶奶那么清楚地记得另外十二个人的名字，却偏偏没有记住锡二郎这么关键的人物。

在纸上写“目、耳、口、鼻……”的是谁呢？在阴暗的装有栅栏的房间深处书写“首、胸、腹”的少年叫什么？正如怀疑受到河童帮助的少年的故事有多少可信度那样，书写“目、耳、口、鼻”的男孩子的故事也渐渐变得不可靠了。

池塘的水面上泛起无数涟漪，微风迎面而来，所有的一切都如池水的微澜一般，流向远方。

那天，我和纵男抱着同样的疑问从池塘边回家了。我们俩从那个一直怀疑到傍晚的问题中得到的答案是一致的，就是“奶奶的记忆不靠谱”。

我在晚饭后跟着要弹琴的纵男走进里屋，把上次奶奶在浴室里说的麦子的事情告诉了他。我向他倾诉了自从那天起降临到我头上的忧郁，那种好像双腿消失在雾气中的忧郁引发的无依无靠度日的感受。

纵男背靠风琴盘腿坐着，使劲点头表示理解我。接着，他也讲述了从奶奶那儿听到铁郎和殉情杉树的故事后体验到的忧郁。纵男说一想到铁郎这样的人说不定就是他的祖父，总觉得背后有两棵杉树抖动着枯败的树叶，在悄悄地诉说什么。

“它们在悄悄说些什么呢？”

“说不出来。”

纵男露出不好意思的表情，让我想起了去看杉树时他讨厌的举动，我沉默了。

“现在，我们所处的状态是悬而未决。”

“既然知道了奶奶的记忆那么糟糕，我们就不能继续这种悬而未决的状态。首先要搞清楚，奶奶的记忆中有多少是正确的，有多少是错误的。”纵男一改往日温和的笑容，断然说道。在我见过的纵男的表情中，他这时候的样子最让我有好感。

我走进饭厅，见信次郎和美奈子很难得地面对面坐着学习。

奶奶像是受到了白天的事的触动，正翻开旧相册看，表情比信次郎和美奈子还要认真，手里还握着放大镜。

纵男像平常那样坐到奶奶的旁边，问道：“您在看什么呢？”

哎——奶奶长舒一口气。

“要找的人有很多啊。”奶奶睁大疲惫的双眼回答。

“具体是找谁啊？”

“首先是锡二郎，然后是轴郎。”奶奶缓缓地说。

“明白了。”纵男一副果不其然的样子点了点头。

“然后是麦子和铁郎……”

啊啊，这回轮到我想长叹一口气了。因为奶奶说这话的时候，用一种非常寂寥悲伤的眼神看着我。

“然后是积介和穿二。”

奶奶的眼神越来越哀伤。那在我看来，就像迷路后找不到家的人的眼神。

“冲介、银郎，还有菱太郎……”

奶奶还在不断地报那些名字。但是我们已经听不进她说的话了。

我又想起了刚才的答案：奶奶的记忆不靠谱！这是多么可怕的事实！我一直难过地看着右手拿放大镜，开始一个挨一个弯着左手手指数数的奶奶。纵男仿佛也失去了说话的力气，两眼茫然地看着奶奶的动作。破碎的记忆已经无法再拼接起来了。

古老的相册在奶奶手中摩挲着，放大镜将发黄的众人的脸放大了，那些人在我看来几乎都长得一样。这些兄弟姐妹有的相隔一两年出生，有的只有年头和年尾的间隔，从这些老旧的相片上很难分辨出他们的特征。

我曾想某一天将奶奶脑子里的情形一探究竟，看看这几十年的记忆是以怎样的形式重叠起来的。那时候，可能会看到雾气之类的笼罩在这些记忆上。

但是，我可以推想，古老的记忆现在就像这些相片一样，已经是丢失了专有名词、失去了前后关联、犹如零散胶卷的东西了。

夜深了。信次郎和美奈子做了不少笔记。寂静的屋里传来公鸡打鸣的声音，真是只怪鸡，早上、白天和晚上都打鸣。

纵男睁着眼躺在榻榻米上。他的祖父到底是谁？依然是那个看到殉情杉树的铁郎，还是原来的祖父？

我转而又想到自己的事情。我的生母是麦子呢，还是现在的妈妈？我发现现如今再怎么追问奶奶，也得不到能接受的答案了。纵男对我说，即使我们去问父母，也无法得到内心能接受的答案。因此，纵男现在除了盯着天花板外别无他法。

忽然，我留意到坐在旁边、用铅笔在笔记本上写字的美奈子那张白净端庄的小脸。不幸的麦子更适合有一个像美奈子这样漂亮的女儿。我和美奈子同年，又都是奶奶的孙女，美奈子也有可能性。

但我大概不会再对人提起麦子的事情了。美奈子是现在的美奈子就好，我也想做现在的我，没必要非得搞清楚不明白的事。我就认定现在的妈妈是亲生的妈妈，像以前那样生活下去。

这么一想，久违的困意犹如巨大而舒缓的浪涛裹住了我的身体。

信次郎趴在笔记本上打了个哈欠，美奈子受到影响，手也伸向了嘴边，我也做了同样的动作。屋子的一角，奶奶早已东摇西晃地打起了瞌睡。

她在梦中一定是泛舟于那个池塘，那个黑铁锅般的大池塘。今夜的池塘上笼罩着朦胧而恐怖的云雾般的水汽，奶奶摇着桨，划船去了那里。“吱呀、吱呀、吱呀……”我甚至听见了船桨划水的声音。

奶奶的小舟滑过夜晚的水面。

水上漂浮着各种各样的东西。

有铁郎的头和手……不，那些可能不是铁郎的。

换个说法吧，水面上漂着人的头和手，又飘过来人的头发。

水上浮起了做鞋用的铁锤。

某人看见过的殉情杉树在昏睡。

山沉入水里，田沉入水里，屋子、牛马、鸡和垃圾都沉入了水里，奶奶还在划着船，她也坚持不了多久了……

从一早起就是多云，到了下午时分，蚊子嗡嗡地狂舞个不停，克拉克的回信到了。

纵男打开信，又是一副为难的表情。内容如下：

花山苗女士：

谢谢您的来信，父亲和我都拜读了。但是看不懂字，所以也看不懂信。

父亲非常高兴，谢谢。他的病估计很快就会好了，请您多来信。我们大家都会高兴地读您的信。谨此奉复。再见。

克拉克

既然克拉克这么说了，那就只能写回信喽。

纵男又要帮奶奶写信了。他把蚊香、信纸和钢笔拿到前廊，趴在地板上写起来。替人写信是件难事。纵男用钢笔刮着鼻头，足足盯着信纸趴着看了三十分钟，终于动笔了。

五分钟就写完了。纵男的回信是这样的：

克拉克先生：

谢谢您的来信。大家都很高兴地拜读了。我身体很好。希望锡二郎早日恢复健康。我很想见到他。希望能寄两张照片来。我们等待你们的来信。再见。

花山苗

“这就是替奶奶写的回信？”我吃惊地问。

“写的内容他们要是看不懂的话，就没意义了。”

“你琢磨了三十分钟也太不值了。”

“趁奶奶还没说给她看看，赶紧封上吧。”

信次郎飞跑过来说：“让我来！”他一把夺过信封，用舌头舔湿了封口处，说了句，“我就喜欢干这个。”然后用手掌摁了摁封口的地方。

今天的晚饭是炖煮海带、高野豆腐和牛肉，还有凉拌黄瓜。傍晚，我到后边的菜地去摘黄瓜。

天气湿闷，连呼吸到的空气都觉得沉甸甸的。摘黄瓜的时候，蚊子也席卷而来。我挥着手、跺着脚摘着黄瓜。潮湿厚重的空气中，黄瓜显出比平时更深的绿色。天上的云层仿佛拧一拧就能挤出水来。

走出菜地，一场暴雨倾盆而下。我把装着黄瓜的篮子抱在胸前跑起来。远处的天边开始渐渐变暗变黑，雨水由远及近向这边袭来，能清楚地看到逼近的雨帘以迅猛的架势一块块吞噬田地，和人飞奔过来的情形一模一样。

拐过路口时，我看到远处昏暗得几乎像黑夜的田间，有一个白色的东西在忽闪忽闪地移动。我站住定睛细看，白色的东西下面是人的身体，那是奶奶！头上戴着白手巾的奶奶正往家赶！

虽然白手巾忽闪忽闪的，但一点都没向这边靠近。奶奶的腿再跑也快不起来，只有身体在动，一定累坏了吧。

远远看去，田地间已是一片汪洋，成了土黄色的大池塘。池塘中间，奶奶的白手巾还在跃动。我看了一会儿那抹跃动的白色，然后把黄瓜篮子放在家门口，甩掉了脚上做饭时穿的木屐。

我一路飞奔去帮奶奶。

一百个厕所

“真是一点办法都没有，我怎么说她都不听。”表姐叹着气，苦恼地说，“在外面简直没法走路，走个十步就停住，然后蹲下来。唉，你就想象一下吧，在路中间把裤子脱下来，叉开两腿，像生了根似的蹲在那里。我都窘死了，没法出门。”

窗外肆虐着盛夏的八月天，表姐歪坐在榻榻米上喋喋不休，我则坐在这位好久没见的表姐对面。

表姐比我大两岁，她结婚后变得越来越漂亮，略带褐色的明亮的双眸、颀长的脖子、脸颊上轻微的几点雀斑，这些都让我羡慕。前年表姐生了个女儿，现在带着女儿来我这里玩。

表姐带来了一个烦恼包。

我没把表姐的育儿烦恼当回事，和我工作上的烦恼——主要是我任职的中学年级管理上的烦恼比起来，表姐的烦恼太微不足道了。工作上的烦恼可是事关我的饭碗。

表姐的烦恼是由小女儿排尿的坏习惯引起的，是尿尿的问题。她一副女儿可能会被那一小泡尿淹死的架势。

“看，她又开始了！”

表姐皱着眉头看向玄关，她的女儿正要往外走，还穿着我的拖鞋。小家伙两岁，今年夏天刚脱掉纸尿裤。我和表姐在屋子里一直观察小家伙的举动。

“开始了！”表姐说道。只见小家伙站到了大门外，那儿是集体公寓七层的走廊。小家伙的背后是灰色的水泥墙，头顶上是天空。夏日猛烈的阳光倾泻在孩子身上，照得她那层薄薄的头发雪白一片。过了一会儿，小家伙把两只胖胖的小手放到腰间，褪下了裤子，露出肉乎乎的肚子和屁股，她小心翼翼地把裤子褪到脚踝处。

小家伙蹲在水泥地上，裤子在竭力叉开的两腿之间绷成了一根绳子。小家伙把头探进两腿间的空当里，好奇地张望。这真是个让人心跳的姿势。

“在路上也是这种姿势。”表姐小声说。

小家伙一动不动，剪着娃娃头的脑袋冲下，头发垂在最下面，上面是淡青色的颈窝，再上面是细细的脖子。因为顺序和平时完全相反，看起来头不像头，颈窝不像颈窝，脖子更不像脖子，像一张从未见过的怪脸，一张没有鼻子眼睛、长着头发的奇怪的脸。我觉得有点恐怖。

这时，小家伙张开的双腿间落下一颗水滴。我和表姐坐在屋里靠近玄关的位置，亲眼看见了闪着光泽的水滴完整地滴落的情景。小家伙一动不动，专心地看，让人觉得她在专注地看着这个世界上最最吸引她的东西。

就这一滴，没有再尿尿。小家伙终于抬起探进双腿间的脑袋，一下子站起来提上裤子，趿着大大的拖鞋进了大门。

“到这边来。”表姐向女儿招手唤道。小家伙默默地爬上母亲的膝盖，把脸埋进表姐胸前。这是个不怎么出声的孩子，倒不是话少，而是学说话晚，她和表姐一模一样的闪着光泽的头发，可爱地拢住了那张小脸。

表姐对着我说：“你和这孩子说点什么吧，我怎么说都没有用，都听烦了。她虽然不说话，但能听懂人说的话，拜托你帮我说点什么吧。”

“说什么好呢？”冷不丁叫我说这种话，我也很犯难。

“这样不行，这孩子听着呢，你自己琢磨吧。”

小家伙仰着脸，看着我们一来一往地说话。

“你不是个中学老师嘛。”表姐拿完全不相干的事情当理由。

“就是幼儿园的阿姨也不好办。”

小家伙才两岁嘛。

“不懂意思也没关系。事情的道理会通过说话人的表情和态度进入孩子的内心。说什么都行，就从你嘴里说出‘这样做不行’，好吧？”

尿频……好像又不是，也不是真想撒尿，她是热衷撒尿方式带来的乐趣。应该是在训练不用纸尿裤的过程中养成的坏习惯，才变得在高兴的时候，都能排出一小滴尿来。

“那个啊，小由美……”无奈之下，我开口对小家伙说了起来，她的名字叫由美子，“你做的事情可不好啊。倒也不是不好，怎么说呢……总之是件难为情的事，明白吗？”

我面前是一张没有任何反应的娃娃脸，小小的眼睛、小小的耳朵、小小的脑袋，还有小小的胸脯。我很怀疑，这样一颗稚嫩的孩子的心……或是稚嫩的接受信息的系统，能理解大人说的话吗？

“也就是说……这是件难为情的事。等你长大后听说了，肯定会羞红脸哟。”

你说的这是什么呀！表姐在一旁大吃一惊。

我没理会她，继续说道：“这种事谈不上什么好坏，而是一种没有意义的坏习惯，明白吗？”

哎呀，真笨哪……表姐又小声咕哝。我看着表姐说：“我不是说过不行嘛。”

“再怎么说她也理解不了啊，再加上你一点都没有严厉说教的样子！”

“你说过让我黑着脸说她了吗？我也找不到训斥这孩子的理由，反正跟性有关的事情，说也不是，训也不是。”

我话音未落，表姐竖起眉毛说道：“性？你在想什么呢？和性根本不搭边。这是排尿问题，是撒尿的习惯问题。要是变成尿频就麻烦了，我就是想告诉由美子这一点。”她的语气张力十足。

“要下雨了。”表姐站在窗前，回头看着我说，“乌云越聚越多了。”

我在给由美子读图画书，也注意到书页上的光线变暗了。

我抱着由美子，走到表姐站着的窗边，发现天空已经大变样。天上就像是台风来袭前的港口，黑色的波涛不断翻滚堆积，激起一片片泡沫，狂风四起。

集体公寓四周是树木繁茂的山地住宅区，正前方就是市立图书馆和中学。两栋建筑都被浓密的树荫环抱着，风一大，东倒西歪的树木完全盖住了建筑，发出哗哗的声响。盯着看久了，会觉得那些不是植物。树木牢牢扎根于地底，枝叶从地面怒散开来，像深颜色的头发，地面就是根根头发落脚的头皮。

“从高处看暴雨来临前的城市，我还是头一回呢。”

表姐家是新建的平房，以前租住在市中心的老房子里。

“那个学校是你工作的中学吗？”

“距离近得都没有什么近道可言。”我笑着答道。

中学对面是一座开阔的市级运动场，运动场前散落着住家的屋顶，一直延伸到远处的山丘上。山上蜿蜒伸展着车流稀少的宽阔道路，路两旁绿化树的“毛发”令人恐惧地狂舞，那些应该是柳树。

“那个小丘上的建筑物是什么呀？”

“陶瓷公司的厂房和仓库。”

那是一处规模很大的白色厂房。暴雨正从陶瓷公司所在的山丘袭来，雨幕慢慢包裹住整个山丘，遮蔽了陶瓷公司的白色建筑物。远远看去，暴雨正以迅猛的速度笼盖毛发蓬蓬的柳树和宽阔的道路，豆大的雨点一路敲击着屋顶向这边奔来。

“来了，来了，来了。”表姐喊道。

屋里像晚上一样昏黑。我把由美子交到表姐手里，关上房间的窗户、打开空调，然后开了电灯。很快，窗外的世界就被暴雨吞噬了。我问了问还站在窗边的表姐，中午吃点什么。早过了午饭时间。

“能煮面条吗？”

“这么简单就行？”

“由美喜欢吃，怎么吃都不腻，我可省心了。”表姐答道。看来表姐的生活中心就是由美子。

我在厨房煮面的时候，窗外划过一道闪电，紧跟着炸响一声巨雷，表姐抱着孩子飞奔到我身旁。

“没事，就算雷劈下来，上面还有三层楼呢。”我笑着说。

“好比戴了头盔挨拳击。”表姐露出放松的表情。

透过湿透的窗玻璃，能看到远处的屋顶和上方的天空，锯齿状的长长的闪电不断从天上落下，好似一场无声电影的远景。锅中翻腾的面条白生生地浮动在昏暗的光线里。

我在餐桌上摆好面条，招呼表姐来吃，可是没有回音。厨房和房间里都不见表姐和由美子的踪影，去找了找，洗手间里也没人。我在狭窄的集体公寓三个房间转了一圈，正觉得纳闷，忽然发觉玄关有动静，就走过去。

大门紧闭，在玄关黑乎乎的水泥地上站着表姐母女俩。我心里咚的一下。

“你们在干吗呀？”

表姐没有回答，依然站着。我的目光转向由美子，小家伙正紧紧抓着门把手，我明白由美子又想到走廊去撒尿。门锁着，由美子打不开。表姐俯视着女儿，默默地站着，在黑暗中和女儿互相瞪视。

“面条要软喽！”我招呼道。没有比这更无力的语言了，母女两个都没有回头看我。

“让她去吧。”我终于等得不耐烦了，断然对表姐说，“你就让她去吧。她想那么做，你也只能让她做不是！”

表姐动了起来，拧开了门锁，转动沉重的铁把手。狂风夹带着雨丝吹进大门，表姐带着由美子出了门。我站在门里聆听着雨点打地的声音。不久表姐和由美子都肩背湿透地回来了。表姐的脸湿乎乎的，我觉出她在外面哭过。

吃完面后，我切了点西瓜端给两个人。

不一会儿，表姐带着由美子去了洗手间。真要撒尿的时候，还是去洗手间解决的。真是个怪孩子。尿了很多吗？我问，表姐默默地点点头。我怕由美子又想起那个坏习惯，张罗着让她午睡到大雨停歇。我在屋中间并排铺了两条褥子，由美子睡中间，我和表姐也都躺下了。

关掉电灯后，只剩下窗外一点微弱的光线。因为开着空调，我们盖上了毛巾被，感觉冷暖正合适。由美子拥着表姐很快就睡着了。除了排尿的坏习惯，这是个省事的孩子。中间隔着熟睡的孩子，我和表姐一左一右面对面躺着，压低声音聊起天来。

“挤出一滴尿的时候，会有快感吗？”我说道。

“搞不清楚……”表姐看着孩子的睡容若有所思，叹了口气说道，“可能有吧。坏习惯的养成，除了兴趣，可能还需要有那种感觉。”

我眼前浮现出由美子蹲在地上，当一滴尿落下来时，她那不同寻常的安静的身影，还有那种像水滴饱和时呈现出的圆润安闲的表情。

“所有的事情都不会持续太久，我觉得是幼儿期的短暂行为。”

“但当你面对它的时候，是很痛苦的。”表姐悄悄地回答。

窗外划过好几道闪电，头顶上响着雷声，表姐已不再害怕雷声了。每当轰隆轰隆的雷声响起，钢筋建筑就传来轻微的震动，我们俩都安逸放松地躺着。

“今天晚上住这儿行吗？”表姐问。

“学校正放假，没问题。”我回答。

“感觉放松了不少。”表姐嘟哝着。

“那就睡一觉吧，会觉得更放松……”

表姐顺从地点点头，真的像个孩子似的倒头睡着了。我耳边听着母女俩的呼吸，也闭上了眼睛。不久，像是顺着缓坡下行，我也滑入了梦乡。

那天午睡时的梦境是这样的。

我顺着缓坡落入了一间没有窗户、贴着瓷砖的房间。冷冰冰的瓷砖房间没有人影。入口对面的墙上，一间间装有狭窄小门的小隔间一字排开。我探头看了看隔间里面，到处都是蜘蛛网，地上放着一个覆着蜘蛛网、布满灰尘的抽水马桶。

我拿起墙角配置的胶皮水管，拧开了水龙头，水流喷射而出。我抓住水管，用充足的水量一个个清洗坐便器。蜘蛛网被水冲毁，掉落下来，白色的陶瓷坐便器开始发出光泽。飞溅的水珠打湿了我的双脚，衣服下摆也湿了，我没在意。坐便器越来越干净光洁，我身上也沾满了水，一边冲洗一边因为一种奇怪的快感浑身颤抖。

一个、两个、三个、四个……坐便器不断出现在面前。五个、六个、七个、八个……十个、二十个、三十个……

我不断地洗。冲水声清脆响亮……

太阳从乌云间放射出光芒。

我们入睡后大约两小时，暴雨停了。屋里又恢复了白天的明亮。透过沾满雨珠的窗玻璃，我们看见了远处被雨水冲刷后的城镇风景。

“下去走走吧。”我对表姐说。我想去雨后的路上散散步。可表姐很快就打退堂鼓了。

“不行不行，我怎么都不会让由美子出去的。”表姐说话时脸色都变了。

“又不走多远，就是散散步，慢悠悠地绕一圈就行。”

“你到时会觉得难堪的。”

“这附近人很少。”

和表姐说话的过程中，不知怎的，我越发想带由美子出去散步了。倒不是因为由美子在家过着封闭的生活，而是想让由美子走一走那雨后初晴、人迹稀少的山地住宅区。

没错，由美子必须去散步。我就是这么想的。

表姐被我的执着折服了，很不情愿地给由美子戴上了遮阳帽。

坐电梯下楼后，我们俩各牵着由美子一只手，总算走上了又被耀眼的阳光照射的大路。

我带着母女俩信步走上市立图书馆旁那条铺着石子的路。风停了，路两边的柳树沉甸甸地低垂着饱含水分的枝条，真像湿漉漉又厚重的头发从石子路上迸射出来，一直延伸到远处。我们仿佛走在发丝中间那道不起眼的“头皮”上。

过了图书馆，就来到了中学门前。在那儿，由美子忽然想起了她已经忘记的事情，停下脚步稳稳地站在石子路上。

“不能那样，不行，不能撒尿。”表姐觉察到了孩子的意图，训斥道。但由美子已经是一脸任你天打雷劈也不动摇的神情了。只见她两只小手往裤腰上一放，噌的一下脱下裤子，蹲在了路上。

“没关系，这儿没人。”我左右张望后说。

“真是一点都不觉得难为情呀。”表姐一脸懊恼地说。

我没理会表姐，走到由美子旁边弯腰守着，防止她向前摔倒。从由美子叉开的双腿间，我隔着她探下去的脑袋看到了两岁小女孩的阴部，那是还没成熟、只能说是排尿器官的部位，像柔软的毛绒贝壳玩具。

那是一个绒布做的软乎乎的白色贝壳，不一会儿，贝壳的接缝处打开了，从淡粉色的开口处滚落出一滴尿来。由美子盯着贝壳的开口处，开口往里的部分，粉色变得深了一些。

尿完后，由美子又像刚才那样被我们牵着走起来。阳光虽然很刺眼，但已没有了暴雨前的闷热感，时不时还有凉风穿行树间。走过中学，路前方是市立运动场，被风雨打落的树叶贴伏在石子路上，渐渐开始变干。路上没一个人影。

由美子又停住了脚步，蹲下来。

“由美子！”表姐厉声叫道，我觉得表姐真有点烦。

“又没人看见。”

“她倒是有完没完呀。”

“就让她做想做的事吧。”

由美子顺利地把一滴尿滴到路上，提起裤子，像什么也没发生过似的继续散步。我莫名地觉得心情愉快。

我张望了一下市立运动场的后门，发现门开着，便拉着表姐进了运动场。我们走下台阶来到开阔的椭圆形场地上。由美子在这儿也脱下裤子，飞快地蹲下来。四周稀稀落落地冒出青草。在一列排着长长的队伍蠕动的蚂蚁上方，由美子叉开两腿，给这条蠕动的黑绳来了一滴。

青草上、落叶上、蚂蚁的编队上，由美子都留下了一滴尿。我是越走越开心，由美子的小屁股不正像世界的天花板吗，真是个胖胖的、软软的，还蒸腾着热气的可爱的天花板。

“了不得啊，由美！”我摇晃着小家伙的手对她说，“好棒的小屁股！”

“别瞎说。”表姐不耐烦地高声说。

“到山丘上走走吧。”

走出运动场，我们来到一条大路上。道路笔直地延伸到小丘上，这是工厂的拖车通行用的修整过的水泥路。因为是星期天，路上没有一辆车，雪白的路面尽情吸收着阳光。这时候，我觉得山丘在向我招手，偶尔会对风景产生这种感觉。

水泥路面基本上被太阳烘干了。

“好，去看看吧。”不知什么时候，表姐的声音变得轻快了。我抱起由美子，她小小的双脚也该走累了。

我和表姐肩并肩走着，脑海里不时浮现出从前和她一起散步的情景。那还是穿高中制服的时候，每到周末，我们俩就像亲姐妹般黏在一起，表姐也成了教给我各种事的可以依赖的人。像涂指甲的高招啦、脱毛方法啦、新出的恋爱小说的信息啦，表姐曾是性能优异的小型信息接收装置。

但那都是她结婚前的事了，我从现在的表姐那里已经学不到东西了。

一路走着，我把刚才午睡时的梦境告诉了表姐，那个关于结满了蜘蛛网的坐便器的梦境。和表姐的往事从头脑中消失了，缓缓闪过几个梦中洗手间里的小隔间，甚至又清楚地听到了瓷砖墙壁反射的水流声。接着，我的心中又开始充满梦中曾经体会到的喜悦，那比喜悦更强烈的……类似喜悦的感觉。

“好怪的梦啊，冲洗马桶什么的，好怪啊……嗯，不一般，你还一边洗一边还美滋滋的。”

表姐琢磨了一会儿，说出了一个比较中肯的评价：“这是我的推理，你最近有没有特别想结婚？”

“没有特别想，和以前差不多。”我抱着由美子，也像表姐那样陷入了沉思。结满蜘蛛网的坐便器，会不会是自己那个部位？非常简单直接的推理。那么，梦里出现的坐便器的数量，就是我渴望和男性性交的频率喽。

“那么多坐便器，好厉害啊。”表姐不禁抿嘴一笑，我察觉出了话里的意思，也觉得是够厉害的。

“自己原本没那么想来着。”

“你呀，从小就是这样的。”表姐开了个玩笑。

人的内心真是个奇怪的东西，我边走边想。虽然是自己体内的一个容器，却触摸不到里面的东西。我眼前出现了一个奇怪的口袋悬挂在胸口的情景，就像一张 X 光照片。

“重吗？换换手吧。”

“还行，不用换。”我答道。之前由美子只要想撒尿就让她撒，这会儿是老老实实被我抱着。我的手掌托着由美子的小屁股，还有屁股前面那软软的毛绒贝壳似的部位，“贝壳”在手掌心里温温的，开始出汗了。

前方是一条长长的上坡道，往上爬的过程中，前方的山丘慢慢地显得越来越大，我们来到了陶瓷公司大楼的正前方。透过自动大门的玻璃，看不见一个人影。今天是周末。我放下由美子，领着表姐母女俩转到大楼的后面看看。

我想看看山丘的后面是什么样子。

大楼后面是三个一字排开的石棉瓦房顶的大仓库。仓库后面有一片开阔的青草地。

“走，去看看。”

我牵着由美子的手，顺着仓库的外墙绕到后面，表姐在后头跟着。我们的头发被草地那边吹来的风扰得乱纷纷的，随风而来的还有青草沙沙的絮语。来到仓库背后，眼前猛地现出一座白色的石头小山。

我们一下子惊呆了，停住了脚步。

这不是一般的石头山，是废弃陶瓷的堆积处。仔细辨认后，发现都是些现在已不再使用的老式蹲便器。刚才看成是白色的石头或瓦砾，是因为老式便器都是清一色的白，倒扣着堆在一起，大部分还是破损或打碎了的。

这些看起来都是出货前就遭到废弃、从未使用过的新品，全都沐浴在午后的阳光下，白灿灿的。我们愕然地抬头望着这座由便器堆成的小山，说不出一句话，好似看见了难以置信的幻境。

由美子向小山走去，用手指着便器，回头看着我们，仿佛在问这是什么。

“厕所用的蹲便器。”我大声说，“是你喜欢上的厕所，好多个便器。”

我和表姐向由美子身边跑去。

一阵风拂过，青草摇摆起来，草丛中这座犹如坚固大楼的陶瓷山纹丝不动。由美子探头看一个滚落在地上的便器，老式蹲便器的底部钻了一个孔，因为掉落在草地上，青草从这个孔里蓬蓬地探出脑袋，让人联想到一个奇异的花盆。

由美子盯着这个“花盆”看了一会儿，然后像以前一样拉下了裤子，她笑嘻嘻地看着我们，叉开双腿在便器上蹲下来。

“对，就是撒尿，撒很多尿！”我对由美子说，心中有一种无以言表的解放感。

很快，便器底下的青草就淋上了充足的尿液，青草也眼看着变得水灵灵的，晶莹剔透。

这时，我觉得脚底的青草地轻飘飘地浮到了空中，山丘飘起来了？我抬头看了看，没有。山丘上的便器山、不计其数的便器都像要飞上天似的，像一只只白色的大鸟振翅欲飞。

风呼呼地吹过山丘，我看见一个又一个便器拍打着雪白的大翅膀飞向远处，山丘上净是它们的羽毛。我在风中闭上了双眼，倾听便器起飞时拍动翅膀的声响。

多么痛快的解放感啊……

在这片声响中，我闭着双眼喃喃自语。

啊，真爽快……

山丘托着我们，缓缓地升上了半空。

白色的鸟群在高飞。

白色山峦

1

一个天气晴朗的早上，我到附近的邮筒投寄信件，回来的路上发现家旁边的空地上，有一位老婆婆背对着我蹲着。我刚要进门，又迟疑地站住了。我看到空地角落处的泥土被翻起，排成了细细长长的一列。这块地好像有主人，但我还没遇见过。

老婆婆穿着灰色毛坎肩，头上裹着布手巾，脚上趿着草鞋，看来住得不太远。她佝偻着瘦小的身体蹲在地上，正用一把玩具般的园艺小铁铲刨土。像是住在这附近的老人，但是这一片住宅区的人家太多，老婆婆看上去有点面生。

也许老婆婆认识这块空地的主人。刨完土后，她将满是皱纹的手插进围裙的口袋，掏出种子一样的东西播撒起来。我离得远，看不见种子，只看见她的手一扬一扬，在播撒什么看不见的东西，又像在祷告或祈祷。从这位骨瘦如柴、如老鸟般的老婆婆手里撒出的是什么植物的种子，又能结出什么样的果实呢？这些疑问一直留在我的心里，挥之不去。

过了几天，我走在住宅区里的下坡道上，要去购物，发现正对坡道的梯田状的空地角落里，又晃动着那个穿着灰色毛坎肩的背影。她正在拔去空地上的一部分杂草，卖力地平整着黑黝黝的土地。我停下脚步观察，老婆婆耕作的土地面积很小，小到种不了黄瓜、西红柿之类的作物。

阳光温暖地照在老人的后背上，她全神贯注地耕种，头上裹着的手巾遮住了大部分脸，我只能推测她的年龄应是大大超过了七十岁。她看起来没出汗，身披不合时宜的毛坎肩，脚穿日式布袜在平整土地，就像是从不知在哪儿的家里的暖炉边挪动身子，摇摇晃晃来到这里的。

不一会儿，这一小块土地平整好了，老婆婆又开始了向空中抛撒东西的动作，她在播种，看不见的种子沙沙地从手中降落到地面。

我家旁边的空地上呼呼地长了一片碧绿的杂草。这块地的主人一直没有出现过，所以几乎都被茂盛的杂草占领了。只有一个角落没有长草，因为老婆婆时不时地去那里拔草。

我和女儿朋子提起老婆婆的事，她倒是很清楚相关的情况，点着头说："啊，就是那个'播种婆婆'呀。她在整个住宅区的空地上撒花种哟。"

"在别人的地里？"

"就是。听说她要是在自己家的院子里整地，会被家里人骂，所以才去别的地方拔草种东西。"

打听后，我知道老婆婆住在离我家三条街远的地方，家中宽阔的庭院里铺满了小卵石，整齐地栽种着专业花匠修整过的松树之类。在那个家里，似乎不需要老婆婆那双满是皱纹的小手，这双手就在住宅区的空地上撇开主人，一厢情愿地到处耕种起来。

有一天，我和老婆婆在路上擦肩而过，我第一次看清了那头巾下的脸庞。老婆婆满脸都是波浪形的皱纹，它们柔和而稳妥地包裹着眼睛和嘴巴。她脸上一点都看不出在家中经受的孤独，散发着一种泥人般的质朴气息。老婆婆对着我微微一笑，点了点头，也许她对走过身边的每个人都这样打招呼。即使在微笑，那泥人般的表情也没有太大变化：没有血色的薄嘴唇向两边稍稍一咧，细细的眼睛眯成了一条缝。

夏末时节，附近的人家纷纷传说老婆婆家的媳妇移情别恋，搬去了情人家里。我始终也没搞清她那媳妇长什么样，听说是个长期在外面工作的女人，情人是同一家公司的上司。从那时起就看不见老婆婆了。一天下午，我到山下的镇子办事，路过老婆婆家门前，很难得地看见大门紧闭。我和从中学放学回来的女儿说了这个情况，女儿放低声音说："搬家啦。那家的媳妇离开家后，儿子带着女儿还有老婆婆，买了别的房子搬走了。小朝看见前不久一个周日，他们用卡车搬行李来着。"

那年的秋天比往年来得早，早早地吹起了凉爽的秋风。这时候，老婆婆平整过的空地上，全都齐齐地开出了大波斯菊的花朵，不管走上哪条路，都会经过有空地的地方，那里必定开满了一簇簇淡红色和白色的大波斯菊。我看着这些好似一夜之间用魔法变出来的花丛，群花之上仿佛出现了老婆婆那透明的身影，正做着那个挥舞双手播撒看不见的种子的奇怪动作。

大波斯菊仿佛是开在空中的花，花茎长长的，花朵在空中随风摇摆。从花茎和叶片间的空隙，能看见花丛对面的屋宅、矮墙、道路等风景。

“这些可是‘播种婆婆’留下的呀。”朋子说道。大波斯菊那稀疏细弱、无依无靠、悬在空中摇摇摆摆开放的姿态，都像是老婆婆才会留下的花朵。那个秋天，住宅区的空地上都开满了大波斯菊。悬浮在空中的一簇簇大波斯菊，让那些长满杂草、到处是清凉饮料空罐和垃圾的无主空地焕发出了异彩。

我想给家里的花瓶插上些大波斯菊，傍晚时分和女儿拿着剪刀来到旁边的空地。在选花的时候，感觉脚边有什么东西扑哧一下被挤破了。我用穿着凉鞋的脚后跟拨开草丛，看到一个还连着藤蔓、过了一夏天还没被摘走的南瓜，红色的外皮松松皱皱的，里面已经腐烂了。这个南瓜长在大波斯菊的花荫下，我用凉鞋扒拉着杂草，盖住这个可怜的东西。

我剪花枝的时候，朋子在对面模仿起“播种婆婆”来。她先把手伸进口袋里，喊一声“哟嗬——”，做出撒向空中的动作，嘴里还念念有词：“花儿，开放吧！”看不见的植物种子纷纷扬扬地从朋子手中撒向傍晚的天空。

2

搬到这个住宅区之前，我曾住在市内的一处山上住宅里。

那是我丈夫家里留下的老宅子，长长的石头台阶一直从山下延伸到山上的住宅区，汽车可以从背后的山阴面盘绕而上，离城里又近，所以我很喜欢这个地方。老宅子的客厅和一间和室的窗户都能看到北九州的夜景，还能远眺停泊在海面上的外国货船的灯火。

可是有一些长长的石头台阶上出现了纵向的裂纹，还一点点蔓延开来。每一段石阶都有二百到三百级，坡度很陡，每一级的踩踏面也都窄窄的。当时我们家担任着邻组的小组长，就将这个情况报告给了市政府。市里的土木科来人勘查后不久，在石阶上竖了一根白木柱子，写着“崩塌危险区域”。

不久，裂纹停止了蔓延，市里也没有采取进一步的措施，山上的居民还和从前一样过日子。我们家的宅子越来越老旧，破损也一年比一年严重，就在现在住的地方建了新房子，山上小镇的人们依然在那儿生活。市里来人竖立的那根写着“崩塌危险区域”的柱子，已在风雨的侵蚀下漆面斑驳。

在山上小镇里，住着一位背驼得厉害的老婆婆，而且驼得出奇。一般说起驼背，常用“く”字来形容，这位老婆婆得用“つ”来形容，反正看起来像是一只大虾在走路。

老婆婆好像和一个三十多岁的独生子一起生活，儿子不怎么工作，常常出门游玩。从儿子的年龄推算，老婆婆应该没到腰弯成那种地步的年龄，可能是家族遗传或体质的原因才变成这样。

儿子是不工作的，老婆婆则不论刮风下雨都挎着便当盒，每天早上走下崩塌危险区域的石阶去上班，傍晚时分下班回来。她出发得早，早上我几乎没碰见过，但经常看见她日暮时分爬着石阶回家的身影。我无法想象腰弯成这样的老婆婆能从事什么样的工作。每天，在暮色沉沉的天空下，老婆婆从高高的石阶下方一步一步地爬上来。

这段石阶在山上所有的石阶中是最长的，中间有两处可供歇脚的地方。镇上的老年人和带孩子的妈妈都绕远路。向上爬这一段时，抬眼看去，石阶高得让人倒吸一口凉气，向下走的时候会觉得发晕。老婆婆的家在爬完这段石阶后的路旁边，小巷里一排房屋的左端便是，房子有一部分架在石阶中间。她必须准备晚饭，没有时间绕远。

也许是早晚走惯了，老婆婆爬石阶的样子倒是挺稳当。瘦小的她没有气喘吁吁，只是爬得非常非常慢。弯成大虾般的身体一个台阶、一个台阶地爬着，像一只飘浮的氢气球，双脚呈现出一种奇怪的失重状态。

一般正好在这个时候，每天来山上小镇卖菜的车都停在石阶前的路上，家庭主妇们早已迫不及待地来到路边。站在路旁等待的时候，我向石阶看去。石阶前方就是天空，下方响起了喧嚣声，放学归来的孩子们在往上攀爬，有时还冷不丁地蹿上一只落地无声的小狗。这时候，悄无声息的老婆婆的身影出现了。

在暮色渐浓的天空下，首先跃入眼帘的是老婆婆裹着白手巾的头，她向来戴着头巾、穿着裤子去工作。接着，满是皱纹的脖子、瘦小的肩膀，还有弯成“つ”字形的后背几乎同时出现了，最后是被向前探的上身遮住的穿着和式裙裤的双腿。老婆婆的脚步如氢气球般飘浮不定、没有依托。

老婆婆爬石阶的情景总呈现出奇妙的失重感，每次看到都有遇见一缕出窍轻魂的感觉，让我不寒而栗。

邻组每个月要收一次会费，我一般等到双职工家庭的主妇们晚上回家后才挨家挨户地收。去老婆婆家的时候，都是借助窗玻璃上透出来的灯光走进漆黑的小巷深处。三间并排的破旧不堪的房屋，最靠里一间是老婆婆的家，其余两间是空屋。我边招呼边推开木板门，发现这是厨房的入口，门边就是水槽。屋子没有大门，是从厨房直接进的。正对着门口有一道拉门，里面光线昏暗，静悄悄的。儿子外出游玩去了，经常是老婆婆一个人在家。老婆婆应声出来后交上会费，她会把零钱都准备好，不需要我找钱，一次都没说过没有现钱的话。我要是带着当时年龄还小的朋子一起去，老婆婆就问："小姑娘，几岁啦？"每次都会问。

一个冬天的晚上，我又为收会费来到老婆婆的家门口。推开屋门叫了一声，只听到屋里传来细弱的应答，老婆婆并没有出来。我忽然感到一阵强烈的不安，脱了鞋走进里屋。刚踏进去，眼前觉得晕了一下，便不知所措地站住了。

正对面是窗户，窗下铺着颜色暗淡的寝具，老婆婆仰面躺在那里。

老婆婆在被窝中又发出了一声轻微的应答，但是脸并没有转向我这边，还是以刚才的姿势躺着，好像不能自主行动，肯定是动弹不了了。我感觉老婆婆的身体发生了不太好的变化。

但是，那间屋里还有一件让我吃惊的事。老婆婆大概得了什么急病，而眼前这个变化更让我瞠目结舌，老婆婆的寝具就像铺在一处坡道的下方，整个房间向着窗户所在的悬崖一侧严重倾斜。悬崖的地基下沉了，带动着崖上的建筑物一侧翘起、摇摇欲坠。昏黄的灯光映照着躺在倾斜屋顶下的老婆婆蜡黄的脸。

这是一间让人产生眩晕感的奇怪的屋子，歪斜的柱子和墙壁、滑梯般倾斜的天花板和地板，窗户也是倾斜的，就像要飞跃进窗外那漆黑的夜空。在这奇异的房间窗边的角落里，躺着身体单薄的老婆婆。

“这是怎么啦？”我用颤抖的声音招呼角落里的老婆婆。这句话含糊不清，既是问老婆婆的身体有什么异常，又像是问屋子出了什么问题。

“您觉得难受吗？”我换了个问法，然后两只手伏在榻榻米上，向老婆婆的枕边爬去。地板倾斜得根本没法站起来走路，整间屋子就快要滚落到黑暗的谷底了。

老婆婆没有回答，只是瞪着一双无神的眼睛。在这空荡荡的没有一件家具的屋子里，我在倾斜的地板上爬行，一点点向老婆婆靠近。冬夜里的榻榻米冰凉冰凉的，冻得我手指发僵。

3

很长一段时间里总是说“我快要死啦”的奶奶终于死了。

从我小时候起，奶奶就开始这样说，直到她九十岁去世，说了近四十年。

推算起来，奶奶是从五十出头开始说的，我觉得她说得有点早了。奶奶那会儿胖墩墩的，身体结实得很。我母亲去世得早，感觉奶奶是替母亲活了那么久。

比我大三岁的姐姐被奶奶说烦了，就问："那您什么时候死啊？"

"快了。"奶奶回答。姐姐没有被蒙蔽，我则看着奶奶的脸认真琢磨：这么健康的人也会死吗？于是认为奶奶虽说耳不聋眼不花、无病无灾，但就因为她是奶奶，所以无论如何也会早死。这是个多么奇怪的人呀！我必须留神这个这么容易就死的人。我当时觉得如果不听奶奶的话，她可能会为此劳心而死，便拼命地听她的话。

奶奶常对父亲说："要是我死了，帮我把脑袋打开看看吧，我觉得有什么东西坏了。"

奶奶有头痛的老毛病。每逢这个时候，父亲只是哼哼哈哈地应付，他不太搭理奶奶关于死亡的话题。父亲在地方上的制铁公司上班，是三班倒的工作，早上和半夜出门的时候都有。上夜班时，白天在家睡觉，周日白天就带着姐姐和我到附近有缆车的山上散步。

父亲是个不善言辞、沉默寡言的人。我待在他身边有种安全感，内心舒畅。比起就快要死的人，待在还没死的人身边，不知有多开心！

可是，奶奶不停地说着快要死了，却一点没有要死的迹象，连生病都没有。倒是父亲在退休后不久，先于奶奶去世了。奶奶在我们姐妹俩毕业后还是身强体壮，在我们俩结婚后也是，还不辞劳苦地帮着带孩子。其间奶奶依然不停地说着"就要死喽"。说着说着，奶奶的头发渐渐变白了。但那是身体健康的人的白发，粗粗油油的，闪着银亮亮的光泽。

一个初冬的中午，好久没见的奶奶忽然来到我家。一段例行的长长的寒暄后，她一脸严肃地看着我说："我得跟你交代点事。我死后，你能帮我把脑袋打开看看吗？我觉得长了坏东西，已经变得很大了。"

奶奶还用手咚咚地敲着头顶示意给我看。我顺着她的手，仔细打量起她的脑袋来，好久没这么做了。奶奶的头发全都变白了，闪闪的光泽已无情地消失。我觉得奶奶这会儿真的到了死去也不奇怪的年龄。

我又看向奶奶的脑袋。奶奶的头发曾经又粗又黑，她说过这种头发会更早地变成白发，而且大多是劳碌命的人才长。所以，我小时候一看到奶奶夹杂着白发的脑袋，心里就难受。

奶奶将报纸铺在榻榻米上，用细齿梳子梳起头发来，头皮上的发根粗粗的，根根分明，一眼看去就像粗壮的草茎。我仿佛看到这些黑色的茎叶上密密麻麻地缀满树液般透明的辛劳水滴，奶奶的脑袋总是布满了这些沉重的水滴。

上了年纪的人容易掉头发，头发粗的人更容易掉。奶奶的头发已变得稀疏。一头白发的奶奶来我家玩的时候，毛坎肩的肩部和身上仔细看起来掉落了许多白发。奶奶背对窗户坐着，隔着窗子享受阳光的温暖。阳光下的头发显得毛蓬蓬的，与平日的感觉不同，好似一片纷乱的茅草盖在肩头。白色的茅草看起来很暖和，奶奶被自己的头发围护着，坐在冬日的阳光里。

我迎着刺眼的阳光看着奶奶，心想她这回是离死亡不远了。

不知不觉中，奶奶在很长的一段时间里，一点点耗尽了曾那么丰硕的肌肉和脂肪。

又过了几年，奶奶终于去世了。去世前的一段时间里，她已经不说“快要死喽”了。一直像遥远的给人慰藉的星星般的死亡，一点点走近奶奶，等待死亡的奶奶和逐渐走近的星星间那段遥远的距离越缩越短，最后残存的几毫米很快也燃成了灰烬。那一年奶奶九十岁。

4

一个天气晴好的早上，住在城里的姐姐开车来到我家。她经营着一家女士服装店，每周三把店交给女店员打理，自己休息一天。

“开车去看看芒草吧。”姐姐提议，“平尾台附近就不错，上周日有不少人都去了。”

平尾台是北九州南部的一座山，是喀斯特地貌的高地，开车约一小时的距离。到了秋天赏芒草的季节，城里的中小学生去郊游登山，所以每年这个时候山里都热闹起来。

说好傍晚时分回家后，我坐上了姐姐的车。姐姐是单身，没有家庭，一起外出时如果不先定好回来的时间，就会拖拖拉拉地磨蹭到晚上。车从市区道路进入收费公路后，一路畅快地飞驰起来。秋日的阳光从车窗倾泻进来，让人热得冒汗。

姐姐把星期三作为休息日，是因为奶奶生前这一天去眼科看病，姐姐用车接送的缘故。奶奶一直一个人生活，到最后也没和我们一起住，所以姐姐和我分别在星期三和星期一去看望奶奶。奶奶去世后，姐姐经常驾车出游打发星期三的时间。

在小仓区，我们驶出了收费公路，进入山道。这是一座离城较近的山，山脚下还有一片片人家。沿着蛇行般的登山道开了十分钟，渐渐进入了深山的腹地。平尾台深处直接与英彦山山系相连。

山里比山下的市镇早一步进入了秋天，树木的叶子已开始变红。从车子的前挡风玻璃看去，层林尽染的山谷景色迎面而来。在拐弯颇多的登山道上，车子不停地左拐右绕。每拐过一个弯道，眼前就展开一幅红叶山谷的画卷。今天不是周末，登山的车很少，姐姐一路尽情驰骋。往年每逢星期天，进山的车子都要排成长长的队伍，现在只是对面偶尔有车开来。

“这种地方还是工作日来最好啊！”姐姐用一只手掐灭了香烟，心满意足地说。

车子渐渐往山上走，开始看到红叶点缀的山崖上露出了石灰岩地貌。高高的悬崖上都是白白的岩石，上面满是探身而出的红叶树。岩石的颜色近似人的肤色，岩上繁茂的树好似人的毛发，红头发、黄头发，还有暗绿色的头发，装点着巍然耸立的白色崖壁。

车窗外的风景流转变化，我们一路往上攀登。姐姐默默无语地把着方向盘。在女人中她属于话少的，从小就这样。她偶尔开口，也是训斥或提醒我，而这样的话也很少。我们一个坐在驾驶席，一个坐在副驾驶席，默默地眺望崖壁的奇观。

崖壁的白接近灰，像弄脏的白颜料般黏稠地垂挂下来，形成了奇妙的凹凸和皱褶。不断闪现在车窗前的崖壁景色让人应接不暇，忽然有一个地方吸引了我的视线，前方高崖上的突起像极了人的咽喉，这是个大大的咽喉，下巴以上的部分被崖上的青草覆盖了，再往上就是蓝蓝的天空。

很快，巨大的石灰岩咽喉从眼前滑过，一座陡峭的崖壁扑面而来。这座崖壁上浮现出人的额头，布满了干涩粗糙皱纹的额头，发际部分依然被青草装点着。额头以下陷入了密林，眼前的一切犹如幻境般神秘莫测。

上山路的拐弯越来越急，映入眼帘的崖壁大小混杂。有的像人的脸颊，只是侧脸，并不完整，但怎么看都像脸的一部分。没有嘴巴，是一张憔悴瘦削的脸。岩石中镶嵌了无数的皱褶，都呈现出老人脸部的特征。

咽喉出现了。下巴出现了。

额头……

脸颊……

鼻子……

所有的器官一个接一个地凸现在崖壁上。

我小时候常来平尾台，但还是第一次在石灰岩崖壁上看到这么多景象。今天是个阳光明媚的秋日，空中传来鸟儿婉转的鸣叫。在这样明朗晴好的山谷里，满是皱纹的脸部作品像一个个悲惨凄凉的展示物，悬挂在山间。

山道上出现的下一个形象是耳朵，一只薄薄的瘦瘦的老年人的耳朵，一直到太阳穴附近都栩栩如生，耳穴部位投下了浅浅的阴影。这一幕忽然让我想起了什么，心中一热。我看到了奶奶的耳朵。

上了年纪的人即使每天不洗澡，夏天也不会有味道。每个周一去看奶奶的时候，她总让我替她剪指甲。奶奶的指甲已变得又硬又厚，用指甲剪不管用了，得用剪刀一点点地磨着剪。剪完指甲后，我想看看奶奶的耳朵眼儿，她总是拒绝："那儿不用掏。"我仔细瞅了瞅，真是一点耳垢也没有，细细的耳洞干干冷冷的，一直延伸到里面。说不出是干净还是不干净，只觉得散发着微微的死亡气息。

姐姐扫了我一眼问："怎么啦？"她大概是注意到我好久不说话了。

"没什么。"我答道。

"晕车了？弯道太多了。"姐姐又问。我说没有。其实我是因为奶奶神思恍惚，我遇见了奶奶留下的奇怪的遗迹或是废墟。

我打开一点车窗，山风凉飕飕的。

"过一会儿就到山顶了。"姐姐说。果然，耳朵里感受到了压力。车子已经爬行到很高的地方，离天空也越来越近了。我们来到了覆盖着一大片柔软芒草的平尾台山顶。正如姐姐说的，那儿的芒草丛雪白雪白的，虽然还没有抽穗，但远处的山岗上已随风漾起银色的波浪。姐姐在路边停好了车，后面有两辆车继续沿着道路前行，消失在远处。前面有一家市营的大型停车场。我们是从平尾台的后方进山的。

整座山都是芒草的天下，草丛中有几条难走的小道，弯弯曲曲地延伸到远处的山岗上。芒草丛随风摇曳，显露出了草下隐藏的小道。芒草长得很高，容易让人迷路。

山风吹拂，无数白色的岩石从芒草下袒露出来，像事先潜伏的野兽的脊梁般不断地闪现。姐姐和我随便选了一条草间的小道。姐姐拽过一根芒草放在手掌中说："要是抽了穗，这种银色会更壮观。"

"下周差不多吧。"

"那就再来一次吧。下次带便当来。"姐姐松开手中的芒草说。她以前出门从来都不顾当妹妹的我怎么样，最近总想拉着我干点什么，这是一个变化。虽然没有说出口，但意思很明显。

"一次就够了，什么风景都是只看一次才觉得美。"我一说出口，姐姐就不吱声地向前走去。姐姐是个喜怒不形于色的人，我不知道她是生气了还是有同感。我们继续往前走。越往里走，芒草长得越高，连个子高高的姐姐也隐没其间。小道弯弯曲曲的，姐姐一下子就消失了。

姐姐不见踪影后，我倒是听见了芒草丛中她的脚步声，我们俩的脚步声一唱一和地向前走着。为了不迷路，我边看着前方要去的山岗边走。山岗上的芒草穗浪总是呈现出盛开的花朵形状，花朵就是风驰过的地方吧。阳光炫目，山上盛开着一簇簇白色的大花。

看着芒草的光芒，我想起了某一个冬日里，银色的麦穗在奶奶的头上、肩上和背上蓬蓬散开的情景。这么一想，我才意识到正不知不觉走在奶奶巨大的头顶上。

蓬蓬的白发闪耀着光泽。顺着地上的小道往前走，我发现奶奶头部的平原四通八达。恍惚间觉得脚下就是奶奶巨大的脑袋，里面包裹着明治时代出生的奶奶那读书写字都磕磕巴巴的贫瘠脑髓。

我脚踏地面，下面传来奶奶的声音。

啊，好开心哪!

我仿佛听到了奶奶欣喜的喊声。

又往前走了点，这次听到的是：啊，好伤心哪!

我继续在白发中前行，又听到：啊，好累啊！是个嗓门粗大的农村老太太的声音。

上了年纪的人的脑髓里，只留下单纯的感情和感觉器官。

我还想再听听奶奶的声音，就使劲踏着步子往前走。远处响起姐姐呼喊我的声音，我踮起脚探身向那个方向看去，在此起彼伏地掀起芒草旋涡的草原那一边，姐姐正不停地向我招手。

5

亲戚里有一位被人叫作“山谷婆婆”的老太太，住在大分县的山中，在山崖边上有一所房子。她是我丈夫的姑母辈中最年长的一个。

我第一次和她见面，是去参加老太太的丈夫十三周年忌的时候。当时坐着丈夫开的车，先走了四个小时的高速公路，然后从大分市内进入山里。车子一直不停地往深山攀登。

每翻过一座山头，我们都下车眺望一下风景。第二座山、第三座山，我们还在前行。每翻过一座山头往下看，就发现远处又冒出了几座山，山脚下的远景隐约朦胧。群山叠翠，城市和村镇这些人烟密集的地方如幻境般虚无缥缈。

打开地图，发现这附近有许多读法奇怪的地名。

“安心院”读作“ajimu”。[①]

“寒水”读作“souzu”。[②]

经过这两处地方，车子就进入了大山里。

偶尔能看见几户人家聚集的屋顶。丈夫一边开着车一边说起来：“看到右手边竹林那儿的田了吧。原先那里有座这一带最古老的寺庙，二十年前的一场台风引起了火灾，一夜之间烧塌了。住持也一起烧死了，那里就成了一座废寺。”

丈夫战后数年间曾在寒水町生活过，他似乎很怀念那段经历。

进入第四座大山后，地上延伸的依然是齐整的柏油路。小汽车和轻型四轮车都能一直开到大山尽头的人家门口。“山谷婆婆”就住在最尽头的那家，没有比她家更远的了。老太太的家建在第四座山的最尽头，孤零零的一所房子，左右和后方都是悬崖，只有一条始于山口的柏油路能通到那里。

阳光和煦的秋日午后，我们的车子向着老太太的家驶去。从右侧的车窗望下去，是令人心悸的深谷。道路呈一条长长的弧线贴着山崖边延伸，透过车窗可以远远地看到山谷对面茂密的树丛，其间点缀着人家的屋顶。

“最靠里的那家就是了，你看看屋檐底下，窗户应该是开着的，姑母在探头等着咱们吧。”

---

① “安心院”在日语中通常读作“anshinin”。

② “寒水”在日语中通常读作“kansui”。

真是奇怪，距离老太太家还很远，居然看到她家的窗户真的打开了，大概秋天山里的空气清澈无比，才清楚地看到了远处的景象。我们是绕着山谷开过去的，坐在车里，搞不清直线距离是多少，但的确用肉眼看到了黄豆大小的屋子的房檐下打开了一扇窗，甚至还看到窗户里探出一个小黑点样的脑袋。

丈夫摁响了喇叭，声音长长地回响在山谷间，高昂清亮、直入云霄。

“这是向‘山谷婆婆’问好。”

车窗下繁茂的绿叶犹如绿色的波涛翻滚下坠，还看见白丝带般闪闪烁烁的溪流。沿着山谷，车子到达了大山的另一边，共花了十五分钟。

老太太的家就建在视线开阔、阳光普照的大山边上。

“听到我刚才摁响的喇叭声，‘山谷婆婆’就去准备客人喝的茶水。”丈夫说道。的确，我们进了屋子后，看到客房里已准备好了茶水，大大的盘子里摞着一堆刚削好皮的柿子。

老太太笑眯眯地打招呼说：“女儿和女婿都到山上的茶园去了，家里没人。”

这栋房子重新改建过，已很难看出农家的影子。墙上抹了灰浆，西式房间的内壁用了胶合板，屋顶铺了水泥材质的红瓦。院子里没有了以前的外用厕所和牛棚，整栋房子的构造相当于城里稍大规模的住宅。家里人都出去忙活了，屋里很安静。

乡下的房子里，所有房间的拉门都是敞开的。我发现从走廊看去，房间都四围通亮、采光极好，那是因为房子建在山边，四周没有遮挡阳光的障碍物。朝外的拉门和窗户都被耀眼的阳光映得白闪闪的，窗外能直接看到天空。坐在榻榻米上，觉得整栋房子好似浮游在空中，心中竟有些不安。

丈夫信步走进院子里，“山谷婆婆”说要去煮干笋，隐入了厨房。法事明天举行，在东京和大阪上班的孙辈们、大分县以外的亲戚们都还没有到。我一个人坐在客厅的廊下，出神地眺望和院子连为一体的山谷景色。

山谷对面远远的山上，道路犹如一道白练，山景异常地透亮清晰，一如我们从那里看这边风景时的感觉。我甚至觉得奇怪：眼里如此真切的道路和树木，竟是隔着一个深深的山谷、无法立刻到达的地方。大山、山谷，还有我坐着眺望的客厅都沐浴在灼热的阳光中，“山谷婆婆”的家沉浸在一片明晃晃的自然光里。

不一会儿，老太太端着一大盘煮好的东西进来了，乡下老太太的做菜速度快得惊人。她把盘子放好后，弯着腰向我走来，说道：“风景不错吧。”

“怎么都看不够。”

“就是啊。”老太太点头赞同，“女儿和女婿每天开车到山上去，他们走后我没什么可做的，就看着山谷打发时间，也觉得看不够。”

老太太说年轻的时候没看过什么风景，净顾着干活儿，现在不同了。“春天的山谷、夏天的山谷、秋天的山谷，还有冬天的山谷，风景都不一样。现在是红叶满山的季节，到了冬天满山都盖着雪，可壮观了。”

听说在房子改建以前，冬天早上的寒气都能让枕边茶杯里的茶水结冰。我想象着眼前秋日里的山谷降下了白雪，老太太在冬季孤独的时光。

这时，山谷对面响起汽车喇叭欢快高昂的声音，有穿透力的鸣声久久回响，显然是宣告有人要来访了，也是通知白天在家的老太太。老太太“呀！”了一声站起来，到客厅外的房檐下使劲儿挥手，是一个在大阪的孙子开车回来了。山谷中点缀着黄色、褐色和红色的树丛，在这秋色绚烂的山谷边缘，一粒小白点般的汽车正快速滑行。

“噢咿——噢咿——噢咿——”老太太热情地拍打着双手发出呼喊。

那天，老太太做了非常好吃的山里特色菜。她没用厨房里的煤气灶，在狭小的空地上生起了炭炉，架上漆黑的大铁锅做菜。我原先纳闷为什么要用大铁锅，后来一下明白了：要先用芝麻油在锅里翻炒晾干的山货，然后再炖煮做菜。干紫萁啦、干笋啦、干香菇啦，老太太一样一个大盘子，盛得满满的端了出来。晚上，客人都到齐了，盘子里的菜转眼就吃光了。老太太在客厅和厨房间步履轻快地穿梭。

“山谷婆婆”的女儿女婿都是性格温和沉静的乡下人。夫妇俩长年在外头劳作，年纪大的老太太在家做家务。

“不喝酒了吗？”老太太问，“再喝一点吧。”说完就去取酒了。女儿和女婿笑呵呵地看着她，女婿说：“老太太高兴着呢，多喝点吧。”

第二年冬天，老太太在家中的厨房摔了一跤，跌断了腿骨，是大腿骨。和小腿骨不一样，成年人要长好也得将近一年。老太太年纪大了，花的时间要更多。可是在山下的医院住了半年，老太太哭着想念女儿女婿，就回山上去了。

回去后，老太太还是像以前一样做家务。在拖着摔断的左腿干活的过程中，骨头长结实了，但那是一种妨碍她行走的更坏的形状，腿骨外翻，呈“く”形。老太太不能走路后，就爬着行动。从此，白天女儿女婿还是外出劳作，老太太留在家里，傍晚时分就靠在窗前等候两人回来。

“妈妈在榻榻米上爬得可快了，比走路还快呢。”老太太的女儿在电话那边说，“没习惯的时候，看到拉门自动打开了，还吓了一跳。是妈妈从下面拉开的，我们只顾着看上面了。晚上可吓人了。”

我眼前闪现出那幅情景。

“最近，家里进了贼。”老太太的女儿语调平静地接着说，“我们看到客厅的地上有泥脚印，赶紧飞跑进屋看看妈妈怎么样了，她还什么都不知道呢。”

“没发觉有异常吗？”

“说寺庙里的师傅好像来过，她嫌麻烦就没出去打招呼。听见隔壁屋里有动静，就问是谁啊，没人回答。自己又说，我知道你是谁，是龙云寺的师傅吧，对方还说是呢。”

老太太的女儿说，还真有欺骗老年人的坏蛋，好在老太太没有受伤，算幸运的。

听说老太太为自己落到连贼都防不了的地步大为懊丧。

第二年早春，老太太去世了。

我们夫妇去参加了葬礼。第二天早上，从我们俩住的房间看到山谷里开始下雪了。雪花快速地向谷底坠落，这是一场迟到的冬雪。我从窗户探出头，不经意间向谷底望去，只见下面涌动着细细密密的雪花。它们本该落到谷底，却被山谷里的旋风扰起，向上飞旋而来。在从空中落下和从谷底升腾的雪花的围裹下，山谷和山谷边上的院子和房屋全都变得朦朦胧胧、若隐若现。

从雪幕的深处，山的对面忽然传来一阵长长的汽车喇叭声，已在心中消失的山谷对面的现实世界，又缓缓回到了我的意识里。

不知哪间屋子响起了开窗的声音。

“噢咿——噢咿——”屋子里相聚在一起的亲朋都高声应和着，开车过来的是一位因大雪迟到的吊唁者。

我冷不丁回身看向屋里，只见冰冷的榻榻米上，一个朦朦胧胧像一层薄雾般的人影坐了起来。

6

从山上的家到山下的镇子去购物有两条路可走，一条是宽敞的大道，一条是狭小的近道。

两条路都是坡道，近道沿着小山侧面的崖壁绕行，另一边能看见小小的竹林和蔬菜地什么的。比起边走边看新兴住宅区鳞次栉比的白色楼房，我更喜欢乘着凉风穿行在竹林里，因此常常顺着紧挨崖壁的近道下山。这条路的坡度较缓，途中还有几处石阶，走完下山的第一段石阶后，就来到一条紧挨翠绿竹林的小路上。

路边有一幢泥封屋顶的房子，和简陋的木棚屋差不多。刮大风的日子里，竹林和房子都发出簌簌的声响。旁边有一块小小的菜地，菜地紧里头是晾晒衣物的地方，挂着几件洗过的衣服。再往后去是墓地，墓碑都显得古旧，有些损坏了。这些房子、菜地、晾晒的衣物和墓地层层依次排列，好似在屋后峭壁前摆放的女儿节雏坛一般。

说不出有什么特别奇怪的地方，但我每次从这间屋子前走过都觉得有点别扭。夏天，竹叶茂密，翠意逼人，景色奇佳。过午时分，阳光炙烤着依次竖立的朽坏墓碑，小小的屋门打开通风，屋里昏暗暗的，让我觉得里面汪着一潭深色的冰冷的水。

我没见过屋里住的人，但是根据菜地里晾着的衣物，能大致猜到主人的身份。衣物都是女人的内衣和围裙，而且是褪色的和服衬衣或零碎的和服料子改做的围裙。我想这家的主人也许是一位独居的老太太。

这位老太太还在菜地里种种菜，应该很健康。屋门前一尘不染，歪歪斜斜的窗玻璃也擦得铿亮。只有那块菜地总让我有种不快的感觉。我不喜欢看那菜地，它让我极其厌恶。

老太太的菜地里堆满了黑黝黝的肥沃土壤，但表面经常盖着许多垃圾。我一开始把它们错当成真的垃圾了。橘子皮、苹果皮、蛋壳、西瓜的边角、玉米芯……这些厨余垃圾盖住了黑黑的泥土。

我立刻明白这是给地里堆肥，但垃圾的量也太多了。水果皮渐渐风干了，而水分总也挥发不尽的红红的西瓜瓤上，会引来苍蝇。中间那些白白的蛋壳，更让我有一种不洁之感。

在一个闷热的雷雨来临前的傍晚，在晾晒的贴身衬衣、围裙和穿旧的夏季和服的映衬下，我看到被红色、绿色、黄色和白色等各色食物残渣覆盖的菜地，有那么一瞬间竟觉得眼前的一切很美。在湿润的空气中，菜地里的黑土、五彩缤纷的食物残渣，色彩的强烈对比让人惊艳。太震撼了……

不记得是什么时候了，我曾经看到过这家的大门上贴着一张纸。

“投递《朝日新闻》的师傅请注意：我不需要报纸，您即使投递了我也不会付款，请及早停止吧。我订阅了其他报纸。”

这是用毛笔写的，字体遒劲流畅，具有女性风格。我第一次对这位主人感兴趣了。

下山的时候我喜欢走这条近道，走过竹林边老太太家门前时，总期待能见到她。机会终于来了，我总算看到院子里出现了一位老太太的身影。

背影小小的、胖胖的，看起来不太像上年纪的人。老太太后背挺得直直的，正在收晾干的衣物。她头发黑黑的，颜色太黑了，看得出用了染发剂。老太太背对着我，看不见长什么样。我走近后，听见她在唱歌。我边走边仔细听，她唱的是一首西洋歌曲。虽然听不清哼唱的内容，但听得出是英文歌词。对穿着和服的老太太而言，说这首歌曲是西洋曲子更合适。

那天，菜地里依然堆满了食物的残渣。菜地的那一头，老太太不停地收着衣物，专心地唱歌。晾衣架旁边长着一棵枝繁叶茂的无花果树。当老太太挎着篮子向这边走来时，我看见了她的脸：肤色很白，细细的眼睛，小小的嘴唇，富士山形的发际，皱纹很少。这位可爱的老太太吃惊地看着我。

我对从学校回来的女儿说了这件事，女儿笑着说："啊，是那个奇怪的老太太呀。前些时候，我和朝子从她家门前经过，她请我们吃无花果呢。"

"你们拿了？"

"嗯，说是招苍蝇，想早点把果子都摘下来。"

我看到过无花果上聚集了密密麻麻的苍蝇。

"你们吃啦？"

"嗯，吃了。老太太还反复叮嘱剥了皮后丢到地里。"

朋子吃了三个无花果，她的朋友朝子吃了四个，然后用小木棍挖了坑把果皮埋进土里，说是为了让果皮尽早变成肥料。那会儿菜地里长着豆角碧绿的藤蔓，老太太还说了"这么一来豆角可高兴了"之类的话。

"那位老太太以前是大户人家的小姐，听我们学校老师说的。"

这孩子的耳朵里倒是听到了不少消息。

"车站后面不是有个 ×× 女子大学吗？听说老太太是那所大学理事长的妹妹。"

朋子所说的私立女子大学在市内还有附属初中部和高中部，是一所历史悠久的私立大学。

可是，出身于这么显赫的家族，老太太为什么一个人住在竹林边破败的棚屋里呢？

“我们老师说可能是出嫁后过得不太好，老太太是个性情古怪的人。”朋子一副大人模样，老道地接着说，“最近我们路过那儿，看见老太太一边打扫墓碑一边大声唱歌，我们俩都吓了一跳。朝子说了句惊人的话，说那个老太太说不定没觉得自己上了年纪。”

偶尔也有人造访竹林边这所小房子。有报纸销售店的男推销员站在门口，还碰到过电器店的轻型卡车拉着小型电视机来到屋前，看来屋里的老太太在安稳地过自己的日子。

夏初时节，老太太家门前的路上铺开了榻榻米店的工作台，正在更换屋里的榻榻米草席。好几张新草席立在板壁边上，草席店的师傅在路中间的工作台上忙着编织新草席。

在食物残渣混杂的菜地前，在由破落的板壁和泥封的墙壁组成的屋子前，榻榻米草席展开了一片淡绿色的清凉空间。

冬天。我顺着积雪渐融、泥泞不堪的道路下山，看到这所房子前的菜地盖上了一层厚厚的白雪，后面挨着山崖的墓碑也都戴上了雪白的“棉帽子”。雪是前天下的，但小山的背阴处光照不好，所以雪总也化不了。

平日里散落着大量食物残渣的菜地，只有今天是雪白一片。覆盖在菜地上的积雪厚厚的，寒风中冻住了一部分，整个菜地呈现出隆起的土堆状。

下山的时候，我不时回头看这一道绮丽的风景。

买完东西回来路过这里，我不觉在这块白色的菜地前站住了。几根树木的枯枝上热热闹闹地挂满了红色和黄色交杂的东西。那既不是开出的花朵也不是结出的果实，而是在枯枝的尖梢上戳满了橘子皮和苹果皮。

这些果皮看来是刚戳上去的，还水灵灵的呢。

真是一棵花枝招展的冬树。橘子皮像一个个薄皮的小房子，削得细长的苹果皮则被掐成了几段。这棵在积雪的庭院里盛开着奇妙繁花的大树，在寒风中轻轻晃动。

整个冬天，老太太家的院子一直“盛开”着这种奇异的花朵。渐渐地，枝头的“花朵”晾干了，成了破败的褐色残片，有的变成碎片被风刮走了，还有的被小鸟叼走了。等这些“花朵”都没有了的时候，又有新的补充上来。

雪化后的一天，我路过屋前，发现开着奇花的树上落满了一大群觅食的鸟儿，黑压压的一片。树下的菜地也和树上一样，铺满了五颜六色的残渣。屋里时不时传来电视机的声响，树上成群的鸟儿守护着老太太的家。

7

小时候，我真的认为奶奶什么都会，没人能比得了，但这种想法只维持到小学二三年级。

奶奶没有不会干的事。住在老宅子里的时候，毫不夸张地说，屋顶漏雨是一件可怕的事情。我们虽然生活在有屋顶的房子里，雨水却会从意想不到的地方落下来。在家中被本该落到屋外的雨水淋湿，让人没法安心睡觉。奶奶是个会修理破漏屋顶的老人。

下完雨后的白天，三班倒的父亲在家里睡觉。屋外头，穿着和式裙裤和胶底短布袜的奶奶开始登梯子上房顶了。父亲若是醒了，会觉得奶奶这样做危险，去制止她，所以她总是等父亲睡着后才搬出梯子。要是父亲不让奶奶上房顶，自己上去的话也罢了，但父亲压根儿就不想上去，所以屋顶总是漏雨。

在交错排列的瓦片和蓝天之间，奶奶的身体像一大块岩石，脸也和岩石差不多……只见她弯着腰挪动瓦片。奶奶看起来和屋顶上的环境特别相称。

“上面能看到什么？”我们在下面问。

“什么都能看得到。”奶奶回答，“能看到世界的尽头哟。”

附近有很多老宅子，但是没有能登上屋顶的女人和老太太，所以那时我认为奶奶是个了不起的老人。

奶奶除了能登屋顶，还能钻地洞。她曾代替病弱的爷爷，在筑丰的煤矿里工作了很长时间。她在煤矿里干的不是一般女人的活，而是和男人一样劳作。她身体壮、力气大，干起活来不输男人。

“煤矿的坑道里还有鸟呢。”

我们可喜欢听奶奶说这些事了。地底下到底是怎样的地方呢？到底漆黑成什么样？在那种地方，人能像平常一样呼吸吗？

“为什么地底下会有鸟？”

“那可是矿上养的。空气变坏了，鸟就会先死，是为了监测空气才养了几只鸟。”

“那些鸟不到地洞外面去吗？”

“嗯，它们就一直养在地下。”

在阳光照射不到的地方，鸟儿们过得怎么样呢？鸟有夜盲症，在黑暗的地底岂不是什么都看不见？听奶奶讲了这番话后的晚上，我脑海深处出现了鸟儿展翅高飞的景象。

姐姐曾经嘲讽地称我是“寄居蟹”，因为我上了小学还总是钻到奶奶的被窝里睡觉。

奶奶的被褥有一种线香的味道，她有晚上睡前烧香念经的习惯。在沁人心脾的线香味道中，地下的黑暗世界在我儿时的大脑中弥散开来。地底下延伸着煤矿的坑道，坑道四通八达，非常宽敞。下煤矿的女人只穿着一条贴身和式内裙，可见地底下是热腾腾的，冬天也很暖和。

在我昏昏欲睡的头脑里，出现了理科书图鉴上画的从地底下喷发的黏稠的红色火山熔岩、裸露着上半身的女人们、看不见东西的鸟儿们，还有地狱里的红鬼、绿鬼和瘦成皮包骨、只有肚皮大大的已经死去的人们。这些东西挤挤挨挨、杂乱无序地在无比开阔的地下世界里蠕动。

奶奶双手抱着我，我好像隐入了一只遮天蔽日的大鸟翅膀的阴影里，进入了梦乡。

奶奶每年要外出进行一次奇妙的旅行，耗时四五天。每当这个时候，她就穿上白衣裤、戴上白手套、缠上白绑腿后拄着手杖出发。

她去哪儿呢？

“去个可怕的地方，在家等着。”

我们去车站送行时，看到那里来了五六个同样一身白色装束的老太太。坐火车的人们都穿着普通的衣服，所以奶奶一行更是散发出异样的气息。火车开动了。从站台上看去，铁道线一直和八幡制铁所长长的砖墙齐头并进，到远处如一条丝线般变细、消失。砖墙和铁道线在一座座烟囱下迂回曲折地绕行。火车带着老太太们直落入我们看不见的、这个地面上的人们没见过的世界。

奶奶走后的家里，有一种干爽明净的感觉，她像是把家中湿乎乎的不明朗的东西全部带走了。上了年纪的人真是个大大的湿气源头。在这个干爽明净的家里，姐姐煮着烧焦了的米饭，爸爸用便当盒装着焦米饭去上班。白天姐姐上学后，我就在院子里挖蚂蚁窝消磨时间。蚂蚁从地底下一只接一只涌上来，我仿佛看见小小的奶奶迈动着双腿混杂在蚂蚁中间。

几天后奶奶回来了，带来的礼物有干果和看起来很恐怖的图画书。书上画着许许多多的鬼用大锅煮着人，或是把人运到针尖密集的山上，或是在用刀切割人体。这些画面的色彩都极其浓烈。

8

我们一家常常开车出去旅行，休春假和暑假时就开车出去玩三四天。九州山系层峦叠嶂，到处都是大大小小的温泉。在山道上若是迷失了方向，沿着深深的山间溪流驰骋，会冷不丁遇上一个小小的温泉池。

丈夫开车出行的时候，都带上一本道路地图，事前也不预订住宿的地方，一贯顺其自然。头一天基本是沿着某条路开到傍晚，然后在那附近找住宿的地方。说是镇子，也不是城里的那种镇子，而是叫某某郡某某町，是大山里的村落。

查看道路地图，九州山系脊梁部位连绵的群山间分布着一个个难读的奇怪地名。单是看看纸上的地名，丈夫的心就飞向那里了。

耶马日田英彦山国定公园……钓钟山、岳灭鬼山、求菩提山、经读岳。

脊振雷山县立自然公园……九千部山、龟岳、雷山、背振山、蛤岳。

阿苏九重国立公园……猎师岳、白发岳、黑岳、涌盖山、寒地狱、筋汤。

细细的山道连接着这些用汉字、深色字和粗体字标注的山名和地名。来到这些地点附近，国道和高速公路不知何时都不见了，只有狭窄的道路线在延伸。某些地方还用红字标注“注意冬季路面结冰”“浓雾高发地域”等提醒字样。

丈夫读着这些红字，越发想去那里了。不仅是他，我和朋子也是如此。我们三个人出外旅行时都有一种迷路的愿望，希望能徜徉在陌生土地上的山峦和村落中。

我们打算等朋子的小学一放春假，就开车出去玩三天。丈夫和朋子像以往一样在餐桌上铺开道路地图，开始选择目的地。灯光下，朋子用手指在半张榻榻米大小的地图上寻找，她忽然停下来问：“什么？这怎么念呀？”

在大分县和宫崎县的交接处，有一个用红字标注的地名“祖母倾国定公园”。公园的左上角是阿苏山，下面往南去就到了高千穗峡。丈夫凑近地图说：“啊，这儿啊。这个读sobokatamuki……”

“好怪的名字。”朋子说，“叫什么 sobokatamuki……”

“嗯……‘奶奶要跌倒’的意思。”

“‘奶奶身体虚弱、步履不稳’呗。”

“‘奶奶’这个词本来就有‘衰老体弱’的含义。”

父女两个说着不着边际的话，我却由此想起了奶奶生前的一些事，陷入了沉思。

丈夫用手指着地图解释道：“这儿有两座山。看，这边写着‘祖母山’，那边写着‘倾山’。”

根据地图上的标注，祖母山海拔一千七百五十六米，倾山海拔一千六百零二米。

“我们从小听惯了，把两座山合起来叫 sobokatamuki，”在大分县出生的丈夫边琢磨边说，“你这么一说，我也觉得这山的名字够怪的。”

父女俩又仔细地辨认地图后发现，有一条虽然不是国道，但也修整完善的路从国定公园中间穿过，从阿苏到高千穗，沿着山边的国道往南行驶一百公里左右，在一个叫“日之影町”的地方进入国定公园这条路。路附近有温泉和野营地的标志，沿着往里走，还有几处原始森林的标志。父女俩对视了一会儿，一个说“去祖母倾看看吧”，另一个回应“去就去”。

两人也不顾我是否同意，就先行决定了。这么一来，春假旅行的目的地就定下了。

三月底朋子的小学一放假，我们就出发了。还是春寒料峭的时节，但只有春假的时间里，丈夫和朋子能同时休息几天。开车出游时，我们总是邀请姐姐一起去，两个人轮换着开车比较轻松。

这段时间，姐姐正忙着周旋于各个厂家的服装展示会，为她的女士服装店预订夏装。她原本已打定主意不参加我们的旅行，出发前一天晚上忽然打来电话，说想方设法调整了进货计划，还是跟我们一起去。于是，我们一行四人踏上了旅途。

出发的前一天下了雨，当天早上雨好歹停了，但阳光惨淡，冷飕飕的。丈夫开着车走高速公路一直到熊本，然后开始爬行，进入阿苏山。第二天计划从高千穗到祖母倾。在相当于九州脊梁骨的山岳当中，阿苏山和祖母倾山基本上位列东西两侧。在阿苏山的登山口处换姐姐开车。

作为春天的登山季，时候还稍早了点，但因为学校的春假和周末重叠，汽车和摩托车在登山道的入口处排起了长队。在道路收费窗口，工作人员不停地递出票据，车队中还混杂着骑自行车旅行的中学生团队。

阿苏山顶有些烟雾缭绕，登山口处倒是云雾散尽，清亮亮的。我们驶上修缮齐整的道路，从车窗可以眺望长长的山际线，但到山脚附近就消失了。大概往山上开了十五分钟，前方道路一片白茫茫，像是垂下了一块白色幕布。

等到一辆辆车被吸入这块幕布后，我才明白这原来是雾。

雾气附在车窗上，车窗也变成了白色一片，我们坐在车里一言不发。我以前不知道雾气能浓到像一层厚厚的墙壁。

车窗外是流淌着浓浓乳汁的海底，车子有如在海底潜行。车前灯只能照到两米开外的道路中线，车以极其缓慢的速度爬行。

由于低速行驶的缘故，车内非常安静，也听不见外面的行车声，整座山都沉默了，也许山中所有的车都在爬行。在无声的雾底行进，车窗上不时出现紧紧贴车而行的人影，是一些推着自行车上山的年轻人，他们的身影也很快被白色雾海吞没。

汽车、摩托车和自行车都在大雾中影影绰绰，刚一出现很快就消失了。这些影子一划过，我们又被关进了一片雾茫茫的大海。紧贴着道路中线大约爬行了一个半小时，白色的中线忽然消失。姐姐停下车，看到浓雾弥漫的地上写着四个大大的英文字母“STOP”。

我们都下了车，发现路边立着一个像是告示牌的东西，走近一看，上面写着“阿苏山火口站停车场”。

不知不觉中已经来到了火山口附近。

这儿是坐缆车去往火山口的地点，但上缆车的地方也融入了大雾，看都看不见了，也不知火山口附近名为“草千里”的大草原在何方。停车场前面有一家土特产商店亮着灯，形状看起来像是大大的水槽。我们朝着商店走去，丈夫、姐姐和女儿的身影就像海中的水母般游移飘忽。

店里聚集了一群不知该何去何从的登山客，我们在店里暖和了一下被雾气打湿的身体，吃了点东西。丈夫向店员打听山里的天气，五十岁上下的男店员笑着回答说："早春时节的山里，整天都下这样的雾。"据说只要天气不是很晴朗，就会下雾。在座的登山客都露出一副在外漂泊者的神情，看着窗外。

最后等到傍晚，大雾也没有散开的迹象，我们又回到车里，这回是丈夫开车顺着来时的山道下山。

第二天，我们绕着大分县兜了一圈后开回了北九州。晚上在住宿的地方，四个人商量了半天去不去祖母倾山，最终决定放弃。那一年的春天比往年来得晚，还不停地下雨，雨雾相交的山里是没法去了。

因为决定不去祖母倾山了，朋子直到最后还念念不忘，觉得很遗憾，在旅馆的被窝里噘着嘴。于是姐姐钻进朋子的被窝，抚摸着她的头发说："我也是扔下工作来的，和你一样很伤心啊。"

回到北九州后，因为这个决定，"祖母倾"在我、朋子、丈夫和姐姐心里都留下了遗憾。我们曾约定暑假选个天气好的时候再去，可是由于丈夫和姐姐工作上的事没有去成。我的脑海里偶尔清晰地浮现出绿色山峦和红色国道相交错的南九州地图，于是意识到自己正在凝望"祖母倾"的绿色林海。

9

好几年前，有一位贩卖海产品的老婆婆经常到我们的住宅区来。老婆婆摁响了面朝大路的不知哪家的门铃后，静悄悄的住宅区里就会响起她那带着乡土气的质朴声音："您好啊，太太。"

声音里流露出一丝让人感伤的味道。从海边来的老婆婆性格开朗，满是皱纹的脸总是笑呵呵的，嗓音特别沙哑。

顺着大路走来，老婆婆不久就到了我家，她的顾客是固定的。她头上裹着手巾，穿着深蓝上衣，系着裙裤，脚上穿着儿童帆布鞋，背着白铁皮箱子。干活儿的老婆婆穿的工作服不太讲究。她在大门口打开箱子，说了句："太太，看看这些漂亮的小银鱼干。"然后捧起一堆银色的小银鱼干给我看，质地和市面上销售的油炸鱼干截然不同。

老婆婆接着说："在海滩上还噼噼啪啪蹦着的时候，就放到开锅的水里焯一下，所以没有腥味，可是上等货色哟。"

满满一大袋小银鱼干一千二百日元，两袋就两千二百日元。卖完了小银鱼干，老婆婆又拿出黑黢黢的铁板似的海带来。她带来的海带平滑无皱，硬挺得像块薄铁皮，比起别处的海带，更能煮出浓浓的汤汁。老婆婆也竭力推荐自己的海带："这可是又大又好的东西。"

这些海产品散发出淡淡的海滨气息，不仅如此，老婆婆的衣服也飘散着同样的气味。听她说儿子和媳妇出海打鱼，她帮忙打理海滩上的事情，还到镇上来卖海产品。

在这附近，只要坐上地方线的火车，就会看到一些背着同样的海产品箱子的老婆婆，她们像上班族一般熟练地上下火车，腿脚很麻利。这一带的近郊靠海，老婆婆就是这群常见的贩卖海产品的老人中的一位。

小银鱼干、海带、小鳀鱼干，虽然都是干货，但老婆婆带来的东西味美爽口。鲜度高的东西晾干了也有爽口的感觉。所有的干货都有棱有角，手指触摸上去有被刺的感觉。

女儿朋子称这位老婆婆为“海婆婆”。老婆婆也进入学校，招揽老师们做顾客，所以朋子从学校回来会问：“今天‘海婆婆’没到家里来？”学校里的孩子们也都认识她。“海婆婆”身材高大，虽然不胖，但看得出年轻的时候很壮实，至今还保留着宽宽的大骨架。脸上的皱纹又宽又粗，给人一种被海风吹打雕琢过的感觉。

老婆婆从北九州一个叫糟屋郡宇美町的地方来，所以“海婆婆”这个称呼其实是从“宇美町小贩婆婆”[①]演变而来，叫她“宇美婆婆”更合适。不知什么时候起，这个称呼变成了“海婆婆”，老婆婆也的确有从海边来的人的外貌特征。和住宅区里迈着小碎步走路的老年人比起来，“海婆婆”总显得身材魁梧高大，像在海潮中历练过的海螺或牡蛎的外壳。

有时候老婆婆转到我家，正好是快吃午饭的时间。有一次刚巧碰上下雨，我就邀请老婆婆进屋，她在我家打开便当盒吃饭，顺便聊天。老婆婆打开卖东西时背着的白铁皮箱，取出五六条闪着银亮亮蓝色光泽的鱼干，就着煤气灶的火苗烤熟后，和我两个人吃了起来。

吃饭的时候，“海婆婆”说开了：“××神社举行的祭神活动听说过吧。”她说的是本州和九州之间的海峡上的一个神社。

---

①在日语中，“海”和“宇美”的发音相似。

“为了祈祷捕捞到更多的海产，一大早退潮的时候，神官会捞起裙带菜供给海神。”

“在电视上看到过，很早以前就开始这么做了吧。”我回应说。

“我年轻的时候，和朋友议论说那件事很怪啊。”

“为什么？”

“那儿的海峡因为旋涡大才特别有名，是吧？在那种地方，能采到宽得像和服腰带一样的裙带菜吗？”

我恍然大悟，眼前出现了海峡里旋涡流转的情形。那是开车一个小时就能到的地方，我很熟悉。“海婆婆”一边嚼着烤鱼尾，一边扒拉着便当盒里的米饭，虽说上了年纪，但老婆婆嚼着小鱼的牙口还不错。

“我们几个好朋友聚在一起商量后，决定捉弄一下神官。我们先到祭神的礁石群那里看了看，发现附近确实只能捞到细细弱弱的裙带菜。于是我们说好了，祭神那天一大早去看看，果然不知什么时候，那儿的水底下晃晃悠悠地长上了肥肥的宽大的裙带菜，是让渔夫在前一天种上的。”

听说后来老婆婆的朋友们拔掉了那些宽大的裙带菜，大家分了分带回家去了。那神官主持的祭神仪式呢？我问：“后来怎么样了？”

“报纸上说今年的裙带菜长得不好、收成差。”“海婆婆”回忆起几十年前的乐事，哧哧地笑起来。

“你们把偷来的裙带菜吃了？”

“当然，还加了大酱汁呢。一边看报纸一边拿着汤碗喝汤的爷爷还说了一句，今天早上的裙带菜特别好吃。上了年纪的人真厉害啊……什么都明白。”

烤过鱼干的厨房里飘散着淡淡的轻烟，老婆婆用粗糙的双手捧着茶杯、趿着拖鞋，坐在椅子上。吃完午饭后，她又出去做生意了。

“多谢太太啦，再见！”老婆婆说完就走了。她下次到住宅区来大约是两个月后，那时各家各户用来做大酱汤的小银鱼干都所剩无几了。

“海婆婆”在住宅区里做生意，大概持续了多少年呢？五年还是六年？我搬到这里的时候，她的名字已经传开了，所以算起来应该更长。

不知从什么时候起，我发觉老婆婆带来的装小银鱼干和海带的袋子有了变化。以前只是随便塞在一个褐色的大纸袋子里，现在变成了市面上装商品用的厚厚的塑料袋。海产品的鲜度还不错，但不如以前了。有一次，我在装小银鱼干的袋子里发现一张小纸片，上面有一行印刷文字：“鹿儿岛县 ×× 渔协。”

我感觉因为某种生活上的变化，老婆婆的大海已经离她越来越远了。老婆婆还和以往一样系着裙裤、穿着帆布鞋，只是来住宅区的间隔越来越长了。

一个夏天的傍晚，正下着雷阵雨，好久不见的“海婆婆”在住宅区出现了，她也转到了我家。她带来的小银鱼干一看就知道是过了油的便宜货，价钱是以前的一半。老婆婆全身都湿透了，我把雨伞借给她，心想这把伞是有去无回了。为什么这么想呢？听听我和老婆婆的对话吧。

“小银鱼干还是您自己做的吗？”我问。

“当然啰，一直都是我自己做的。”她回答，明显是在说谎。我感觉她不再做生意时，会和长年以来的老顾客不告而别。老婆婆背后那清亮的海蓝色背景变得混浊了。我甚至怀疑她说的 × × 祭神的事到底有多少真实的成分。

我在大门口目送老婆婆雨中撑伞远去的背影。

“海婆婆”穿着湿透了的衣服、裙裤、帆布鞋，背着打湿的白铁皮箱子出了大门，顺着蜿蜒的小路渐行渐远，消失在远处。那时候她就像刚从海里爬上来似的。雷雨中，屋外昏黑一片、水雾迷离，老婆婆爬出来的大海也像深夜那般漆黑。这么一来，“海婆婆”的称谓就更恰如其分了。

果然，“海婆婆”从那以后就彻底消失了，不知是不是也不做生意了。住宅区的人们也渐渐到附近镇上的超市去买小银鱼干和海带了。在一个初冬时节的傍晚，我从镇上购物归来，看到家里大门的把手上挂着什么东西，走进院子来到门前，发现那是一把雨伞和一塑料袋东西。雨伞是我夏天借给老婆婆的，我对伞柄特征有印象。伞稳当当地挂在门把手上。塑料袋里塞着满满一袋带壳的大个儿牡蛎，牡蛎壳上还牢牢地粘着裙带菜和藤壶什么的。

这大概是借伞的回礼或告别的礼数，塑料袋沉甸甸的，散发着大海的气息。

10

在筑丰有一座叫香春岳的大山，是海拔五百米左右的三座山的总称，从南边起依次称为一岳、二岳和三岳。自古以来，山里传说居住着从古代的朝鲜远道而来的神灵，现在是个以开采石灰岩闻名的地方。

整座香春岳覆盖着结晶质的石灰岩，昭和初年水泥公司进入一岳进行开采。从此每天两次从山顶上传来“轰——”的爆破声，大山的面貌也在一天天发生变化。现在山顶被削平了，整座一岳成了石墩形，有点像餐桌。

香春岳山脚下的小镇上，住着一位朋友，所以我有时从大山附近经过。下了公共汽车顺着国道向前走，眼前就会出现香春岳那壮阔的全貌。一岳后面连绵起伏的二岳和三岳仍被郁郁苍苍的树木覆盖着，而眼前的一岳已被剥去绿色的表皮，惨白得刺眼，像是忽然经历了变异后颜色脱落的样子，让人觉得是某个寸草不生的所在蹲踞在周围的风景中。

虽然远远看去是如此情形，靠近山体后，却发现石灰岩的山体犹如一片茫茫的白色海洋，美极了。仔细看去并不是一致的白，岩石的皱褶处、龟裂处和凹凸不平的地方，折射出了五颜六色的光彩。灰白色、红灰色、蓝灰色、灰绿色、黄灰色，好似泼洒上了浓重的油画颜料，在阳光下熠熠生辉。

我的朋友在山脚下的幼儿园工作。她还是单身，一边工作一边照顾上了年纪的母亲。幼儿园坐落在山脚下一片绿荫丛中，从很远处就能看得到。山脚处林木并不茂密，只有一圈树木，总是呈现出浓绿的暗淡色彩，幼儿园那小小的红屋顶跃然其间。高高耸立的白色岩山，使山脚处的红屋顶成了一幅诡异的灰暗图画。我第一次见到这情景时心想，这幼儿园建在一个多么可怕的地方啊。

在这座可怕的大山下的院子里，朋友搬出风琴，给跳舞的小孩子伴奏。她戴着为运动会制作的红色尖顶纸帽子，和着节拍摆动身体奏响了风琴。穿着天蓝色园服的小孩子们围在风琴周围，举起小手跳舞。看到我走进院子，朋友停止了演奏，站起身来。

朋友一边工作一边照顾母亲，这位母亲健康上出了问题，正一点点变得呆滞迟钝：白天朋友不在家的时候接到电话，也不向晚上回到家的她转达；朋友早上出门时多次嘱托的小小家务事也做不了。

朋友本来一直以为是母亲上了年纪越来越健忘的缘故，可母亲的行为举止忽然变得粗野。她洗完澡后只穿一条内裤就坐到了电视机前，朋友提醒了一句，母亲没有反应，还看着电视忽然大笑起来。某个男演歌歌手正在唱歌，老母亲半裸着坐在电视机前，笑着说："这小子可真讨厌啊！"母亲从来没说过这么粗鄙的话语。

这时，朋友才第一次意识到母亲的异常。渐渐地，她母亲连日常琐事也不能自理了，痴呆症状愈加严重，朋友的家庭状况急速落入最糟糕的境地。朋友早上出门上班时把门从外面反锁上，午休时骑摩托车回家给母亲送饭后，再返回幼儿园。

但是这样的生活也没能持续多久，朋友就陷入了痛苦的抉择：是将母亲送进一家合适的医院，还是自己辞职照顾她？而一旦从幼儿园辞职，她因为年龄的原因，再就业会变得很困难，即便不辞职，也必须得攒钱供养母亲。

在这段左右为难的时间里，朋友暂时向幼儿园请了假，在家里照顾母亲。一个星期天的中午，我去福冈市办完事后没有直接回家，顺道去了朋友家。下了日本国铁的电车，又坐上了地方线路的电车。那天是阴天，我下了电车又坐上公共汽车。在目的地的车站下车后，看见在暗淡天色的映衬下，香春岳像个巨大的灰色废弃物般伫立在眼前。

我沿着小河走上田间小道，过了水泥公司那道长长的围墙，就来到了朋友家门口。朋友在几年前建的这所小小的住宅，外墙和内饰都还比较新。朋友是靠一个人工作的积蓄建起了房子，为了方便母亲做饭，将厨房的水槽和龙头都放低了高度。她肯定没料到母亲会变成这样，因为很长时间以来都是母亲帮她料理家务。

朋友身形消瘦，一脸疲惫的样子出来迎接我。她母亲胖乎乎的，但胖得不自然，像得了水肿，坐在厨房的餐桌旁，看来是刚午睡起来。她胸前紧紧地围着朋友的旧围裙，已经洗褪色了。

“我妈身体棒着呢。”朋友一边给我斟茶一边说，“要是得个病什么的，就能立刻送她住院，我也好喘口气啊。”

这是在漫长地等待医院空病房的过程中产生的想法吧。虽然医院说有空病房就给通知，但这世上还有无子女的老夫妇家庭，以及一些情况更窘迫的家庭，像朋友的母亲这种还有年轻健康的亲人照料的，就被置后考虑了。

家里很安静，天色暗淡，屋里像是傍晚的光景。朋友开了灯，说："我们母女两个现在进入了一种奇怪的'下沉气流'。"

朋友的母亲默不作声地动起来，离开了座椅。她原本就少言寡语、喜怒不形于色，所以病后和以前相比，从外表看没有多大差别，只是动作像幼儿般摇摆不稳。

"要出去吗？"朋友问她母亲，然后看着我，露出为难的表情。我说那就一起走走吧。朋友满含歉意地双手合十向我致意，给母亲套上帆布鞋、戴上帽子，自己穿上一套在幼儿园里穿过的运动服。我们三人出了屋门，在阴沉沉的天空下走上田间小道。

朋友和我并肩而行，她身边是母亲，老人的手紧紧地拽住朋友腰部的衣服。

"我上班的时候，常把妈妈锁在家里，所以她害怕又被扔在一边没人管，出门的时候尤其跟得紧，寸步不离，有点像孩子害怕父母不见了的感觉。"

母亲帽檐下的白发被田间刮过的风吹起，步履蹒跚地走着，只是神情看上去有些恍惚。

老人走过蜿蜒的田间小道，穿过小河上的石桥，越过县道，离香春岳越来越近了。精神恍惚的母亲要走到自己女儿长年工作的地方。不久，幼儿园的红屋顶就出现在山脚下那一片绿荫丛中。母亲重又焕发了青春，脚底充满活力，使劲踩着地面快步走起来。朋友因为衣服的一角被母亲拽着，脚步也随之变快，并肩而行的我也加快了步伐。

午后的幼儿园里，孩子们正在院子里游戏。母亲摇摇摆摆地走向院子的篱笆旁。风琴的演奏声越来越清晰了，还听到女保育员的歌声，孩子们围着风琴站成一圈。母亲在篱笆前蹲下来，呆呆地看着园内的光景。她的手还拽着朋友的衣角，所以朋友也蹲了下来。

“妈妈会在这儿待上一段时间。”朋友说。

金属篱笆里，孩子们开始举起手跳舞。母亲一只手抠住金属网，另一只手还是抓着朋友的衣服，一直这么看着。腿蹲麻了，就坐在篱笆前的草地上。我和朋友也学着老母亲，默默地看了一会儿孩子们的游戏。背后响起有人路过的脚步声，我们回头看去，只见一个拎着购物袋的女人吃惊地看着我们。看到三个成年人齐刷刷地坐在路边，不知她会怎么想？母亲还一点都没有动的意思，像是在地上生了根。看着她拽着朋友衣服的手，我想起了紧紧搂住人不放手的妖怪的故事。

过了好久，老母亲才终于直起了腰。我们三个人又肩并肩地走起来。穿过田间、跨过小河，我们跟着母亲的脚步走着，不久就回到了家里。

母亲进了家门，大概是累了的缘故，一下就躺在榻榻米上睡着了。朋友说现在可以慢慢喝杯咖啡，起身去厨房烧开水。

回去的时候，朋友送我到公共汽车站。临出门前说母亲总要酣睡两个小时，晚上却不睡觉。朋友给睡着的母亲盖上毛巾被，锁上门后才离开。外面正静静地下着银针般的细雨，一丝丝地闪着光泽。朋友递给我一把旧伞，说不用还了。早春时节，下了雨后空气温润润的，我和朋友走在风已停歇的小道上。

田间有一条小河流过，下雨的时候水流声比平时欢快些。田间弥散着薄雾，朋友走在被雨水打湿的护堤的水泥路上。来到一座小桥前，她忽然停住脚步，猛地回头向后看去。

我也收住脚，和她并肩站着。我们看到了一大片田地和远处浓浓的雾的帷幕。穿过迷雾，依稀看见香春岳那巨大的剪影。朋友用瘦削的下巴示意着山的剪影，煞白着脸说："……我刚才以为妈妈跟过来了，我一直觉得她紧紧跟在身后。"

我们背后只有香春岳的剪影，满怀狐疑地注视着大雾中伫立的那个剪影，竟觉得山影从浓雾中摇曳欲出。渐渐地，在那座沉甸甸的山影前，浮现出紧随我们而来的一位老太太的身影。

11

我家附近有一所市立幼儿园，一到秋天就开始为运动会作准备。每到这个时候，我都会收到幼儿园的孩子们送来的邀请函。这是保育员带着孩子们直接送到家里的，写着奶奶的名字。那会儿，奶奶时不时到我家来，他们是看到奶奶和朋子一起在院子里的情景，所以误认为奶奶常住在我家。好几年前的一天，我听到外面路上传来孩子叽叽喳喳的说话声和脚步声，从窗户看到他们走进了院子。

"奶奶好！"孩子们在大门外齐声打招呼。

打开门后，保育员向我点头致意，说是想请奶奶参加运动会。我解释说奶奶不是常住这里的，保育员说没关系，可以参加。最近出席运动会的本区老人数量减少了，所以只要是家里的老人都可以。我打听到在运动会上，老人要和孩子们手牵手参加入场式，然后将手里的氢气球一起放飞。程序很简单，所以不需要练习。

我打电话向奶奶转达了这件事，奶奶异常认真地回答："好，我一定去，拜托了。"奶奶对幼儿园特地来邀请她感到有些惶恐。

运动会当天，姐姐开车去了奶奶家，带上穿着外出和服的奶奶去了幼儿园。运动会上来了三十多位老人。

"爷爷奶奶们好！"保育员让孩子们和老人打招呼。在入场处，孩子和老人排成了长长的两列。老人大多数是女性，而且年纪都不小。同一天恰好举办区级门球大赛，健壮的老人都去参加那个町内会搞的活动了。

保育员让孩子和老人一一拉上手。双方都不太熟悉，孩子这边还更精神些，所以保育员反反复复叮嘱孩子们要牢牢牵着老人的手，不要忽然走得太快。接着带来了一大堆五颜六色的气球。

老人和孩子人手一个气球。奶奶在入园第二年的孩子所在的"玫瑰花组"，牵着一个小男孩站在队列里，分到了一个白气球。小男孩拉着奶奶的手，有些害羞地净向旁边瞅。他和前后排的孩子说话时，身子都会探出去一点，奶奶也被他拽得前后晃动。只见奶奶右手抓着气球绳，左手牵着小男孩，始终面朝在队伍前面做引导的保育员站着。

"哎呀，奶奶紧张得有点可怜呀。"朋子踮起脚，手搭凉棚朝入场处看。在孩子们的白运动服和运动场上舞动的彩旗间，奶奶的身影若隐若现。各色气球也轻快地浮动在老人和孩子组成的人群里，一只黄气球不知从谁的手里挣脱了，嗖的一下飞到了队列上空。

“老师，气球飞啦！”孩子们大叫。

入场式终于开始了。老人们和统一穿着运动服的孩子们走在一起。他们穿着各自的和服，步伐也有快有慢，走起来显得参差不齐。我倒没觉得这种孩子和老人的组合有多可笑，只是感到眼前的情景笼罩着一种近似残酷的气氛。远远看去，孩子和老人的走路方式、身体摆动的样子，还有身高都出奇地相似。

进行曲的节奏太快，孩子和老人无法跟上，所以喇叭里播放着节奏舒缓的童谣《大象》，队列在童谣声中稀稀拉拉地前进。我远远地看到在人群中，奶奶身板笔直、步伐坚定、不快不慢，堪称老人的榜样。她后边的一位老太太费力地拖着步子，不时地掉队；前边的一位老大爷则东摇西晃，像只小鸟般脚不点地地快走。

“奶奶好紧张啊！”朋子笑着说，“快看她的嘴巴。”

奶奶紧张的时候有张嘴的习惯，装了满嘴假牙后这个毛病就更严重了。她总觉得两排假牙干干地摩擦着嘴巴里面，所以总是来回活动上下颚。远远看去，奶奶的嘴巴或是向左或是向右歪斜，一副古怪的表情。她就这样踏步前行。

绕场一周后，队伍围成了圆形，在保育员的引导下又形成了第二、第三圈队形，最中间的圆圈都是老人们的脑袋，外圈都由孩子们组成。而后随着保育员示意的笛声，一个个气球从许多只手中飞脱而出。

可是，一起脱手升空的都是孩子们的气球，老人们还不知道笛声的意思，依旧牢牢抓着绳子。接着，有的老太太在身旁孩子的示意下，忙手忙脚地放飞了气球，有的老太太被告知后依然没有反应，还是紧紧地拽着绳子。因此，中间这一圈老人手中的气球快慢不等、稀稀拉拉地飞向了天空。

奶奶手中还拽着气球，默默地看着周围老人的动静。只见保育员走近奶奶，看得出她的动作是在告诉奶奶将气球放飞。

不一会儿，就看见一只白白的气球从奶奶胸前渐渐飘起，这是个曾经紧紧抱在胸前的东西，所以奶奶用依依不舍的目光注视着气球升空。气球晃悠悠地经过奶奶的脸、越过她那已变得雪白的头顶，向上飞去。

自从那次之后，三年里，奶奶又三次被邀请参加幼儿园的运动会，每次都放飞气球。当幼儿园第四次来邀请的时候，奶奶已经去世了。那次，还是幼儿园全体孩子拿着请柬来到家里。当我说出“奶奶已经死了”的时候，孩子们一瞬间变得鸦雀无声，然后纷纷问道，死了？怎么死的？什么时候死的？对他们来说，人的死亡还是件稀罕事。

嗯，奶奶真的死了吗？

已经火化了？

没有，听说是埋进土里成了骨头啦。

才不是呢，是像烟一样升天了。

气球也会升天呀。

老师，人死了不会升天的，会变成骨头。

哇，那就成了幽灵喽!

不是，是成了星星!

成了干尸吧!

最后，保育员的一句话平息了孩子们的喧嚣：“让我们和奶奶说声再见后回去吧。”

于是，孩子们大声说完“奶——奶——再——见”，就回去了。

12

时间到了十月，秋天来临了。

山林都你追我赶似的染上了秋色。看到近处群山上的红叶，我不由得想起了一直记挂心头、还没有实现的那件事。山上秋意正浓，很快就进入冬天了。

我们总算利用朋子学校体育节的调休日加上周日，决定去一趟祖母倾山。我们是指朋子和我，还有姐姐。定了出发的日程，丈夫的公司忽然让他紧急出差，只能退出了。我们也只好坐姐姐的车去。

丈夫出差后的第二天，朋子学校的体育节结束那天傍晚，朋子和我都早早地上了床。半夜起来，坐进了姐姐开来的车。外面漆黑一片，天上的星星眨着睡眼，闪烁出朦胧的光芒。

“没问题，预报说明天是个大晴天。”姐姐坐在驾驶席上说，没有化妆的脸上显得有些苍白。我坐在姐姐身旁的副驾驶席，朋子则裹着毯子钻进了后座，倒头睡着了。

汽车在深夜的街市上驶过，看到街灯照耀下的马路，我想起了小时候和爸爸、姐姐在除夕深夜走在这条路上的情景。

那天晚上我还在熟睡，被姐姐叫醒了。

“快睁开眼睛，出发啦！”

“去哪儿呀？”

“上山啊。”

原来是半夜去爬附近的帆柱山。走在路上，姐姐还不停地帮我整理外套的领子。刮着冷风的夜晚，姐姐的手凉凉的。

这件事已过去三十多年了。现在我又穿行在黑夜中，和姐姐一起去登山，过去的岁月恍如一场梦境。

姐姐开车时不说话，只是把着方向盘。我们在熊本出了高速公路，经过阿苏后进入一个叫竹田市的小城市。这时车窗外渐渐明朗。不久，一部分天空被染成了玫瑰色，云彩正从深紫的夜空缓缓飞向拂晓的天空。后座上的朋子还在静静地熟睡。

从竹田进入县道后，姐姐一只手伸进皮夹克的口袋里，掏出一张纸片递给我。上面是一张小小的去往登山道的草图。图上有邮局、神社、商店和去登山道的公共汽车站。我按照草图给姐姐指路。

过了邮局，来到一家小商店门前。这家山村小店的屋檐下立着一台卖汽水的自动售卖机。

“好想喝杯热咖啡啊。”姐姐说。朋子在车停下来后就醒了，像个洋娃娃一样啪地睁开了眼睛，探身看着车窗外。姐姐下了车，去买罐装咖啡。朋子睡眼惺忪地一直盯着姐姐的背影，问：“这是哪儿啊？”

“祖母山的登山口。”

“哦……”

朋子擦了擦眼睛。我们预定今天爬祖母山，明天绕一圈倾山后再回去。车外，从自动售卖机那里传来罐装咖啡掉落下来的声音，一个、两个、三个。姐姐正在弯腰取咖啡。

“姨妈她……”朋子忽然冒出一句，“好像老了很多。”

姐姐和在自己店里时的形象不同，头发随随便便扎成了一束，穿着皮夹克和一条并不般配的裤子，看起来的确老了许多。

“姨妈和外祖母长得真像！”朋子吃惊地指着姐姐说。我也觉得像，脑海里又浮现出三十年前姐姐爬山时走在夜路上的形象。不知不觉中，姐姐苍老了许多，微驼的后背上洒满了祖母山那边朝阳的白色光芒。姐姐抱着三罐热热的咖啡，低着头过来，脸色看起来不太好。她走路时略微低头的样子是继承了奶奶的习惯。

我们开进了千回百转的大山深处。秋日的清凉渗透进大山的角角落落，汽车在沁人心脾的空气中欢快地前行。驶过一个村子，前面又出现了一个小小的村落。树丛间露出几户人家的屋顶，家家户户门前都是一丛丛晚开的大波斯菊，摇曳在清凉的山风中。一户的院子里有棵叶子快要落光的柿子树，树上还挂着两三个红红的柿子。

车子越往上开，阳光的力量就越淡薄，显得温吞吞的，前方的道路呈现出一种淡褐色，像阳光投射下的阴影。在一处弯道的前方，山道边上出现了一位戴着头巾、穿着裙裤的农家老婆婆，身后拉着装满了蔬菜的两轮拖车。姐姐看到她，慢慢地减速停车。

老婆婆也没打招呼，默默地拖着车穿过山道。车上装着萝卜和绿叶蔬菜，大概是老人家从自家地里收获的。拖车上装的好像是玩过家家的用具。我们透过前挡风玻璃，视线由右及左地追随着她。

老婆婆穿过山道后，消失在一棵大樟树的树冠下。姐姐又慢慢启动了车子，上山的路坡度和缓，绕着圈向上攀升。行驶了一段时间，又看到前方路边站着一位老婆婆，手里抱着一捆青菜。

“又是位老婆婆！”朋子小声嘀咕。姐姐又一次慢慢地停下车，给老婆婆让道。

“山里的老婆婆们都是这样工作的。”姐姐说，“有太阳的日子就到地里去，这一点、那一点地干些农活。”

只见路边那位老婆婆胸前抱着一捆青菜，仿佛没意识到有车在等她过路，极其缓慢地迈着蹒跚的步子走过去了。在我们看来，她的动作慢得出奇。这次我们透过前挡风玻璃，视线是从左往右看着老婆婆以极慢的速度走过。

“好慢啊……”姐姐握着方向盘小声说。

“可她的确是在走呀。”朋子说。

“腿也在动呢。”姐姐加了一句。

我也觉得真是太慢了。在前方淡淡的阳光下，老婆婆在淡褐色山道上挪动着双腿。可她像静止了似的，让人觉得怎么等，她都会永远挡在车窗前。现在到底几点了？是什么时候了？一琢磨，感觉四周的风景渐渐淡去消失，车前只留下老婆婆的身影。

别停在车前面！我在心中呐喊，让我们登山！老婆婆那张小小的脸庞向我们这边看来，只见包住头发的手巾下面，是一张神态迷离、眼神闪烁的苍老的脸。老婆婆虽然挪动着双腿，却依然迟缓地驻留在原地。

午夜自行车

美智琉提出要骑自行车了。

美智琉是我的小女儿，今年上小学四年级。她看见身边的朋友们骑着自行车到处转悠，渐渐地自己也想尝试。

“要是有了自行车，想去哪儿就能去哪儿了。”美智琉说，“放学后，大家会骑车去很多地方，像明神池呀，植生公园呀，元町新开的超市呀……”

骑自行车的孩子们会互相约着一起出去玩。美智琉从学校一回家，要么拿着少女杂志去附近的朋友家玩，要么就在家里看电视。有自行车的孩子却能去更远的地方，比如湖畔和公园之类。虽然每个人从放学到傍晚的时间都一样，活动范围却大不相同。

“我一定要骑自行车！”

受到美智琉心情的感染，我也想拥有一辆自行车了。我想买辆自行车，让女儿骑着自由地到处转转，也像其他孩子一样骑车去明神池、植生公园和元町新开的超市。车的颜色最好是红色，车型不是那种太细长的，而是比较适合儿童骑的，和小伙伴们的款式相同就行。

“我跟你爸爸商量一下。”我对美智琉说。

如果要买自行车，就必须向丈夫贤一说明情况，取得他的同意。因为大女儿熏买自行车的时候，曾经发生过不愉快的经历。两个孩子都像我，生来就运动神经比较迟钝。那时，熏让贤一每个周日花半天时间帮她练车。熏虽然想骑车，但真把车买来开始学，却吓得只会两脚踩地。丈夫每个周日上午带着熏去附近公园练车，回来总是一肚子气。

最后，熏花了一个多月总算能骑了，可骑得不熟练，有时还得借助脚力，她嫌太费劲就放弃了。那时的自行车轮胎是粗粗小小的，车身是粉红色。扔在车库角落一年多后，表姐家的女儿说想要，就送给她了。

“我们家可不会再买自行车了。”贤一愤愤地把自行车塞进汽车后备厢，运去了表姐家。

才过了三年，这次他肯定会更加生气。但我已然被美智琉想骑车的愿望感染，和孩子一样强烈地想拥有自行车，我想象着美智琉骑自行车的样子，简直无法自拔。

我一开口，贤一果然如我所料，露出特别不耐烦的表情。

“你们几个，总是说些任性的话。”贤一背对着我，一边看着报纸一边说，“每次都是随兴而起，说些不负责任的话，最后又让我来收拾残局。是你说让我买自行车的，接着又让我教孩子学车，然后叫我把不骑的车送到别人家里。你就会想一出是一出，实际的事都让我干！”

的确如他所说，我无言以对。贤一把报纸一叠，躺在榻榻米上，盯着天花板接着说："抓兔子来养那次也是这样。"他开始回顾比"自行车事件"稍早些的"兔子事件"。

"我早就说过家里养不了兔子。可你还是说孩子们好不容易要来的之类，纠缠不休地求我。那天下着雨，夜里整个屋子都是兔子的骚臭味。于是，你又睡不着了，把兔子拿到了车库对吧？给兔子的那家人搬了家，送不回去了，动物园也不愿意接收。最后让我去把兔子丢掉的是你，让我开车去山里放兔子的还是你吧。还和孩子们一起眼泪汪汪的，你就不能少折腾点吗？如果自己想做什么，就自己担起责任来，别拜托我，别命令我，也别让我善后。"

"兔子事件"的确也如他所说，我继续保持沉默。

可是，尽管在听抱怨的时候一声不吭，我还是连续好多天不停地求他，贤一大概也嫌烦了，终于点头说了"下不为例"。

某个周日，贤一开着车带我们去买自行车。那是一家挂着"石崎自行车店"招牌的老铺子。熏的自行车是在超市买的，这次考虑到将来维修的问题，选择了离家较近的店。那天天气晴朗，户外阳光刺眼，走进店里后有一阵子什么也看不见。

我们招呼了一声，老板从里屋出来。他五十来岁，体格健壮，系着一条满是机油渍的厚布围裙。丈夫说要给孩子买自行车，老板看了一眼美智琉，把适合她身材的自行车一辆接一辆拉出来。我和美智琉默默地听着贤一和店老板交谈。

"最好是孩子稍微长大一点还能骑的大一号的自行车。"贤一说。店老板歪着脑袋，笑着解释说："家长们都这么想，但用来练习也好，平时骑出去也好，还是和身材匹配的车子最合适，更容易上手啊。”可是，贤一并没有让步：“不会的，小孩转眼间就会长大。再说我们那时候不就是借现成的成人自行车来练习的嘛，也没感觉有啥不方便的。”

店老板没有再说什么，照贤一的意思推出了型号大一些的自行车。美智琉可能看花眼了，只是听着店老板的话，时而站在车旁比画比画，时而战战兢兢地跨上车子握住把手，踩踩踏板。

我在这段时间里四处打量这家宽敞的自行车铺。在整个市里，这家店铺的规模也算是大的了。从店面直到里间挤挤挨挨地排着一辆辆自行车，抬头望去，昏暗的天花板上也悬挂着许多自行车。本该放在地上的东西却被吊在那么高的地方，真是奇异的景象。我头顶上并排吊着成人用的黑自行车和幼儿用的粉红三轮车。由于看不见吊着车的绳索，它们就像轻飘飘地浮在空中一般，感觉像惊悚电影的海报里才会出现的画面。

“好，就要这辆啦。”

我顺着贤一的声音望去，只见美智琉站在一辆红色的自行车旁，扶着车把手，一副准备和自行车拍纪念照的样子。车座的高度差不多到美智琉的胸。

“不会太大了吗？”

“这么大的刚好。孩子很快就会长高，那时就正好了。”贤一心满意足地对比着自行车和美智琉说道。

接下来，美智琉的自行车练习便开始了。

和姐姐熏那时候一样，周日一大早，贤一就领着美智琉去了附近的公园。熏自己练车时吃过苦头，赶紧躲到朋友家玩了。我收拾完厨房，有点好奇贤一如何教美智琉，于是到公园去瞧瞧。

我走进公园，看见他们俩站在树林旁的空地上。贤一似乎正在讲解骑车的方法。美智琉一只脚踩在踏板上，慢慢地移动。但踩踏板的那只脚就是不能顺利地撑起整个身子，坐到车座上，她总是磨磨蹭蹭地用另一只脚蹬着地，拖着自行车前行。

贤一好像一直在对美智琉大声喊什么，估计是叫她“蹬得更用力些”“努把力坐到车上”，或者是“跌倒也没关系，试着跨上车座呀”。但美智琉全然不顾贤一的喊话，始终没有抬起地上那只脚，一路蹬着地推着车溜远了。

贤一无奈地追过去。美智琉一直推到前面的树林边，然后摇摇晃晃地掉头。她那小小的身影背对着树林，和红自行车紧紧贴在一起。看不清她脸上的表情，但她的身体已然发出了“我害怕”的信号。

贤一在一旁扶稳车把手，缓缓地朝我这边移动，大概是在说：“看，爸爸帮你扶着，试着骑骑看。”

但美智琉还是用一只脚蹭着地面前进。车座太高，她即使想跨上去，腿似乎也抬不了那么高。

“来，骑上去。”

美智琉终于使劲蹬了蹬踏板，身体重心向自行车上移动。可是抬起来的腿却卡在了车座上，原本支撑着身体的自行车忽地倒向一侧。贤一两手扶起差点倒下的车子，只见美智琉紧紧抓着把手，脚还钩在车座上，咧嘴哭了起来。

终于，贤一推着自行车回家了。美智琉被剥夺了推车的权利，垂头丧气地跟在后边。

进屋后，贤一让美智琉先坐下，自己从冰箱里拿出凉茶，一边喝一边大声训斥。

“如果怕跌倒，永远也别想学会骑车！听懂了吗！学车就是边摔边学，要更使劲地蹬踏板，然后迅速把重心移到车座上去。仅仅因为骑车很潇洒就想买自行车，实际上又不敢骑，有什么用！买车只要拜托爸爸，学车可要靠你自己的手脚，懂了吗？仅凭脑袋想想嘴上说说，让别人动手是行不通的。不动用你自己的力量，事情就不会有进展，自行车也不会自己动起来。知道了吧？好好记住我的话！”

星期一的早上，贤一在门口穿鞋的时候跟我唠叨起来。

“这样放任不管的话，美智琉永远学不会骑车，过不了多久就会放弃的。这次可是你说要买车的。等美智琉放学回家就带她去公园，你负责督促她骑车。”

可是我自己不会骑车。不会骑车的人能教吗？

“只要在旁边盯着就是了。带她去公园，然后在旁边小心看着就行，不用你教她怎么骑。那是在跌倒的同时，身体就会掌握的技术。有人跟着，就算不情愿也会练习的。这次我可不能再让自行车废弃了。对你、对美智琉来说，这都是个好机会。”

贤一接过公文包和车钥匙，终于闭上嘴出门了。

我觉得贤一说得对。如果这次美智琉又放弃学车，贤一肯定对我们这无可救药的母女感到失望。他一定会越想越气愤。依他那不依不饶的性格，会喋喋不休地埋怨。我们已经习惯了他的训斥，三个人就像一阵狂风吹过那样缩缩脑袋就没事了，贤一却会一直郁闷下去，太可怜了。

美智琉正准备去学校时，我对她说："今天傍晚，妈妈陪你去公园。"

"嗯。"她回答。

"加油哦。"

"嗯。"美智琉咬着嘴唇点了点头。

傍晚，美智琉从学校一路小跑回家。我们俩把自行车从车库推出来，熏也放学回来了，说是今天没有数学补习班，要和我们一起去。于是我们三个人轮流推着自行车，向公园走去。

"你能陪我们一起来真好。我一点都搞不懂该怎么骑车，正发愁该怎么办呢。"我对熏说。熏笑吟吟地推着车，她也骑得不太熟练，但在我们三个当中算是唯一能骑车的人了。

"比起坐在车上骑，我更害怕不落座的骑法。"美智琉对姐姐说，"因为坐在车上就算跌倒，总有一边的脚可以撑住，而不落座的骑法跌倒时是猛地向一边倒下。"

熏推着自行车笑眯眯地回应妹妹："我当时也害怕。但只要抱着就算跌倒也不怕的决心骑一次试试，就会长进很多。只要有一次成功，接下来无论几次都能成功。"

公园里静悄悄的。阴沉沉的天空下，榉树林的颜色比平时浓郁得多。纹丝不动的树林静静地环抱着我们三个人。

熏跟在美智琉旁边，帮她扶着车把练习，告诉美智琉双手摆放的位置和蹬踏板的要领。美智琉的自行车开始缓缓动起来。我坐在树林边的长椅上，远远地看着两个孩子。美智琉一只脚蹭着地面向前移动，拖拖拉拉的，一直这么滑行。

此刻美智琉的心脏肯定怦怦直跳，我看着远处她的背影想象着。就是这次，就是这次了，她肯定一次又一次这样下着决心，想抬腿彻底跨上自行车。美智琉的自行车一直蹭到了对面的树林前，然后掉转过头向我这边返回来。远远地，我听见了熏的笑声。

“你想骑到哪儿啊？”熏对妹妹喊道。

美智琉用手抓了抓头，接着擦了把额头的汗水，重又握紧了车把手。只见她使劲把车子往前一推，下了狠心，一条腿向后一抬，忽地跨上了车座。这时车身歪了一下，轮子在地上画着S形向前冲去，熏在一边扶着自行车跟着跑起来。眼看着就支撑不住了，S形的轨迹变得细碎凌乱，车子倒在了草地上。美智琉的白毛衣远远看去像一张被风鼓动的纸片，轻轻地飘落在地。

日落前的两个小时里，美智琉无数次地跌倒在草地上。熏则在一边扶起自行车，说着鼓励的话语。天色渐渐暗下来，树林慢慢变成一团黑乎乎的影子。

当细细的雨点落在我额头上，美智琉已经能摇摇晃晃地骑到树林对面了。熏也离开了她身边，坐在我旁边的长椅上一起看着。

“美智琉——下雨喽——”熏这么一喊，红自行车挣脱对面树林的阴影，向这边晃晃悠悠地回来，车轮画着长长的S形曲线，但始终没有倒下。

“我说的没错吧，还好买了大一点的自行车。美智琉比熏要坚强，一定会一直努力骑下去。”贤一难得心情不错。

美智琉抿嘴笑了笑。

晚饭的餐桌上，贤一取过杯子，给我倒了啤酒。

经过一周左右的练习，美智琉一点点找到了自信，渐渐地可以骑车沿着河边去公园了。她还不能跟着朋友们骑到很远的地方，就一个人在附近转悠。美智琉会避开车辆较多的路，比如穿过公团①公寓后边的空地，或是到草地边的堤坝上骑车，有时还远远地绕着住宅区骑车，她的脑子里似乎有张练习骑车的专用地图。

这是一张僻静的地图，净是些人流稀少、车子也不太经过的地方。美智琉每天放学回家后，就骑上自行车去这些地方练习。到了晚秋天气易变的时节，她时常被突如其来的秋雨淋得浑身湿透，或是头发被风吹得乱糟糟的，回到家时常常是双颊通红、手脚冰冷。

看着美智琉毛衣的袖口和胸前，熏惊呆了，说道：“你这是跑去哪儿啦？满身都是草种子呀。哈哈，简直像只流浪猫。”

看到美智琉的白毛衣，我想起坐丈夫开的车去放生的兔子。兔子是在附近山上的杂木林里放走的。在街上放生怕被车碾轧。被人养惯了的兔子，不知能否靠自己觅食生存下去？

---

①日本为推动国家性质的事业发展，由政府全额出资设立的特殊法人。如住宅和城市建设公团、日本道路公团等。

“只是一味宠爱的话，不管兔子还是孩子都没法养大。孩子就是要让他哭，让他哭才是为他好。”

那时候也是近冬时节，贤一坐在驾驶座上看着我跟着兔子钻进了树丛。白色的小东西跑进草丛，渐渐消失了。

“为什么非要我来处理你们几个带来的兔子不可！”贤一愤愤地发牢骚。

想到这儿，浴室那边传来美智琉和熏的对话声。

“你都骑去哪儿了？”

“今天终于骑到明神池了，跟着朋友们一起去的。在堤坝的草地上摔了三回。”

洗澡间里冲水的声音一直传到了厨房。

“带你去个能痛痛快快骑车的地方好吗？”在一个晴朗的周日下午，贤一对美智琉说。

“好啊！”美智琉一下蹦了起来。

“我也要去！”熏从二楼追下来。贤一又叫上了正准备去买东西的我。

“想看看美智琉到底骑得怎么样了。”

贤一将车开出车库，把自行车装进后备厢，但车把手露在了外面。后备厢盖合不拢，贤一用绳子把厢盖固定住。出了家门，车子穿过市区，沿着海边的国道奔驰。透过麒麟草群生的草丛，隐约可见几间工厂和起重机，更远处就是无边无际、波光粼粼的大海。

“搞什么呀，爸爸，原来你要去公司啊。”

“公司休息呢。不是去那儿，去公司附近的空地。”

沿着海岸线，都是工业区的码头。茂盛的草丛忽然消失了，眼前是一片平整开阔的空地。铁丝网绕了一圈，只留下一处像门一样的地方。车子钻了进去。海水映照出的白色光芒笼罩了我们，远处的海面和地面都显得雾气腾腾，景物在其间摇摆晃动。

“这块地是为了建一间工厂整理出来的，地面变硬前先提供给市里使用。”贤一说道。怪不得角落里有小型排球场和网球场，还有人影在不停地晃动。贤一停下车，我们下车后，听到波涛声中还夹杂着隐约的摩托车引擎声，抬眼看去，只见靠海的一侧有几辆摩托车在奔驰。

“这里练车正合适吧。”

贤一卸下美智琉的自行车。熏问两人一起骑可不可以，他点点头，笑着说在这里想怎么骑就怎么骑。

熏骑上自行车，美智琉坐在后座上，自行车慢慢地向前行进。快到排球场的时候，熏和美智琉交换了位置，熏坐在后座上，然后返回。

“哎呦，骑得挺熟练的嘛。”贤一一脸惊讶地对我说。美智琉骑着自行车从我们面前经过，向着铁丝网骑去。那边骑自行车的孩子们像水面上回旋的豉虫，在矮矮的草丛上轻快无声地踩着踏板。

贤一和我把报纸摊在草地上，面朝大海坐下。海湾的浪显得较为舒缓，右手边的海平线上处处显露出工厂和起重机的轮廓。贤一点燃了一支烟，用缭绕着烟雾的手指着那边说道：

“在那里制造的夹克衫达到十万吨的时候，这里就会建第二家工厂。”

“那么，现在生产了多少呢？”

贤一吸了口烟，忽地喷出一口烟雾，答道：“一万五千吨。进展很艰难啊，还要和韩国那些地方竞争。”

接着他忽然转向另一边的空地，不说话了。我站起身，看见美智琉骑着自行车离开铁丝网附近嘈杂的人群，朝海边飞奔过来。本来骑得挺顺利，可忽然间，美智琉的身体飘向空中，然后跌落在草地上，爬不起来了。

熏跑过去看美智琉，贤一和我也跑向孩子们那边。原来草丛里藏着一个坑。自行车的齿轮掉了下来，车座也摔歪了，美智琉的手腕和膝盖擦伤了好大一块。

“你飞起来的地方正好有个陷阱。”贤一苦笑着说。

回家时顺便去了自行车店。我们把摔坏的自行车搬下来，向店里招呼了一声。外面是阳光普照的大晴天，店里却比以前来的时候还要昏暗。我们依稀辨认出店老板正穿过自行车的森林从里屋走出来。

在店老板修车的时候，我借用店门口的水龙头帮美智琉清洗手腕和膝盖上的血迹。结果自行车当天无法修好，只好明天再来取。

那天，店里的天花板上也悬挂着黑色、红色、粉红色的各式各样的自行车。不知为什么，看上去比往常更让人心悸。

当天晚上，孩子们上了二楼后，贤一和我喝起了啤酒。晴朗的一天结束后，窗外的夜空繁星密布、悄然无声。

贤一一边往自己的杯子里倒啤酒，一边回忆起白天的事情，对我说了这样的故事。

“小时候，我有一个朋友家里是开自行车铺的。那家铺子叫有田自行车店。我和那孩子关系不错，却有些害怕去他家玩。那家店不比下午那家宽敞，也很昏暗。有一次，我在店门口喊了朋友的名字，从店里的阴暗处走出他那皮肤黑黑的光头父亲，手里还握着扳手什么的。”

我的脑海里浮现出白天的石崎自行车店里阴森森的场景。

“当然啦，他爸爸也不是每次都握着扳手出来。可是见过那一次，每次他爸爸从里屋出来的时候，我似乎总看见他右手握着扳手。”

“害怕了吧？”

“害怕了。”贤一点点头，一口喝干了杯中的啤酒。我心里暗想，这也是情理之中的反应，像贤一这样的老实男人就会有这种感觉。我拿起杯子，贤一给我倒上酒。

“不过，朋友的爸爸把店里的自行车借给我骑了。那时候，周围的朋友有自行车的还是少数，我一直把那辆车当成自己的一样，骑着到处玩。”

肯定是害怕那个店老板，贤一才拼命骑那辆车吧。我微醺的脑子里转悠着这个想法。

“我们家不会骑车的只有你了。你该向美智琉学习。”贤一笑着说。这时，我晕乎乎的脑海里仿佛出现了一辆自行车的影子，那是悬挂在昏暗的车店天花板上的车的黑影。

“我也有想骑的自行车。”我对贤一说。

“什么样的车子？”贤一问，“是石崎店里的？”

“嗯，是那家店里的。”我盯着贤一回答，“挂在天花板上的那些。”

“挂在那么高的地方的自行车……”贤一嘀咕着。

要是骑在上面，会是怎样的感觉呢？我迷迷糊糊地想象。那令人感到害怕吧？还是像做噩梦一样，虽然害怕，却心情愉快？

贤一看着我问：“你，想骑吗？”我也盯着他的脸，觉得他在说什么可怕的事。“那就让你骑骑看吧。”

我屏住呼吸害怕地望着他。

“这也不难办。”贤一安静地笑着。接着，他拿起电话边上的便笺纸，用铅笔画了自行车和骑在车上的人的简图，在那个人的中心上点了一个小点，说是肚脐眼。

贤一又拿起别的纸，唰唰几笔写出简单的重量计算公式，说是如果用钢琴弦那样坚韧的绳子把车吊起来，完全能承受得住人骑在车上的重量。

“车子不会被压垮吗？”

“不会的。”贤一摇着头否认，“比起人骑在车上前行时车子承受的负荷，人骑在悬空状态的车上，对车的压力要小得多。”

贤一这么一说，我的脑海中出现了暗如夜空的自行车店的天花板，上面垂下一根钢琴弦，吊着一辆自行车。

恍惚间，我似乎真的站到了那辆自行车下边，用来登高的东西是高高的脚凳或梯子，我登上了梦幻中的脚凳或梯子，一只手触碰到了那辆梦幻自行车。

然后，我又问贤一："喂，真能骑上去吗？不会一下子翻下来吧？"

"不会的，没事，骑吧。"贤一还是平静地示意我快骑上去，接着说道，"重心稍微偏高了点，所以骑上后车子多少会有些摇晃，但应该足以保持平衡了。"

我又向贤一确认过不会掉下来，两只手抓住车把手，开始爬上这辆悬在空中的自行车，头顶紧紧挨着天花板。我跨上自行车，双脚放在脚踏板上，在离脚底很远的下方，显得小小的贤一在灯光的阴影中正向我这边张望。

"怎么样，骑上去了吧？"下面传来了贤一的声音。

第二天下午，我带着放学回家的美智琉去了自行车店。美智琉的自行车已经被整修一新，摆放在入口处。

我向店里招呼了一声后，体格魁梧的店老板穿过悬挂和摆放着无数辆车的昏暗的自行车森林，悄无声息地走了出来……右手握着贤一害怕的梦幻般的扳手。

蟹女

十月十六日　星期一　晴

我吃完医院的午餐，觉得无聊，便去了安西医生的办公室。走进房间，看到医生正在堆满了书和文件的办公桌边，埋头吃着牛肉盖浇饭，厚厚的眼镜片都快碰到碗了。

“啊，你来啦，有泽女士。随便坐吧，那边的椅子也行。”他用筷子指着窗边的一把金属椅子说道。

我在午休时间去安西医生的办公室，并没有什么特别的原因。他是个比我年纪小了不止一轮的年轻主治医生。只因我们在走廊上偶尔碰见时，他曾对我说：“如果想找人聊天，不用客气，就来找我吧。和人聊聊天心情会变好哦。”

我依照吩咐坐在那张椅子上，观察起安西医生吃饭的样子来。和普通人相比，他吃得非常慢，度数颇高的镜片几乎像盖子一样罩在饭碗上。医生不时把米饭往嘴里扒拉。可是他的手指太不灵活了，靠得这么近，饭粒还是不断从筷子尖掉落下来。忽然，安西医生似乎想到了什么，抬起头看着我说道：“啊，我可以一边吃一边听。你想说什么就说。”

我有些为难。该说什么好呢？看到我的表情，医生点点头，笑眯眯地补充道：“比如说至今为止最开心的事情啦，自己喜欢的东西啦，说说这些就行。”

我打开头脑中的记忆抽屉，可里面不知怎的乱七八糟。我呆呆地出神，在琢磨该说什么好的时候，医生看着碗，一边搅动牛肉饭一边说：“小时候玩过些什么游戏呢？应该有能想起来的回忆吧？”碗很浅，可医生的目光却像在俯瞰万丈深渊。我把视线从医生身上挪开，望向窗外。这里是一楼，窗户正对着院子里的草坪，明媚的阳光洒遍绿地。

对面是带雨棚的停车场，只有那里的水泥地没有被阳光照到。这个员工专用的停车场位置比较靠里，总是很空。望着空旷的水泥地，我想起了自己七八岁时的情景，于是聊起了那段往事。

“说到快乐的游戏，要算小学二三年级玩的人偶过家家了。”

“就说说那个吧。”安西医生随口应道，从盖浇饭里夹出一片牛肉送进嘴里。这就像在咖啡厅喝咖啡时，拜托店里播放背景音乐一样。我应医生的要求，开始讲起来。

“那时候我家附近有一户姓宫原的人家，开了一家汽车店。那是一幢古老而宽敞的房子，人住在二楼，一楼是宽敞的水泥地车库。水泥地上停放着那时罕见的大型卡车，好像有四五辆呢。车子刷成了深蓝色，上面写着粗粗的几个大字‘宫原□□□□’。字很难写，那时还不会读。

“那个年代家用小轿车没有现在这样普及，说到汽车就是指卡车。所以宫原汽车店基本等同于宫原卡车店，用现在的话来说就是宫原运输公司。”

“原来是这样啊。”安西医生依然埋头吃着饭，“你说话条理清晰，很容易明白……那么，宫原汽车店里有什么故事？”

医生自己吃饭那么慢，倒是催着我讲故事。

“宫原家有个和我同级的女孩子，叫良子。”我说下去，“每天放学回来，我都去宫原家，和良子玩人偶过家家的游戏。那时候女孩子之间流行小小的塑料丘比特人偶。我和良子各有一个。我们常常把人偶放在手掌上，让它可爱地站着，双手摆成上举欢呼的样子。丘比特人偶有长长的睫毛、圆圆的眼睛，薄薄的一层头发在头顶上打着卷儿。

“单看脸的话，这个人偶像男孩子，用绿毛线编成小帽给它戴上后，就成了男孩版的丘比特。摘掉帽子，戴上红色的蝴蝶结，立刻又变成了女孩版的丘比特。

“可是看看它的大腿根又没有小鸡鸡，所以这个丘比特人偶应该是女孩子。现在想起来，这件事挺让人感慨的。我觉得说到人的身体，女性的身体更自然不做作，是人体的基本形状，或者说是人类最根本的体型。”

“嗯……女性的身体是普遍意义上人体的样子……”医生用筷子搅着碗底，接过话茬说道，“然后呢，用那个丘比特人偶玩耍了？”

“嗯。白天卡车都开出去了，一楼的水泥地车库就成了很好的游戏场地。只要打开装有滑轮的沉重的车库门，屋里就亮堂起来。我们在地上铺上席子，摆好人偶的家，再用空肥皂盒和空蛋盒……以前别人送来的鸡蛋都放在铺好了稻谷壳的纸盒里，我们把五六个纸盒一起并排放着，做成各自的丘比特人偶之家。再把三个火柴盒连在一起，做成丘比特的小床。小号的肥皂盒则当成桌子。

“人偶过家家游戏的时间总是从早上开始，先把躺在床上的丘比特抓起来叫醒。我们总是用这样的话唤醒各自床上的丘比特：‘早晨到啦！太阳公公出来啦！该洗脸啦！’

“我们模仿小娃娃的声音，让人偶在空箱子做的房子里脚不点地来回快走。这时候良子会说：‘今天要出门呢，赶紧穿衣服哦。’

“我接着说：‘嗯，我有一百件漂亮衣服，穿哪件好呢？’

“良子又说：‘我也有一百件漂亮衣服、一百个手提包，鞋子也有一百双，选哪些呢？真是愁死我了。’

“可是做外出准备前不吃早饭可不行，我又模仿丘比特的声音说话了：‘今天的早饭该用哪个碗来盛呢？碗也有一百个，真是够呛。’

“一旁的良子也不甘示弱，跟我比着说：‘我家不只碗有一百个，碟子也有一百个，勺子还有一千个。啊啊，真难选。’

“良子一边说，还叹息着把用彩纸剪成的小盘子扔进纸箱房子里。我也不甘服输，把同样的彩纸盘子飞雪落花般扔进自己的人偶房子里，一边说道：‘我也很难选呢！’”

“你们玩的游戏有点特别啊。”安西医生嘴里含着饭，口齿不清地说道，“那个代表什么意思啊？漂亮衣服一百套，碗有一百个什么的。”

“我们的丘比特娃娃都是大财主。”我回答道。

“为什么要拥有这么多？”

我一时不知该怎么回答，望着医生的脸，想了一会儿才说：“因为那样更有意思呀。比起只有一点点东西，拥有更多的话，小孩子会觉得有盼头，才会更开心。”

听了我的回答，安西医生嘴里嚼着饭，点头表示赞同。他又接着问道：“那么，其他东西也有好多吧？”

“是啊，锅有一百个，窗帘也挂了一百面，浴缸和马桶也有一百个。”

“这样一来，早上光拉窗帘就要花几个小时，上厕所时决定用哪个马桶又是难题。”医生轻轻地笑起来，“可是，在这些事情上花费这么多时间，丘比特岂不是没时间做别的事了？”

“是啊，就是这样。”我回答道，“丘比特什么事都不用做，早晨起来拉开一百面窗帘，从一百口锅里挑出一个来做饭，再从一百个碗和一百个碟子里挑一个当早餐的餐具。吃完饭后，接着从一百件洋装中挑出一件当天要穿的衣服穿好。我和良子的人偶过家家就是这么玩的。

“正因为这样，丘比特的一天才能平安地度过，因为没有时间发生意外了嘛。再说没别的事做也挺好。我们用彩纸做成一百个碟子，用收集来的好多布头做成一百件人偶的衣裳。用针缝衣服太麻烦，我们就把小布头对折，中间剪个洞，做成和服的模样，然后套到人偶身上，用毛线当成腰带往中间一扎。所以说把一百件衣服都穿遍了，一天也就结束了。玩人偶的一天手忙脚乱的。”

“这种有点奇特的人偶过家家是你发明的？”安西医生问。

“不是，两个人一起玩着玩着就变成那样了。”我答道，“一边玩，一边就能慢慢找到更有趣的游戏方式，小孩子都是这样。”

“那个叫‘良子’的，是个怎样的女孩子？”医生问道。

“是个皮肤白皙、小巧可爱的女孩子。性格很温和，我从没见过她发脾气大喊大叫。良子还烫了头发，在当时很少见。她一头卷发刚好及肩，下端蓬松松地卷起来，就像法国洋娃娃。”

“她是有钱人家的孩子呀。”安西先生点头叹道。

“开汽车店的应该是有钱人家，不过衣着倒是挺朴素的。穿得倒不寒酸，但是挺素净的。玩人偶过家家的时候，良子一屁股坐在席子上，我还看见她袜子后跟上有缝得很仔细的补丁。当然啦，我的袜子也是这样。不论哪家的孩子，大多如此。物资贫乏的年代，一双袜子也是很珍贵的。”

“在那样的年代，你们玩人偶过家家时，做了一百面窗帘和一百套漂亮衣服，可是创造了一个极尽奢华的丘比特王国。”医生笑眯眯地说。我也表示赞同。

“现实是现实，人偶过家家的世界就是过家家的世界，两个都是真实存在的世界。日复一日，我们玩得可开心了。有一次，妈妈用零碎布料给我做了条棉布短裙，因为上面的图案实在太美了，我就悄悄把短裙拆了，做成了丘比特的衣服。一条裙子可以做成四五十件人偶的衣服呢。”

安西医生停下筷子，沉默了。

"车库很宽敞，席子不够用的时候就再拿一张铺上，上面当作房子的箱子越堆越多，再摆上一大堆彩纸剪的锅和盘子，用作厕所的火柴盒也排成了长长的一列。然后学着丘比特人偶的声音叫道：'哎哟，我想尿尿啊，可是厕所有一百个，真难选啊。选哪个好呢？'

"那样的话仅仅是嘴上说说，我们就开心极了。衣服这些当然不用说，就连厕所也不只一个。不管是锅还是什么，只有一个的话，仅仅是一只锅子，但收集了一百个，岂不是让人欢欣雀跃？东西不断增加，让我有一种难以言说的快感。"

"原来如此。这么说来，和我们小时候拥有一箱塑料积木时开心不已的感觉很相似。仔细想想当时的感觉，也是魂牵梦绕的。瞅着自己的箱子，心里总想着要收集更多的模型。"安西医生夹起一片滴着汤汁的牛肉，说道。

我有点不太同意医生的话，低头沉思着说："不过，我们玩的人偶过家家，鞋子呀、厕所呀、窗帘呀虽然都有一百个，但都是幻想中的东西，没有实在的东西也无所谓。可能听上去有点奇怪……但是头脑中，不，确切地说是心里会涌起一股暖流，让人快乐……只要心中有物就足矣了。

"所以现实当中的玩具，像塑料积木，用不着收集一百个。丘比特的鞋子，空想一下就够了。一百双鞋子、一百口锅、一百个厕所，这些东西数量还在不断增加的情景，光在头脑中幻想就很愉快了。"

说着说着，我感到小时候幻想过的一百双鞋子、一百口锅，还有一百个厕所，在脑海里纷纷涌现出来。它们的数量十分庞大，我的心被挤得满满的，就像小时候那样变得欣喜若狂。

安西医生正一门心思地搜寻碗中剩下的菜色，说道："当时是物资匮乏的年代，所以这样的游戏才显得格外有意思吧。"

"也许是这样。我们两个人总共也不过那么几件衣服。但为什么连厕所和锅这样的东西也要有一百个呢，真是奇怪。"

是啊，是奇怪，医生也点头附和。这位年轻的医生接着发出爽朗的笑声，说道："但这种事情还是不要深究为好。什么都太纠结对精神健康不好哟。"

"可我倒觉得这份快感有保持下去的价值。"

医生没有回答，他正嚼着一大块牛肉，没法说话。浓浓的肉汁从薄薄的嘴唇边渗出了一点，他伸出舌头舔了舔。吞下牛肉、打点完嘴里的东西后，医生并没有回应我刚才的话，而是问道："那个叫良子的女孩，后来怎么样了？"

"她上小学六年级的时候搬走了。估计是卡车数量增多，另外建了有更大车库的房子，原来的房子空置了一段时间。我前面说过，车库门是吊起来的那种，用力按一下门板就能透过缝隙看到里面。

"有一天，我使劲推动门板，从缝隙钻进了屋里。没有了卡车的水泥车库感觉很空旷，空得令人发慌。靠里有一座木楼梯。以前，我只要站在那里朝二楼喊声'良子'，楼上就会传来可爱的回应，然后良子急忙走下楼来。我心生怀念，想再看看楼梯。走到楼梯边时，发现脚下散落了些什么。

"那是看起来像红红绿绿的花瓣的东西。我有些奇怪，在昏暗的光线中仔细辨认，发现原来是人偶过家家时用的碟子，就是用彩纸做的一百个小碟子，大概是搬家时从箱子里掉出来的。这些彩色的‘小碟子’哗啦一下散落在积满灰尘的车库里，像绽开的花朵一般。”

“良子走了以后，人偶过家家也不玩了？”医生问。

“嗯，是的。那样的游戏还是要和朋友一起，你一百我一千相互竞争才有意思。”

医生总算吃完了牛肉盖浇饭，伸手去拿沏好了茶的杯子。忽然间，他好像意识到我的存在，问我要不要喝水，手伸向了茶壶。我连忙站起身，说差不多该回去了。

我脑中闪现出汽车店那空荡荡的车库，但马上又消失了。下午孩子们要来看我，所以我得去换件衣服，整理整理头发。上周我的五个女儿捧着花束来看过我，这回来的是五个儿子。

从安西医生的房间告辞出来，我沿着走廊走向自己的病房。从走廊的窗户也可以看见院子里的草坪。透过安着铁栅栏的玻璃窗，我无意间看见一个小女孩独自坐在草坪上，面前摆着好多空纸箱子。

会那样玩耍的人肯定是良子，是幻觉吧，我刚才说起她的事，所以才会出现这样的幻影。只见幻影中的良子用右手抓着丘比特娃娃的后背，让它在空箱子的房间里小步走动。天亮啦，该给它一件件地换上一百件漂亮衣服了吧。

小女孩雪白的侧脸在头发的遮挡下看不清，但我想那应该就是良子。为什么这样想呢？因为本该也在那里玩耍的另一个孩子就是我。而此刻，我正站在窗户的这一侧看着。

十月十七日　星期二　晴

我吃完医院的午餐，感觉今天也有些无聊，就去了安西医生的办公室。和昨天一样，医生埋头于桌上的一堆书和文件中间吃着饭，今天吃的是附近饭店外卖的便当。医生听到我的脚步声，抬起头说："啊，你来了。坐在那边吧。"他又用筷子指了指窗边那把金属椅子。我坐下，望了一眼医生的餐盒。餐盒比一般的要大，感觉蛮实在的，分成一格格的，装着米饭、炸鸡块、炸虾、海带卷、醋拌白萝卜和胡萝卜丝、高野炖豆腐和煮甜豌豆，满当当的一大盒。

安西医生正大口嚼着炸虾，鼓着一边的腮帮子对我说："我一边吃一边听，你就像昨天一样说点愉快的事情或者回忆点什么吧。"

我想了一会儿，有些出神。

医生吃完炸虾，又夹起了一颗绿色的豌豆。看到我出神的样子，他问："那个场面宏大的人偶过家家之后，又玩了什么游戏？汽车店的良子搬走以后，你又找到别的有意思的游戏了吧？"

"是啊，良子走后，我又在附近交了新朋友一起玩。"我说着，脑海里浮现出那座涂了白油漆的房子。

"那时，家附近有个教堂。那里住着一个叫松泽百合子的女孩，比我高一级，我时常去找她玩。她有很多书，有一天借给我一本叫《诺亚方舟》的图画书。就是说上帝造人之初，人类堕落了，于是上帝震怒，发了一场巨大的洪水，淹没整个地球的故事。这样内容的图书，我们这种普通家庭的孩子是不会有的。

“那个时候，我的书架上摆的也就是《小公主》啦、《绿山墙的安妮》啦。比起《绿山墙的安妮》，我更喜欢《小公主》。因为红头发的安妮什么都没有，只能在荒野上瞎逛，采些野草野花就激动得不得了，是个没见过世面的姑娘。

“《小公主》中的萨拉是个心灵高尚的有钱人家女儿，父亲给她买了数不清的漂亮衣服和洋娃娃，简直多得令人窒息。把高尚的品格和富有的背景同时赋予一个女孩子，现在看来这故事的构想真是巧妙。父亲过世后，萨拉一夜之间变成了贫穷的女孩，接着因为一位神奇的印度绅士，又恢复了原来富家小姐的身份。

“在冷飕飕的阁楼小屋里，奇迹在一夜之间发生了：数不清的食物、漂亮衣服和洋娃娃都飞了进来，真是梦幻般的灰姑娘传奇。我们这些女孩子都看得心神激荡，每隔些日子，大家都轮番去一个朋友家里传阅和讨论。

“我把那本《小公主》借给教堂里的百合子读了，她居然一点也不感动，说萨拉的幸福是建立在殖民地时期英国殖民者的繁荣之上，说完这些令人费解的话就把书还给我了。据她说，那些有钱人都是靠强迫黑人在矿山上劳动赚钱，无论是萨拉的父亲还是印度绅士，都是靠钻石矿山发家致富的。

“然后，百合子把她自己的《诺亚方舟》图画书借给了我。实际上，我平时和她玩得也不多，她从来没有跟附近的孩子一起上下学，包括我。教堂就是百合子的家。教堂的屋顶上立着十字架，外墙涂着白油漆，住在这样的房子里的孩子，总有一种和普通孩子不一样的气质。

“百合子讲起话来动不动就冒出‘神’啊‘恶魔’啊之类的词，大家听了都有些扫兴。我和附近净土宗寺院里叫雅美的女孩子玩得更多，她也比我高一级。

“雅美当住持的父亲每逢盂兰盆节和春分秋分都来我家。我们也在寺院宽敞的大殿里玩过很多次。虽然作为寺院的孩子，雅美也经常说一些‘说谎会被拔舌头’之类的话，但我们还是相信的。比起基督教中的恶魔，我们这些小孩对佛教中的鬼神更熟悉。”

“那你读了《诺亚方舟》后有何感想？”安西医生问道，用筷子夹起一块高野豆腐，抖搂掉豆腐上的汤汁送进嘴里，接着说，“这里面可没有让女孩子着迷的场面。只有大洪水、数不清的动物，还有昏黑沉闷的船舱。”

“不过，医生，我倒是被方舟上的世界彻底征服了。”我说道。

“哦？让你如此着迷的是方舟上的什么东西？”

“你想想，医生，不管怎么说，那可是把地球上所有生物各选了一对，装进方舟。一对大象就是两头，加上一对长颈鹿，就有四只动物了。还有豹子、狮子、豺狼、河马、斑马、日本斑羚……

“地球上的物种究竟有多少呢？把那个数字再乘以二，就是方舟上动物的数量。哺乳类、鸟类，还有昆虫类。成千上万的动物都聚集在一起。医生啊，仅仅是听听，是不是就感觉兴奋起来了？那是多么壮观的景象啊！想象一下吧。诺亚一家在方舟上度过了整整四十个日日夜夜呢！”

船上应该很臭吧，安西医生嚼着饭嘀咕，因为这么多动物都挤在密闭的船舱里。

“方舟有三层，每层又划分为十个区域。船舱里有足够的面积让诺亚一家和动物们一起生活三百六十五天。方舟全长大约是二十二万五千米。

“话虽如此，后来百合子告诉我在《圣经》上这个长度是三百肘[1]，也就是一百五十米左右，但我还是宁愿相信图画书上说的。动物进化年表上光脊椎动物就有四万一千七百种。再加上其他动物，这数字该有多惊人。一百五十米长的船怎么可能装得下！

“医生啊，这家医院的面积有多大？方舟究竟有多大呢？那会儿我一走到外面，就在街道和田野上想象着方舟的假想图。将天地连为一体的巨大舟形图总是浮现在眼前。

“那本图画书里详细地画出了方舟的剖面图。那是一本外国书，我至今还记着那幅画。最上层是鸟类的房间，下面一层是人类和食物，再下一层是哺乳类，底层是蛇类和昆虫。这些动物雌雄成对，被饲养在单独的小房间里，房间外是长长的过道，诺亚一家人从早到晚运送着饲料和麦秆，来回奔波在房间的走廊上。

“画中被收容的动物一个个栩栩如生，每一只都被生动鲜

① 又称腕尺。古代长度单位，一肘约为 45 至 55 厘米之间。

明地描绘出来。动物们住的房间排成了一长排，仿佛一个个迷你模型。成百上千只鸟、成百上千只野兽、成百上千的动物……这幅画真壮观啊。我就像看万花筒一样，通过这些画页进入了创世纪的年代，看到了方舟上的天国。”

“嗯，”安西医生抬起头，嘴里嚼着满满一大口米饭，说道，“成百只鸟，成千头野兽，这比你昨天说的人偶的漂亮衣服和碟子更有震撼力，这都是活生生的东西啊。”

“是啊，都是些活生生的能动会跑的家伙。我仿佛闻到了画里蒸腾出的动物的骚臭味，还有麦秆、饲料和粪便的臭味。我一直盯着图画看，觉得自己不知何时变成了那个在昏暗的方舟通道里运送饲料和麦秆的人。仔细一看，那个运送麦秆的人也变成了我，避开粪桶走过的人仔细一看也是我，画里的我忙得不可开交。那也是理所当然，毕竟有不计其数的动物在吃、在排泄、在睡。

“图画书里还把方舟上收容的动物列了清单，我还记得。小时候记忆力好得什么都能马上记住。就像记字母顺序那样，我一下子把那些动物名字都记住了。大概是这样。

“鸟类有鹫、秃鹫、巴西利斯克[①]，我也不知道这是种什么鸟……鸵鸟、鹰、鹳、苍鹭、鹈鹕、天鹅、鹅、孔雀、鸡、鸭、大乌鸦、小乌鸦、鸽子、野鸡。医生，企鹅在创世纪的时代还没有吧？雷鸟、鹧鸪、山鹑、鹌鹑，接下来还有，我就数到这儿吧。”

---

①西方传说中的奇幻生物。

“好啊。”安西医生一边吃饭，一边点头回答。

“接下来说说哺乳动物吧，大象、骆驼、牛，独角兽，这不是想象中的动物吗？然后是……豺狼、水牛、阿尔克，据说这是一种鹿……马、虎、熊、狮子、鹿、驴、狼、豹、羊、斑羚、猪、狗、狐狸、猫、兔子、松鼠、黄鼠狼、貂、睡鼠、刺猬、豪猪、猴、长尾猴、骡子、长颈鹿、驼鹿……”

“好厉害啊。”安西医生轻声感叹，“不是说动物的数量，而是说你的记忆力。一般很难记住这些枯燥的词。”

“不，医生，这些不是词，是动物的名字。名字总是连带着它指代的事物的外貌和体态，我就是想象着这些形象去记忆的。啊，医生，比起一百件漂亮衣服和一百个碟子，方舟上的场景更加光芒四射。是什么东西在闪光呢？动物们的眼睛呀。

“刚才说到哪儿啦？对了，驼鹿。马鹿，这是马和鹿的混种……马豹，这是马和豹的混种。虽然难以相信……狐猴，狐狸和猴子的混种；狮豹，狮子和豹的混种；科伍卢卡，这是印度黄鼠狼。

“犰狳、旱獭……鬣狮，狮子和鬣狗的混种……这个时期野兽的异种杂交很繁盛。就像人类堕落一样，动物们也搅和得很欢腾。驼峰牛、河马、鳄鱼、水獭、河狸、乌龟、海豹、人鱼。医生，这些动物的最后竟然是人鱼。”

“哈哈，成员种类多姿多彩得很啊。”安西医生夹起一块炸鸡说，“那什么来着？鬣狮？狮子和鬣狗的混种也存在的话，人鱼的存在就不足为奇了。”

接着医生一脸若无其事的样子问道：“后来怎么样了？和

百合子说过这些吗？她肯定因为多了一个洪水传说的赞成者感到很开心吧？”

“是的，百合子很开心，因为交到了新朋友。我很快就把方舟的故事和一起玩的朋友们说了。仔细想想，其实方舟的故事含有许多能哄小孩子开心的要素。小孩子都喜欢混乱。就像喜欢台风一样，我们也喜欢洪水，因为想被关进某个狭窄的地方，比如壁橱里、被褥里、小房间里。方舟里的世界同样让小孩子痴迷。于是我们把百合子也拉进朋友圈，把小小的储藏室当成方舟，大家都躲进去玩。

“小储藏室位于教堂后院，四壁落白，很是清爽，感觉气氛很适合当作方舟。里面不像普通人家那样放着腌菜的木桶，放着教会仪式用的各种道具。当无法忍耐百合子的牧师父亲的严密监视的时候，我们就换到雅美家寺院的储藏室去玩。这边的仓库里放着古老的大木鱼，还有钟堂拆了之后无处可放的大吊钟。

“这个游戏也吸引了附近的男孩子加入。他们把自家的狗也带来了。当时饲养鸡鸭的家庭还很多，孩子们就把鸡鸭装进笼子里带来。在粮食紧缺的年代，为了获得蛋类，鸡鸭都是很重要的家禽。还有孩子带来了兔子。

“女孩子大多是抱着猫咪来的。住在我家附近的表兄还拉来过火鸡。在寺院旁边养羊的女孩子还把羊赶来过。

“我们打开储藏室的门，一个个鱼贯而入，孩子们和动物们全都进去。最后把门关上，那里就变得像方舟昏暗的船舱一样。狗、猫、兔子、鸡、鸭、羊和火鸡的气味在黑暗中越来越浓郁。”

那一定很臭吧，安西医生如临其境地小声嘀咕，兔子这动物可是臭得很啊。

“动物们叫唤起来，大家一边压制要发狂的动物，一边静静地等待。当然啦，是等待洪水结束的那一天。第一天，第二天，第三天……大家一起数着日期。

“狗是第一个耐不住的动物，在黑暗中总是扑向散发着鸡鸭臭气的方向。于是数到一半的时候，速度开始变快，三十八天，三十九天，四十天！一喊完，就啪地打开大门，大家解放了一般飞奔出储藏室。

“外面光线明亮，没有动物的骚臭味，也没有小孩子的汗水和污垢的臭味，清新的微风迎面吹来。在风中，狗追逐着鸡，男孩子们慌慌张张地追着狗四处散去。大家笑着喊着，闹个不停。阳光下，我觉得自己真的成了诺亚家族的一员，开心地大笑起来，是呼吸着新鲜空气大笑。

“不过说实话，这个游戏还有些不尽兴的地方，大洪水的四十个日夜，总是一晃而过。每当狗开始骚动，就不得不加快速度结束，让我沉醉的方舟中的四十天应该是更长的时间。

“象、骆驼、牛、独角兽、豺狼、水牛、阿其哥螈、鸵鸟、老鹰、鹳、狮子和豹的混种，还有人鱼，这些动物的气息让方舟中的空气温暖湿润。在这样的方舟中，时间必定更加悠长而缓慢。您能理解吗？

“而且应该是更安静的。动物们不会你追我赶，在方舟中友好地相处。我真想在储藏室的黑暗中好好品味那样的气氛，都怪那条狗，不对，猫也盯上了鸡，都怪这两个家伙让大洪水的四十天变成了一场骚乱。

“游戏开始后的两个月，一个秋天的傍晚，在教堂的储藏室里，一只狗扑向雅美家的母猫小白，咬死了它。储藏室的地板上散落着猫的点点鲜血。

“猫的脖子被咬得很深，嘴巴张开，眼睛睁着，软塌塌地倒在地板上。我们煞白着脸跑出储藏室，匆忙离开了教堂，只留下抱着死猫的雅美。从此再也不玩这个愚蠢的游戏了。”

“方舟里出现了牺牲者啊。”医生小声说。不对，准确地说是猫。医生改口说道，然后把吃完的外卖盒子盖好，筷子搁在上面。

“是啊。象征着和平与秩序的方舟上竟然发生了杀戮事件，已经无可救药了。”我答道。

医生拿起茶杯开始喝茶，我看了看墙上的钟，然后站起来，午休时间马上要结束了。

喝点茶再走吧，安西医生今天也这么邀请我，可是护士很快就要来了，为了避免碰面，我急忙道谢后走出了房间。连着两天都来安西医生的办公室，感觉有点不好意思。

十月十八日　星期三　晴

中午吃完饭后，我原本想今天还是不要去安西医生的办公室了。安西医生虽然看上去不太起眼，但听说还是单身，连着几天去这样一个年轻人的房间，肯定会成为护士站的热门话题。可转念一想，安西医生可能今天也在期待我的到访，想听我的故事，还是出了病房向医生的办公室走去。

安西医生还是像往常一样窝在杂乱的办公桌一角，今天吃热腾腾的砂锅乌冬面。盛乌冬面的小锅、两个鸡肉饭团，还有一小碗鸡蛋羹作为一个套餐，摆在饭盘里。和医院的饮食相比，我总觉得医生点的外卖餐口味太重，这真是典型的医生反而不会养生的例子。

“请进。”正吃着乌冬面的安西医生抬起头，又用筷子指了指我常坐的那把椅子。看吧，医生果然等着我来。他夹着一束粗白棉线般冒着热气的面条，微笑着说：“今天准备讲什么？”年轻人的微笑是美好的，可是医生笑起来眼睛就眯成了一条缝，像哭相。

讲爬山的故事，医生。我回答。

安西医生点点头说：“昨天那个诺亚方舟的游戏最终以不好的结局收了场，你们又找到了新游戏吧。”

“咦，我昨天这么说了吗？”我疑惑地看着医生。既然他这么说，我应该是讲了那样的故事。我正琢磨呢，医生不在意地看着我说：“算了，没关系。就说说登山的故事吧。”

“说是登山，其实也不是那种正经的登山运动。一年一次，在除夕夜里爬到附近的山上，为的是看元旦一大早的日出。”我开始讲故事了。安西医生发出了吸面条的哧溜哧溜声。

“在我长大的地方，观看元旦日出是当地的传统活动。通常是一家人一起，不过中学生们更乐意和朋友一起登山。再长大些，就和公司的同事或恋人一起去。爬山的时候，人们兴奋地东拉西扯，男人在兜里揣一小瓶威士忌，边走边小酌几口。天气寒冷，这样可以让身体暖和些。

“骑摩托车或者开车去的人绕行另一条山路。原本的登山道已经被人流堵得水泄不通，车子根本开不进去。开车的人就从蓄水池那边登山，绕行山背后的路线。这是每年都进行的传统活动，自然而然就形成了这样的规矩。

“我一直到初中都跟着家里人一起爬山，女孩子大多都这样。除夕那一天总是过得慌慌张张的。因为晚上的登山活动，一天的计划都集中到白天了。本来就忙得焦头烂额的除夕和元旦，再加上夜里要出门登山，母亲们尤其忙得不可开交。一大早就要开始准备年饭，还要打扫屋子里外。

“傍晚母亲们要迅速准备好晚餐，大家早早吃完。孩子们一填饱肚子就在被炉里睡着了。母亲们趁着这段时间去做做头发，或者把要穿的衣服拿出来准备一下。男人们这时候就开始喝上了，说是为了活跃登山前的气氛。

“忙忙碌碌间，除夕的太阳落山了，夜幕渐渐降临。那时候，我虽然还躺在被炉里，但心情雀跃不已，睡不着了。医生，你懂那种时刻小孩子的心情吗？”

“嗯，我很清楚。”安西医生吃着乌冬面说。

“傍晚落山的太阳，正急切地朝地底那座将要升起元旦太阳的大山滑落而去，那座藏在地底下某个遥远地方的大山。这时落日就像鼹鼠钻地洞似的，到达了山背后的指定位置，换上元旦那天的装束，是闪闪发光的华丽衣裳。我想象着这样的场景，不知不觉又在被炉里睡着了。”

景象很美啊，医生埋着头小声嘀咕，镜片上都是雾气。

“不知睡了多久，耳边响起有人喊我起床的声音：光子，起来爬山喽。我睁开眼，原来是表姐千惠子站在面前。千惠子比我大一岁，是姨妈的女儿。她梳了个裂桃式的发髻，上面插了一支花簪。千惠子笑吟吟地说，快起来，已经十一点半了哟。

“不知什么时候，家里已变得热闹非凡，到处是人来人往的脚步声和谈笑声。每年要去登山看元旦日出的除夕夜，住在市里的亲戚们都齐聚我家，一起从我家出发。那座山叫 U 山，海拔三百米左右，到登山口需要坐公共汽车，我家刚好在那个车站附近，亲戚们分别开车或坐出租车先到我家集合。

“看看挂钟，真的过了深夜十一点半，再过三十分钟就到正月了。太阳大概正在忙着换新装，我们人类也到了该出门的时候。出门前，以挂钟敲响十二点整的钟声为信号，大家都要喝一点屠苏酒。我急忙换好衣服去客厅，发现那里已经准备好了屠苏酒，亲戚家的大人孩子们都聚齐了。

“大半夜里汇集到一起的人里，母亲和阿姨们都做了漂亮的发型，父亲和叔叔们刚去过理发店，剪了清爽的头发。男孩子剃了露着青青头皮的光头，女孩子们都是娃娃头，也有像千惠子这样编了可爱发型的少女。大家的脑袋都显现出正月来临的气氛，身上都穿了厚实的外套，爷爷奶奶更是穿上了夹棉的裤子，整个人显得圆鼓鼓的。这都是为了接下来要走三个小时的夜间山路准备的装束。

“挂钟开始‘咚——咚——’地敲响，客厅里的人们便大声互致新年问候，然后大家端上装有屠苏酒的杯子。千惠子、我还有弟弟们也有小一点的朱红色酒杯。我恭恭敬敬地双手接过酒杯喝下去。小孩子喝上一小杯屠苏酒，就有点恍惚的醉意了，只觉得脸颊发热，站起来感觉腿骨被抽走了一样绵软无力，走起路来轻飘飘的。

“接着大伙儿便握着手电筒或提着灯笼出门了。那时，家门口街道上的路灯比现在要少很多，光线很暗，我们用准备好的灯照亮地面。爷爷奶奶和亲戚中的年长者都提着灯笼，这是从前举行元旦登山活动时，街道上给统一配备的灯笼。

“我们走入宽敞的电车道，从四面八方的道路涌来的人群，如同四散的水流，最终汇合到了一起。那些人手里提着的灯笼飘忽不定，像浮在空中的黄色水滴。”

医生若有所感地点头叹道：“简直是梦幻般的场景。你是和家人亲戚一起去的，大概有多少人呢？”

“每年都不一样，如果去城里工作的孩子、结婚后出去的孩子都回来，有三十人，或者比这还多。六家亲戚都集中在一起，每家都有几位老人和孩子。

“男人们在大衣口袋里塞了威士忌或者清酒的小瓶子，女人们带了糖球和泡泡糖。父辈和年龄稍长的儿子们都带着在山顶观日出时大家一起喝的一升装的清酒瓶。公共汽车往返不息地运送人群。每一辆的车窗里都透射出摇曳的灯光，许许多多的人挤在车子上一同摇晃着倾倒着，车子载着人群在漆黑的道路上渐渐远去。

“这么多人，真不知道是从哪里冒出来的，真是奇怪的景象。仿佛是从天上掉下来的、地里涌出来的。这些人的脸庞都似曾相识。亲戚们当然不用说，陌生人看上去也像亲戚一样。恍惚间，一个个灯笼映照着的脸庞都变成了令人怀念的熟悉面容。

“很快，我也上了公共汽车，被拖入了黑暗。这是去哪儿呀？去正月之国，新年日出的王国。我、千惠子、弟弟、爸爸妈妈、爷爷奶奶、叔叔阿姨还有表兄弟姐妹都去那里。

“十五分钟后，公共汽车窗外隐约能看见U山黑黢黢的长长的斜坡。对面的天空犹如荡漾着一池银灰色的暗沉湖水，月亮点缀其间。淡淡的浮云像水藻般漂浮在水面上，星星则散落在浮云之间。”

“呵，好美的景色啊，有泽女士。”安西医生嗞嗞地喝着面汤，说道。

“嗯，这番情景让人觉得地上和空中的能量交汇重叠了。这两种能量都很不一般。”我有些疑惑地说。

“你好像对物件的数量，或者说大量存在的东西很感兴趣。物件之后是动物，这次则是人类。这种喜好可以称为‘繁殖欲望’吧。”安西医生看着乌冬面小锅说道。

“呃，那我就不清楚了。医生，我谈不上喜欢或不喜欢，只是觉得身处那样的环境，心情愉快，感觉很棒，简直忘乎所以。

“这么说来还有一件事。那是小学的时候，有一年的除夕夜，我和千惠子两个人手牵着手，跟着大人们一起走在登山道上。刚才乘坐的公共汽车在U山高度的十分之三处到达终点，等我们下车后，又返回出发点了。

“公交站有路灯，之后的山路直到山顶都是漆黑一片。大家靠着带来的手电筒、灯笼或者带照明的头盔一起照亮道路前进。

“公共汽车行驶的整修过的道路走完后，路况就变差了，人们都把照明工具几乎是贴着地面照明，这么一来更看不见人脸了。嗯，我们那里正月几乎不会下雪，这是唯一的好处。

“走在我和千惠子前边的是三个叔叔，我们盯着他们宽大的后背紧跟着。左右两边走着两个阿姨、我母亲、奶奶，还有千惠子的母亲。后面跟着千惠子的两个哥哥，还有四个读初中的表姐妹。

“大家走在混杂着小石子的山路上，发出‘沙沙、沙沙’的声响。孩子们彼此招呼的喊声、大人们的笑声、说话声和脚步声一直回响在山谷中。

“千惠子那年也梳了裂桃式发髻，光看头倒是很正式的正月装扮，下面却穿着红色厚外套和天鹅绒裤子，脚上套着橡胶长靴。橡胶长靴很保暖，孩子们基本上都穿这个。我那时穿着白点花纹的棉袄和长裤，脚上也穿着橡胶长靴。

“千惠子和我一边走，一边还好像在讨论为什么平日里早上的太阳叫‘朝阳’，而正月的太阳叫‘御来光’。况且虽说叫‘来光’，但光并没有自己来，而是我们要走到发光的地方。那时千惠子说，‘我们是要走到光的根源去吧。’我接着话茬继续说道，‘光的根源，听上去就像大树的根一样有意思。地上不是常有那种根系旺盛得从地底下冒出来的大树吗？这些根系又钻入地下，变成更多的根系，嘎吱嘎吱地生长……正月初一的朝阳发射出一根根金色的尖锐光针，集中在一起扑哧扑哧地朝地面发射。'千惠子、母亲和阿姨们听到了，全都哈哈大笑。

“大约爬了一个小时，我总觉得前面的背影看上去有些陌生。抬起头一看，三个叔叔已经不见了，取而代之的是四个陌生男女。我们吃了一惊，环顾左右，才发现母亲和阿姨们也不见了，本该走在我们旁边的弟弟也消失了。

“刚才我们俩一路吃着点心，有时在山路的转弯处停下，俯瞰山下已遥不可及的灯火，这期间不知什么时候被家里人甩开了。不过，我们途中追上过好几队先出发的邻居家的女孩子，也可能是先行一步，把家里人甩在后面了。

“沙沙、沙沙，黑暗的人群和水滴般的灯笼还在无止境地缓缓流淌，在这灯海人流中，我们无法找到家人的位置。

“就当是被落在后面了吧，我们俩穿过人群，拼命往前跑去，但连一个亲戚都没碰到。于是，我们又逆着人群前行的方向往回找，还是没有找到。父亲母亲，弟弟，那么多一起来的叔叔阿姨、表兄弟姐妹竟然都消失得干干净净。千惠子哭丧着脸，站住不走了，问我该怎么办。

“什么怎么办，又不是在陌生的地方走丢了，到山顶上等太阳一出来，整座山就会亮堂起来，在那儿找找，说不定就找着了。如果找不到，也没有回去的路费，那就走着回去呗。脚走酸了也不至于会死。

“于是我鼓励千惠子，先登上山顶再说，我们俩手牵着手向上爬去。我们混杂在陌生的人群中，两个小时里只是不停地爬啊爬啊，心里有说不出的害怕，总算爬到了山顶那一片开阔的草地上。

“天空依然是暗沉沉的水色，脚下的大山像大海中央的一座小岛，高高地耸立在半空中。‘小岛’上挤满了人，多到快站不下了。终于，东边的天空中渐渐漾开淡淡的红色，整个天空慢慢变成白纸般的颜色，太阳正一点点努力，就快要出来了。

“千惠子从周围有些蒙蒙亮开始，就一直慌慌张张地四处寻找父母的踪迹，而我早坐在草地上，凝视着天空。因为这里的人多得就像南极的企鹅，根本没法找人。天空就像开演前的大屏幕，薄薄的云朵上渐渐映出玫瑰色的光彩，新年的太阳从U山后面的群山深处放出熠熠生辉的金色光芒，我们真的来到了太阳的根源。

“终于，我们看到朝阳最外层的光芒出现了，它快速从山际往上延伸，针尖的光芒是如此光辉灿烂，以极快的速度向空中扩散开来。过了一会儿，似乎被烤炙得红彤彤的沉甸甸的朝阳像在不断挣脱群山的束缚，颤颤巍巍地升上了山顶。

“山顶上爆发出一片欢呼，掌声雷动。老人们合掌虔诚地礼拜，年轻人们连声高呼‘新年好！’‘万岁！’。

“山顶上到处都是在开清酒和啤酒的人，人群沸腾不息。还有些戴着町内会袖章的人在给孩子们发放果汁。我拉着千惠子过去排队，我们虽然不熟悉町内会的人，但也心安理得地接受了馈赠，拿到了果汁和糖果。最终我们没有和父母一起观看日出，后来跟着町内会的人下了山。有个女的问我们‘你们是哪儿的孩子’。

“我只是笑笑继续往前走，心想从哪儿来都无所谓啦。我们走在一大群人中间，感觉家庭什么的都变得无所谓了。你问千惠子啊，她那时已经恢复正常了，应该和我有同感吧。回去的路上，那个问话的女人给了我们坐公共汽车的钱，我们就坐车回到家里了。‘压岁钱哦。’那女人把零钱放在我的手掌心，说‘这是压岁钱哦’。”

我讲完故事，安西医生把眼镜取下来，用布擦拭着上面的雾气，微笑着说：“这次的故事是‘元旦观日出历险记’啊。”医生接着自言自语地说诺亚方舟是个闭塞的环境，这次算是方舟故事的野外版。他又戴上眼镜，把吃干净的砂锅盖上盖子。我把那个动作看成一种暗号，从椅子上站起来。说完这些话，我感到一种饭后才有的满足感，我和安西医生都有充实愉快的感觉。

还有喝杯茶的时间哟，医生叫住走到门边的我，我谢绝了他的挽留。今天下午四个女儿和一个儿子要来看我呢。

十月十九日　星期四　晴

今天吃完午饭后，我下床整理一下头发，又走出了房间。

从早晨起床开始，我心里就惦记着要去安西医生的办公室，我把这件事看成了愉快的约定，脑海里还浮现出医生等候我的身影。

来到安西医生的房间，我发现今天他的桌子上摆着一大盘炸猪排咖喱饭，周围飘散着浓浓的咖喱味。

“昨天我讲了什么故事来着？”

“为了看元旦的日出去登山的故事。”

“是那件事啊。”我点点头。既然医生这么说，我大概就是说了那个故事。

今天准备说些什么呢，医生握着勺子望着我问。

“嗯，今天准备聊聊有关家族的事。”我一边坐下一边说。

“好啊，感觉我是个听课的学生，你是讲课的老师。”安西医生愉快地说道。炸猪排咖喱饭还附带一大盘沙拉，医生吃了一口咖喱饭，然后用叉子叉了一片沾了调料的生菜叶送进嘴里。我便讲开了。

“我母亲那边算是个多产的家族。父亲那边有很多是独生子女或者没有子女，母亲这边的亲戚全都生了许多小孩，越往前代追溯，这种多产的倾向就越强。

“我的母亲生了六个小孩，我是倒数第二个。但六个小孩在当时的家庭里并不算特别多。母亲的肚子算是比较普通的，我母亲的母亲，也就是外祖母共生了八个孩子，这在她那个年代也算多的了。外祖母的母亲，也就是曾外祖母生了十六个孩子，这该算是绝对的多产了吧。

“十六个孩子说来容易，医生你是男人，可能没有切身的感受。一般来说，生一个孩子先要怀胎十月，然后需要半年以上的哺乳期，这期间月经停止，所以一个孩子占有母亲身体的时间大概是一年半。

“那个，医生啊，意思是说，要是把曾祖母的一生合计一下，真不得了。她是十六岁结婚、六十八岁去世的。当时的女性停经的时间比现在要早，大概在四十五六岁吧。就算再晚一些，但母体能够怀胎的年龄也差不多就到那个岁数了。”

嗯，差不多是这样。安西医生点点头表示赞同。

“根据外祖母生前的回忆，曾外祖母第一次生孩子大概是在十八岁。从那时开始直到停经为止，中间有二十七年左右，这是作为真正意义上的女人生存的时间。在这期间她生了十六个孩子，平均算起来，她大约一点七到一点八年就生一个小孩。

“刚才我说过，一个孩子要占据母体一年半的时间，曾外祖母每次都是在快要解放的时候，又怀上下一个孩子。我想曾外祖母也不是有计划地给上一个孩子断奶后才怀孕的，而且断奶后的第二个月，月经也很少立刻就来。总之，曾外祖母就那样不停歇地在二十七年间连续生了十六个孩子。其中没有双胞胎，是一个接一个不知疲倦地生下来的。

“曾外祖母的名字叫良，她婆婆经常拿这个开玩笑，‘好呀，好呀地答应着，整天让丈夫骑在身上生小孩。’①其实良是个稳重温和的女子。我听说她从来没有因为什么事情发过脾气，总是笑眯眯的，乞讨者来到家里就给他们饭吃，看到流浪狗要去照应，听见别人家的孩子哭泣就跑去关心，真是个非常善良的女子。她是全身心地关怀和爱护所有来到身边的事物。

“听外祖母说，姐妹中排在良前面的一个姐姐叫安，也是个多产的女子，她一共生了十八个孩子。如果用我刚才说的方

①日文中“良”与“好”的读音相同，故取双关意。

法算一下，基本上是一年半生一个。她的肚子比良更加繁忙。更厉害的是安上面的姐姐富，你猜她生了多少个孩子？

“医生啊，富生了二十个孩子。二十个孩子意味着每隔一年零四个月就要分娩一次。究竟为什么能生这么多的孩子呢？因为有生下来不久就死掉的。孩子死了，就不用哺乳，母体有了缓冲的时间，月经就开始了。月经一来就有了怀胎的可能，于是立刻又怀上了。”

医生一边吃着咖喱饭一边评论：“有种生育能力旺盛的倾向啊。”

“那么生了良、安、富这三个女儿的母亲，到底是个什么样的人呢？她的名字叫素，也生了不少，共十五个孩子。其中有五个是女儿，两个在婴儿时期就夭折了，剩下的三个可是完全继承了母亲的血脉，分别生了十六个、十八个和二十个孩子，加起来一共生了五十四个孩子。

“外祖母说从小她家里就人满为患。外祖母是家里的第三个孩子，从懂事起，基本每年都会看见自己的母亲生小孩。八九岁大的时候就帮助照顾母亲分娩，给刚出生的弟弟妹妹洗澡什么的。

“那么生了这么多孩子的父亲，又是怎样一个人呢？外祖母只是说父亲是个嗜酒又任性妄为的胆小鬼，此外一无是处。孩子多的家庭生计总是很困难，男孩子们很小就开始下地帮忙，多亏了这些孩子，比起父亲来，是他们支撑起了家里的生计。世上的事还是很平衡的。

“外祖母十六岁的时候出嫁，然后开始一个接一个地生孩子。她的姐妹们也出嫁了，同样也是不断生孩子。

“大家都是嫁给了娘家村子里的其他人家，所以一有什么事就一起回娘家商量。每当这时候，真是乱得一塌糊涂，她们的母亲，也就是曾外祖母还在继续生孩子，她的一部分孩子和女儿们生的孩子也差不多大，阿姨、舅舅和外甥、外甥女年龄相当。

“虽说乡下的房子都很宽敞，但每个房间的榻榻米上都挤满了孩子，分不清谁是谁。母亲要是一时想不起面前的孩子的名字，如果是男孩子，就从大到小依次喊：‘胜！胜次！繁！清！行雄！富武！末雄！新一！’最后总算把名字和孩子对上号。

“如果是女孩子，就按照这个顺序：‘青！一！雪！葛！留！末！’以前每个家庭孩子都很多，母亲们都是依照这样的顺序喊孩子的名字，只不过外祖母家乡比别的地方喊得要长得多。

“曾外祖母也是个温柔贤淑的女子，外祖母和她的姐妹们也都随母亲，一样的稳重大方，性情温和。我母亲曾经说过，多产的女子性格上都有这样的共同点。

“的确，如果性情不温柔，很难生养十几个孩子。比如蹦着下台阶啦、让腰腹受寒啦，或者不让丈夫亲近啦，这些不生孩子的方法当时都有。

“孩子多的家庭总会吸引别家的小伙伴来玩，这些来玩的孩子一般会若无其事、不声不响地在家里混吃混住。于是，家里总有几个别家的孩子赖着不走，曾外祖母良和她的女儿们都视而不见，所以家里总是因为小孩子显得格外杂乱。

“孩子本来就多，似乎也不在乎多养一两个，据良说事实上并非如此。有一年地里收成特别差，喂饱孩子都很困难。

“姐姐安家里的孩子大多已经成年，日子过得稍强些，她打算在自己家里收养良的几个年幼的孩子。安来到良家里，肩背手拉，把三四个很小的孩子带走了。

“刚开始，良一动不动地站在门口目送他们离开，可后来她忽然急匆匆地追上来。安回头看见妹妹边哭边跑，草鞋跑掉后，就那么赤着脚，头发散乱着，狼狈不堪地追上来。

“姐姐，把孩子还给我！良边喊边追上来的样子有种让人说不出的恐惧，姐姐安见她这副样子，不由得带着几个孩子飞快奔逃。两姐妹就这样在正午的田间小道上你追我赶，最后良终于追上了姐姐。

“她一言不发地扑上去，把姐姐背上的孩子夺下来，一屁股坐到地上号啕大哭，孩子们也依偎着她哇哇大哭。安这下怒了：我又不是把孩子带走吃掉，跟抓小偷似的大喊大叫，真是丢脸！说完就放下手里的其他孩子一个人走了。良揽过几个孩子，哭哭啼啼地回家了。

“有这么多孩子，只不过离开了其中几个一会儿工夫，良就伤心到那种程度，真是个感情深厚的女子啊。我听了这个故事，不知不觉也流下了同情的眼泪，母亲的心情都一样。如果不是这样，也不会把孩子生下来了。”

“说到多产的女人，在我头脑中都是好胜要强、腰身粗壮的形象。与你说的这种形象不太一样呢。”安西医生叉着一片绿色的生菜叶说道。

“可让人意外的是，生了许多孩子的女人，腰身反而纤细，经常有人纳闷这么柔弱纤细的身子竟然这么能生。身子也小小的、细细的，手和脚也小小的……我的母亲和外祖母都是这样的女子。所以当她们混在孩子中间的时候，得仔细找才能找到。孩子们不断成长，她们的个子却随着不断分娩变得越来越瘦小，但由于不停地怀孕，外表显得年轻，怎么看都像小姑娘一样，和一大群孩子混在一起很难分辨出来。”

“就像默默绽放的可爱野花一样啊。”医生点头叹道。

“我还听说过有关曾外祖母的姐姐富的故事。她的丈夫在村里是出名的爱拈花惹草的家伙，不但让妻子生了二十个孩子，还勾引村里其他女人。年轻的姑娘自然都不敢靠近他，他竟然打起了有夫之妇的主意。

“丈夫还经常对富发火。有一次富肚子里怀着孩子，平日里性情温和的她挨训后铁青着脸，忽然一声不吭地离家出走了，怀里抱着个吃奶的孩子，背上还裹着个一岁多的孩子。小些的孩子看见了，追在后面喊着‘娘要走了’，年纪稍大些的孩子也担心起来，嘴里喊着‘娘，等等’就追了上去，他们的父亲却只是呆呆地坐在家里。

“富飞快地在田间小路上走着，孩子们一个接一个跟在她身后。正在田里除草的更大些的孩子也抬起头喊，让母亲停下来。富没有理会他们，一个劲儿向前走。于是，大孩子们也放下手里的活儿，跑上路来追她。

“富和她的孩子们就这样在路上走着走着，碰见了在路边玩耍的安和良的孩子们，这些孩子问他们去哪儿，富的孩子回答说，不太清楚啊，娘去哪儿我们就去哪儿。于是安和良的孩子们也站起来说，这样的话，我们也一起去。说着就加入他们的行列。

“当富和孩子们的身影从村子里消失以后，富的丈夫终于被不安逼得站起身来。他去水田里找，又去旱地里找，在整个村子里找寻妻儿的行踪，可怎么也找不着。他越发不安，边走边问过路的行人。终于有一个村里人告诉他，富和孩子们向着后山的方向去了。

“他向后山飞奔而去，男人的脚步本来就快，一会儿就上了登山的小路。这时，隐约听见山里传来大群孩子说话的声音，他满心喜悦地朝那个方向走过去。

“不久他来到了一条溪流边的小道上，继续往上爬了一段，发现溪流向着远处的岩石堆延伸，周围都是小小的沼泽。他走到岩石堆那儿，坐在一块岩石上，打算歇歇脚。

“四周寂静无声，头顶上布满了林木的枝丫，显得有些阴森，这里已经听不到孩子们的声音了。他感到后悔莫及，在岩石上啜泣。后来，他想要喝口水，就一脚踏进了沼泽。

“就在这一瞬间，他看见脚边有一片红色蔓延开来。他用两手擦了擦被泪水模糊的眼睛，仔细一瞧，原来是成百上千只小螃蟹。这些小小的螃蟹铺满了周围的地面，朱红色的背壳闪闪发光，像是铺了一层华丽的地毯。

“他呆呆地注视着一只只小小的螃蟹，泪如泉涌，然后弯下身子一动不动地跪在沼泽边上，周围成千上万只红色小螃蟹肆意爬行。

“忽然间富的丈夫两手掩面，哭喊道：啊，原谅我吧！原谅我吧！”

我的故事讲完了。

安西医生听完后沉默不语。我眼中残留着小螃蟹的背壳映照出的红色，安西医生的眼里也闪烁着同样的颜色。

医生面前摆着吃空了的盘子和碗。忽然，他好像一下子回过神来，问道：“富和她的孩子们后来怎么样了？应该回到村里了吧？”

“是的。傍晚时分，安和良站在村口的小河边，看见富和一群孩子沿着小路从山里缓缓走出来，她小小的身影混杂在一群飞跑打闹的孩子中间。”

医生开始往茶杯里倒水，我也站起来。医生问我是否要回去了，我回答说今天也有孩子要来看我，走出了医生的房间。

十月二十日　星期五　晴

我吃完午饭后觉得无聊，决定还是去安西医生的办公室。这段时间，早晨起来后都感觉良好。不知道为什么，手脚感觉很舒展，心悸的现象也没有以前那么严重了。

这对我的身体来说可是里程碑式的好转，也让精神状态有了极大的改善。之前见我去安西医生房间就哧哧笑我的护士们，也转变了态度。

我走进医生的房间，看见他还像往常一样在堆积如山的书和文件里埋头吃午饭。今天医生吃的是鸡汤面套餐，拉面店的银色餐盘上放着装鸡汤面的大碗、装了两个海带卷的小碟子，还有装着加入了橘子、菠萝和琼脂的杏仁豆腐的玻璃器皿。

医生的镜片被汤面蒸腾起的热气模糊了，他抬起头说："啊，有泽女士。坐在那边就可以，请坐。"他用筷子指了指窗边那张我常坐的椅子。他的眼镜上挂着两道雾气帘子，估计是听见我的拖鞋声，才知道我来了。我在椅子上坐下，医生放下筷子，摘了眼镜放在桌子上，我这才有机会第一次看见安西医生不戴眼镜的模样。他的眼睛细细长长的，那张脸在没有了眼镜之后，不知怎的变得赤裸裸的，感觉五官特别鲜明。

"我边吃边听，你随便说什么都可以。"医生像往常一样催促我。

"今天打算说什么啊？"医生用筷子缓缓搅动冒着热气的黄色汤面问道。装面的碗很浅，没戴眼镜的医生脸凑得很近，都快碰到碗里的汤汁了。

"嗯，我要讲自己生孩子时的故事。"我说。

"这么说来，有泽女士有很多孩子吧。"医生哧溜哧溜地吸着面条应道。

"嗯。总是来这里看我。"

"是关于那些孩子的故事吗？"

"是啊。就是生那些孩子的故事。"

嗯嗯，安西医生一边用勺子舀起汤汁，一边点头，他的回应听上去轻描淡写，好像没当回事。医生是个男人，没法体会女人生孩子的辛苦，我本来期望他能给我更满意的回应。

生孩子无论是对女人的身体，还是对生活来说，都是很沉重很艰难的事，但又是那么的闪闪发光。我就是想跟安西医生聊聊自己曾有过的闪闪发光的时刻。

“我生第一个孩子差不多是三十年前。那时我还没到二十岁，身体没现在这么瘦，胸和腰身都比较丰满。啊，顺便说一句，年轻姑娘的脸颊都很饱满。连偏瘦的小姑娘，脸颊上也有软软的肉，有种柔媚的肉感。

“姑娘们衣服下面的身体，也隐藏着和她们脸颊一样柔软的曲线。脸颊像皮球一样饱满的姑娘，衣服底下也藏着像皮球一样丰腴的胸脯和腰身。脸颊微微隆起的姑娘，似有若无的胸脯和腰身也是那样含蓄柔软。脖子以上和以下是一致的，它们都演奏着同一首曲子。

“医生，您以后也要试着以这样的眼光去欣赏姑娘的脸颊哦。”

“我明白了。”安西医生笑眯眯地说。

“我年轻时身材算是偏瘦的，算是那种稍微有点凹凸的身材。”

医生笑着点了点头。我继续说道：“那时候，我还住在荒野里，周围是无边无际的广阔草原。远处像被水彩画笔扫过一般，树林显现出柔和的色彩。林子后面耸立着一座山。”

“你住的地方真不错呀。”医生说道。

“山上一棵树也没有，整座山都裸露着凹凸不平的岩石。那是一座火山，山顶上每天都喷出同样多的白色烟雾，缓缓升上天空。火山的岩浆状态很稳定。小时候我觉得那股白烟好似一条白龙。”

“等等。”安西医生正吃着海带卷，忽然插嘴道，“小时候你不是住在城里吗？喏，就是那个有宫原汽车店和教堂的城里。”

我默默想了一会儿，问道：“是住在城里的？”

“啊，也许是我搞错了吧。”医生有些犹豫地说。接着他笑了笑，咬了一大口海带卷，催促我，“你接着往下讲吧。”

大概是医生记错了吧，我从来就没在什么有教堂的城里住过。

“那时候我还是个小姑娘，和爷爷奶奶、父母以及一大群兄弟姐妹一起生活。姐姐们都结了婚，她们的丈夫也和我们一起同吃同住。姐夫们和我们家族的人相处得不错，架都没吵过一次。爷爷奶奶和父母都很关照他们，他们同样也很敬重长辈。因为彼此间如果不互相关照，当时的生活是无法顺利过下去的。

“我们是靠采集树上的果实，开荒种地过活。可是采集的果实时多时少，不够填饱整个大家庭成员的肚子。于是男人们就出去打猎。男人比例越高的家庭，生活就过得越滋润。长辈们重视姐夫们也正是因为这个。三个姐姐都生了孩子，孩子长大后也帮家里维持生计。所以每当有孩子出生，整个家族都非常高兴，孩子们也很受家里长辈的爱护。

“我有两个妹妹。当我还在磨磨蹭蹭的时候，妹妹们都飞快地找到对象结婚了。嗯……我年轻时是属于后知后觉型的。妹妹们和我上面的姐姐们相反，和丈夫的家族住在一起。结了婚，双方的家庭就成了亲属关系。这种关系并不是血亲，而是联姻的两个家庭。只不过因为住的地方太挤，才各自分开住。

“要是狩猎的话，捕些小鸟和小动物也不需要别人帮忙，但捕捉大型动物就需要人帮忙了。”

安西医生静静地听我说，吃着漂在鸡汤面上的烤猪肉片。他很难想象我说的这种原始生活吧。医生只是默默地听我说下去。

“因为这个原因，我有很多对父母辈的长辈。首先是生养我的父母，还有大姐的公婆，四个人了；再加上二姐的公婆，六个人了；再加上三姐的公婆，八个人了；另外还有两个妹妹的公婆共四人，一共是十二位父母辈的长辈。

“还不止这些。我还有三个哥哥。他们的岳父岳母加起来有六个人。但其中两个哥哥的岳父岳母早就去世了，健在的只有两位。这样一来，我们就和十四位父母辈的老人在一起热闹地生活。

“一般的家庭都把自己的亲生父母和伴侣的父母区别开来，分别叫公公婆婆或岳父岳母。在我家却不是这样，统统当作自己的父母。哥哥的岳父岳母、姐姐的公公婆婆是我们家的联姻家庭，对方的父母也就成了自己的父母。这样做很简单。

“家族构成简单化后，更有意思的现象发生了。不仅是父母，就连伴侣的兄弟姐妹也成了自家的兄弟姐妹。因为有十四位父母，兄弟姐妹的数量更是多得惊人。我有十一位兄长、二十一位姐姐、十位弟弟和二十八位妹妹。兄弟姐妹共七十人。

“和父辈的情况一样，兄弟姐妹间也没有区别。大家都是简单地把彼此称呼为亲兄弟、亲姐妹。这么一来，兄弟姐妹的数量显得更多了。

“因为还有未婚的兄弟姐妹，父母的数量还会增加。发展成这样一个庞大的家庭，生活中经常产生各种各样的混乱。大家不但记不住对方的长相，如何分派家务也变得棘手。

“于是在我居住的区域定下这么个规矩，只要家里兄弟姐妹的人数达到七十人，就停止人口的扩充。具体地说，就是未婚的孩子也不许结婚了。你可能觉得这样太残酷，可是有那么多的父母和兄弟姐妹，这些兄弟姐妹还要不断地生孩子，家族满七十人时还不停下来可不得了。当时我家里就有十四位父母、七十位兄弟姐妹，以及两百多个他们的孩子。

“这么庞大的人数清点起来十分困难，于是家族中最年长的祖父……说到祖父也有七位，他将自己的孙辈们，也就是我的兄弟姐妹的数量用排列石头的方式记录。之所以到了七十人就终止，是因为祖父在计算人数时，将我们居住的原野夜空的北斗七星数了十遍。

“就这样数数，老人已是颇费心思了。孩子总在不断地降生，老人也不再计算后面不断出生的曾孙。所以我和兄弟姐妹们都不清楚自己孩子的数量。

“未婚的兄弟姐妹其实也有一半得救了。因为其中情投意合的男女就可以假结婚。只要不是亲兄弟姐妹，就可以进行家族内部的特殊结婚。

“假结婚的夫妻只是为了满足各自的情感和生理需求，不允许生孩子添人口。如果人口增加过多，家族就要一分为二，那样一来又会引起巨大的纷争。事实上，从前的假夫妻也有许多生了孩子，导致家族分裂，后来渐渐不再发生那样的事了。

“兄妹或姐弟结成的假夫妻在睡觉时必须特别小心。婚姻带来的幸福，他们只能享受一半。丈夫总是不断受到妻子身体气息的诱惑，妻子也总是闻到自己身体的气息。

“我们具有特别敏锐的嗅觉，能察觉出危险的气息。山野里生活着各种野兽，到了交配期，它们总是发出各种恼人的嚎叫。如果把兄弟姐妹结成的假夫妻比作野兽，发情期就是他们最危险的时期，因为他们必须要逆自然规律而行。

“未婚的兄弟姐妹毕竟都很年轻，身体和精神都像春天的原野一般生气勃勃，就算是这样有棘手问题的不人道的婚姻，他们还是接受了，并找到了结婚的对象。我也是其中一个。有个比我小两岁的族弟向我求爱，我和他结成了夫妻。族弟年纪小了点，但擅长狩猎，所以我并不在意他的年龄。

“没有祝酒，没有歌声，连祝福的话语都没有，我们举行了一场寂寞的结婚典礼。家族中最年长的祖父和最年长的父母出席了我们的仪式。在家族里，血缘关系基本没有意义，如果有什么重要事件发生，只要把家族中最年长的人请出来就可以了。

“太阳西沉，原野被黑暗包裹之时，我们俩被祖父和父母领着走出山洞。然后大家坐在原野的角落里，我们两个人一起用木棍摩擦生火，祖父和父母在一旁看着。

“天空中还有些许微光，地面已是一片黑暗。丈夫把木头放在手掌间来回摩擦，过了很长时间，手边升起了一缕白烟，我轻轻地把枯叶盖上去，烟雾中终于升起了小小的火苗，枯叶被点燃了。

“我们把黑暗中燃起的火苗分成三支火把，沉默的仪式就结束了。一支火把交给祖父，一支交给父母，他们拿着火炬返回了住处。当他们三个人消失在夜色中，火把的亮光也看不见后，我们夫妻俩把剩下的一支火把插在地上，躺在了旁边。接着开始了只属于我们俩的漫长而激动的，却又带点生涩的新婚之夜。

“那个夜晚，原野边上漆黑的树林上空，耸立着那座怪石嶙峋的火山的影子。白天只看见火山口在冒烟，到了夜晚才发现山顶呈现出隐约的玫瑰色，那是火山口中火焰的光芒映照在周围。

“‘姐姐。’族弟和我拥抱在一起，轻声说，‘我以后该怎么称呼你呢？’

“‘弟弟啊，你就叫我妻吧。’

“第一次碰触族弟的裸体有种奇妙的感觉，我的身体很快就像融化了一般，与他合为一体。我们俩一直忙活到半夜才沉沉睡去。黎明时分，当太阳的微光照在山顶上，火山口的玫瑰色消逝的时候，我们俩手牵着手走在原野上，向家里走去。”

房间里只有我说话的声音，偶尔夹杂着安西医生吃面条的声音，但那声音很轻。安西医生完全成了一个聆听者，不表达感想，也不提问。我那么年轻就步入了只有一半幸福的婚姻，安西医生对我的经历流露出深深的同情，所以他一直沉默，只是静静听我诉说命运的流转。

“我和族弟的婚姻是幸福快乐的。太阳从原野上升起的时候，我和一大群姐妹开始准备早餐。就在我们住的……我们住的大大的岩洞里，洞穴像蚁巢一样分成几十个小洞。早饭准备好后，祖父、父母亲们和兄弟们就从洞里钻出来。我们没有餐桌，只是分成若干组，一排排坐好，草原就是我们铺着绿桌布的餐桌。

“吃完早餐，我的丈夫和兄弟们一起出去打猎，我和姐妹们就去耕地。太阳在我们头顶的天空中慢慢沿着自己的轨道滑过，好似在原野上架起一道巨型拱桥。太阳落山后，夜幕就降临了，我和丈夫的美好夜晚也来临了。

“有一天晚上，我从自己的气息中嗅到了一种定期来临的危险信号，于是和丈夫分开睡了。可他被我身上散发的危险气息吸引，硬是挤到我身边。我们在最禁忌的时刻，沉醉在了身体散发的气息中，做了那件事。第二天起，悔恨和不安搅得我日日不宁。害怕的事情终究还是发生了，我怀孕了。

“过了两个月，我和丈夫都清楚发生了什么事，因为我开始孕吐。又过了两个月，其他兄弟姐妹也看出来了，我的肚子就像后面平缓的山丘一样鼓了起来。

“一天傍晚，我们夫妇被祖父和父母领着走出山洞，向原野走去。半路上，天黑下来，林边的火山顶上又闪现出淡红的火光。黑暗中，我们和祖父、父母面对面坐下。夜色笼罩了祖父的脸庞，只听得见他的声音。我们夫妇受到家族长辈的质问，祖父说要么在这里了断孩子，要么就离开这个家族，二者只能取其一。母亲的声音也蒙上了一层阴影，她说如果要了断孩子，现在就给我们照亮帮忙。

“现实是我们家族的人数膨胀得比其他家族都要厉害，不可能再容纳新增人口。与其把家族一分为二，现在这个方法更简单方便。

“丈夫征询我的意见，问该怎么办，他的脸庞紧挨着我，借着微光能看清轮廓。我想把孩子生下来，我回答说。年轻的丈夫点了点头。我们的选择定下来了，时间很短，就像流星划过天空那么快。

“黑暗的地面上传来漫长的摩擦木头的声音。终于，微弱的火苗升起来，被移到三支火把上，其中一支交给了丈夫。我们站起身，周围太暗，看不清前行的道路，于是他揽住我的肩膀，我搂着他的腰，举着火把向前走。我们没有明确的目的地，就姑且朝着原野上另一个发光的方向走去，就是那座发着玫瑰色火光的火山。”

安西医生不知什么时候吃完了午饭，一个人喝起了茶。我看看挂钟，发觉午休时间快结束了。

“哦，没关系的，你接着说。”医生又补了一句，“故事说了一半可不太好。”

我眼前又出现了那个被放逐到黑暗原野中的自己，长发及腰，几乎全身赤裸，身边年轻的丈夫也一样。黑夜中的我被黑夜震慑住了，现在的我也同样被黑夜震慑着，为了把黑夜中的我带向白昼的原野，我又讲下去。

“第二天，我们夫妻俩在离冒烟的火山不远的小山丘上，发现了一个小小的洞穴，决定在那里住下来。树林就在附近，可以采到果实和树种，丈夫为了养活我和肚子里的孩子，每天都不辞辛苦地出去狩猎。

“每隔数日，山下的原野就走过一个巨大的身影，那个影子高大得像一座小山。每当这时，整个原野都会地动山摇。丈夫总是恋恋不舍地目送着那个身影，不甘心地说：‘以前我们还抓到过那种家伙，大家一起放箭后扑上去，真想给你看看那场景。’

“‘我会生很多的孩子，让你和孩子们再和那家伙较量较量。’

“我们在那座小山丘向阳的山坡上，无忧无虑地睡了许多个夜晚，我和丈夫千百次地、日复一日恩爱地生活着。这一切都是充满意义、让我觉得无限美好的时光。太阳在空中忙碌地来来去去，我的肚子也幸福地膨胀和收缩了许多次。

“数十年的光阴如梦似幻，我履行了自己的承诺，为丈夫生了许许多多孩子。孩子们长大了，结了婚，我的家族就像以前离开的那个家族一样人口众多。丈夫终于和念念不忘的原野中的巨兽决斗了，我生的儿子们个个勇猛，擅长狩猎。

“可是有一天，丈夫带着三十个儿子出门狩猎，他和其中十一个儿子都被巨兽嘎嘣嘎嘣地吃掉了。我去野地里捡回了他们散落的骨头，埋在山丘的一角。丈夫对自己的工作尽心尽力，安心地回到大地中去了。

“可是我感觉还有没做完的事，又从家族里挑了一个族弟再婚了。你问我要做什么？我还想再生一些孩子。我心里有这种想法，最主要的是身体充满了这样的欲望。”

房间里很安静，还残留着午休的气氛。走廊远处传来护士们朝这边走来的脚步声。安西医生像是被这些脚步声催促着，开口问起我后来的情形，他很想知道我最后的命运。

“再婚之后怎么样了？又生孩子了？”

“是的。”我答道，“我已经习惯生孩子了，一个人在山坡的树荫下就生了。感觉有热乎乎的肉块掉落下来，就把手伸到双腿间想拽出来，但是和以前的手感不太一样，像摸到湿润的体毛一样滑溜溜的，不太像人类小孩头发的触感。我用力一扯，举起来一瞧，原来是一头浑身白毛的小羊羔。

“后来我又不断地怀孕，生出了山羊、猪、鸡等动物。再婚的丈夫是个胆小鬼，非常害怕我生的这些家伙，我倒是不太介意。成员众多的大家族平日里就渴望饲养家畜。我生出来的绵羊呀、山羊呀、猪呀，还有鸡呀，都长得肥美健壮。所以和生下人类的孩子一样，我把这些长了毛的家伙从腿间取出来时，都有一种神圣庄严之感。

“那一瞬间，我觉得自己变成了一个柔软的袋子，从这个袋子里可以取出任何东西，这个世界上所有的东西。这是个可以依照我贪婪的欲望毫无止境地增加东西的热乎乎的袋子。我感觉每分娩一次，自己就膨胀一点。

“然而，有一天早晨，家里人都干活去了，丈夫拉着我向原野走去，也不说去哪里，只是拉着我的手飞快地走，我就这样和原野诀别了。”

“为什么呢？”安西医生问。

“为什么？我就被带到这里来了呀。”

不知什么时候，两个护士已经来到门边，其中一位是年轻的男护士。他们站在那里等着我们把话聊完。安西医生看看手表，笑着说：“说了这么多，辛苦你啦！接下来的故事明天再继续听吧。”

“嗯，不过没有接下来的故事了。”我说道。我把秘密都吐露出来了，什么都没留下。我说完这些话，心情异常舒畅。把这些重要的往事都坦白了，不仅仅是要获得医生的理解，也是为我尽早回归原野作准备。

我有些在意被站在门边的两位护士听到这些话，不过他们俩都是专业人士，应该会保守患者的隐私，我就不计较了。

安西医生还在吸杏仁豆腐剩下的甜汁。我从口袋掏出餐巾纸擦擦嘴巴，站起身来。

我打了声招呼，走出安西医生的房间。今天下午孩子们也会来看我，他们都很想见我呢。

当我穿过走廊的时候，耳边响起了孩子们欢乐的笑声，眼前出现了他们熙熙攘攘走进病房大门的身影。一大群人犹如满溢的潮水向我涌来。

望潮

十二月的一天，我在鱼铺二楼第一次听到了关于蓑岛的故事。

“喂——比目鱼、比目鱼、比目鱼喽，还有乌贼和青花鱼！”

午后的小客厅里除了我们，没有其他客人，楼下的店铺不时传来卖鱼的吆喝声。

那天大约有十个人出席了古海老师的七十七岁喜寿宴会暨年末忘年会。为了照顾视力不佳的老师，宴会由晚上改为白天举行。窗外是明亮的白天，酒席也进行得安静平和。古海老师年纪大了，只喝了两三杯酒就停下来，讲起了蓑岛的故事。

“大约十年前，我和爱好俳句的同仁一起去过那个岛。早春是收裙带菜的季节，别有情趣，可以说是一次吟诗之旅。海边路上铺满了小沙石，上面晾晒着裙带菜。那些乌黑发亮的家伙，像被海浪冲到岸上一样排成了长长一串。”

老师一边讲述，一边拿着被生鱼片酱油浸染的一次性筷子，在空中描画岛屿的形状。方圆十七公里、拥有五百多人口的九州小岛的模样，隐约浮现在我们眼前。

“刚打捞上来的裙带菜是褐色的，稍微一晒就变得乌黑。那些又长又黑的家伙被盘成圈，把整条路都遮盖了。早春时节，整个小岛看上去就像长了一层黑毛。”

听到长毛的小岛，让人感觉很不爽，再加上是从老师嘴里说出来的，感觉就更怪异了。古海老师的后背一向都无法挺直，体形很不好看，我甚至怀疑他的脊柱关节有部分脱节了。也没听说老师年轻时得过什么大病，这种弯曲的体形肯定是先天形成的。

“住在岛上多好啊，可以尽情享用现捕捞的鲜鱼。”横田泰典拿着酒杯说道。

古海老师三十多年前当过我们高三的班主任，虽然那时就像个老爷子了，但性情温厚和蔼，所以我们考大学前那段精神紧张的日子过得还算平静。第二学期快结束时，他的国语课变成了自习课，就一个人在讲台上叽叽咕咕地念古文。

“明年春天大家一起去那个长毛的小岛吧。”班委成员吉开敏夫说道。老师年纪大了，要去就要趁早。可是，古海老师无奈地说：“不行啊，我去不了。”只见他随意地歪坐在榻榻米上，裤脚显得有点长。

“玄界滩的浪头太大，我可坐不了船。那年旅行的时候就是被吟诗之旅的朋友骗了，说什么只要吃点晕船药就行了，去时算是勉强坚持下来了，回来时我简直就像死人一样。”

“晕船的痛苦只有晕船的人才能体会。”横田点头表示同感，他也和老师一样害怕坐船。

“不过，如果你们有谁将来要去蓑岛，我想让他去看样东西。”古海老师用薄薄的嘴唇一口抿干了杯中的酒，对着我们说了这番话。

“是裙带菜吗？”

“不是不是，不是裙带菜和海藻那类东西，是那里的人。我想让你们去看看那里的老婆婆。”

“老婆婆是住在长毛岛上的吗？”

“嗯，长毛岛上的老婆婆们。”

古海老师讲话总能扯得老远。以前上课时他曾经从源实朝的和歌“越过箱根路，面朝伊豆海，小岛波中现”，讲到了源义经和成吉思汗，接着又莫名其妙地讲到《一千零一夜》，然后就下课了。

老师随意地坐在桌边托着腮，又喝了一口酒，一边回忆一边说起来：“我是在那条铺满溜滑发光的裙带菜的海边小路上遇到那些老婆婆的。她们头上裹着毛巾，穿着粗糙的衣服和裙裤，一身出发去海滩的装束。她们的腰都像海虾一样弯曲成つ形，つ形的顶端是个小小的脑袋，下方是两条短腿。那样的体形走起路来太困难了，她们就推着类似婴儿车的自制小推车，慢悠悠地走。四边形木箱下安上自行车的旧车轮，她们就靠着这种手推车慢悠悠、慢悠悠地，平静地走向海边的机动车道。”

“太危险了，推着那种小推车，老婆婆们到底要去哪里？”吉开插嘴问道。

“哪儿都不去，老婆婆们每天早上从家里出来，就去机动车道上等待自己的猎物。”

“打劫出租车？”坐在我旁边的大场伶子忽然奇怪地说了一句，在座的人全都大笑不止，只有古海老师沉默不语地斜靠在桌子边，像刚从海里打捞上来的奄奄一息的乌贼。

“没说中，但也差不多。”老师露出了一丝苦笑，回答说，“她们是专门碰瓷的。”

这回轮到我们沉默不语了，老师一边往自己空空如也的酒杯里倒酒，一边继续说道：“可能有些难以置信，但这是我在蓑岛亲眼看到的。老婆婆们不是三五成群，而是单独行动，都是一边走一边物色合适的车辆。她们尽量瞄准那些看上去能拿出巨额赔偿金的车，避开岛上居民的车和渔港的卡车，把目标定为镇政府的公用车、银行用车、邮局用车，还有来岛上旅游的游客乘坐的出租车或租来的车。

“我们当时在离镇政府不到五百米的一条紧挨悬崖的路上遇到她们。吟诗之旅的成员共十人，分别乘坐三辆岛上的出租车。我坐在领头的第一辆车里，透过前挡风玻璃看见有个小小的人影般的东西忽闪忽闪的，当时觉得如果那是一个人，也太干瘪了。总之是个很奇怪的影子。司机一看到这个影子便立刻放慢车速，开始缓缓前行。

“‘螃蟹’又出来了，司机小声嘀咕。那道影子一直在道边窥探我们徐徐前进的车子。一点点接近后，我才发现那是个老婆婆，她站在路边并没有躲避，手扶推车，支撑着つ形的身体一动不动，似乎很遗憾地送走了我们。

“过了四五百米，同样的人影又出现在路边，还是推着小推车晃晃悠悠地走向马路中央，我们的出租车离得越来越近，老婆婆依然在马路中央一动不动。司机见状不停地摁响喇叭，她终于慢悠悠地退回了路边。正当我惊讶于这些老年人是何方神圣时，司机无奈地说道：‘就跟岸边的螃蟹似的，一个接一个地爬出来。’

“可不是嘛，干瘪瘦小的老婆婆们简直和沙滩里一只一只爬出来的螃蟹一模一样。

“司机不愿意说这是蓑岛的耻辱，但这些老婆婆的确每天都是为了被车撞才出来的，而且不是一两个人，十多个人都这么干。一般来讲，碰瓷者的目的是获得赔偿金，即使受伤，至少也能把命保住，但老婆婆们真的想用一死来结束自己的晚年，所以碰上她们很麻烦。

“‘她们认为，与其活着给家人添麻烦，还不如死了的好，这种死法还能给家人带来一大笔钱。’司机接着说。

“这些老年人活着的时候不能给子孙带来利益，而被车撞死了就能给子女们留下一笔财产，她们真是一群拼了命的碰瓷者啊。不知道是谁先开始这样做的，这种做法很快在整个岛上的老婆婆中间蔓延开了。老婆婆们都是单独行动，却也经常聚集在一些有利于碰瓷的地段，沿海的道路就是绝好的突击地点。现在的司机都比较小心，这种事情少了一些，但听说几年前每个月都有两三个人被车撞死。

“司机一边警惕着碰瓷者，一边做好随时随地都能急刹车的准备。我们也都系好安全带，应对急刹车。这么一来，老婆婆们也只能无奈地眼睁睁看着我们离开。因为这么慢的车速，即便被撞也只是受点伤，死不了。她们的愿望是一死了之，只是受点伤捡回性命的话，会更麻烦。”

“简直就像战争中单枪匹马搞突袭的战斗机啊。”吉开吃惊地说。

“那天晚上在岛上的旅馆，比起吟诗作赋，我们更多地谈论了那些敢死队老婆婆的话题。团队中有好几位上了年纪的女子，所以讨论了很多，但只能说这是一种超乎大家想象的行为。

“转天早上就要返程，我们为了赶上上午十点的船，开始向栈桥走去。那天早上，在那条和海滩遥相呼应的马路上依然有大批准备碰瓷的老婆婆。路两侧晾晒的黑发般的裙带菜随风招展起伏，波光粼粼的大海散发着迷人的活力。

“那同时拥有裙带菜和老婆婆的风景，我不知该怎么形容为好，海草旺盛的生命力和老人们枯残的晚年反差实在太大，有种悲惨得令人不忍直视的感觉。那些裙带菜仿佛是老婆婆们年轻时的黑发，老婆婆们就像行走在她们往昔的记忆中。更准确地说，老婆婆们行走的背景中，一束束记忆中的黑发组成了一幅无限延展的神奇画作。

“来往的车辆为了不撞到她们，像排着队的老牛一样缓慢前行，推着手推车的老婆婆们如幽灵般蹒跚地穿行于车辆间，着实是一种异样的光景。老婆婆们干瘪的身体倚着手推车，就这样踉跄地走着。

“因为这些老婆婆，原本没有多少车的岛上意外地堵车了，这时，五十岁左右的出租车司机一边握着方向盘，一边抬起下巴向我们示意车前方，说道：‘那些老婆婆中也有我母亲。’

“但是，我们没法分辨出哪个是他的母亲。

“他又说，‘即使制止，她也不听。每天吃完早饭便兴冲冲地出去，就好像这是她的工作。我的妻子也很无奈。她对在岛上上高中的小孙子说，毕业后如果找到工作就给他买辆车，还跟大孙女说要给她买成人式穿的礼服。我又不能把门锁上把她关在家里。每当我开着车，想到有可能撞上自己的母亲，这心里真不是滋味。’”

古海老师吃了一口比目鱼生鱼片。

据说在古海老师回程的船里，大家又谈论起老婆婆的话题，可老师正像之前说的那样，因为晕船躺在船舱的长椅上。

我想，那些老婆婆年轻时肯定都潜过海，经过海潮历练的强壮身体，即使老了依然也很硬朗，她们肯定能长寿。她们为了给孙子孙女换来新车和礼服，拿自己这样顽强的生命往汽车上撞。老师看着我们三个女生，用在教室里叫学生回答问题的口吻问道：“如果是你们，能做到吗？”我和坐在两旁的大场怜子和砂川美佐子觉得根本不可能做到，都回答说：“做不到。”

古海老师的表情变得有些沮丧，说道：“哦……我回到家后也把蓑岛的故事告诉了我老伴，问她会怎么做，结果老伴哈哈大笑地说，‘如果我也是蓑岛老人会成员，也会这么做。’看着老伴的脸，总觉得这家伙真能做到，没什么根据，就是忽然有那种感觉。”

大家一齐笑了，仿佛看到了老师夫人那张布满皱纹的脸上耐人寻味的表情。

“老师，您在岛上创作了什么诗句啊？”吉开问道。古海老师凝神想了一会儿，开口说道："被遗忘的潮汐，老婆婆们，在昼长夜短的春日里消逝远去。"

其中的"昼长夜短"一词是指代春天的季语[1]。

四月，阳春季节。

正午刚过，从里屋传来老伴的叫声："老头子！"

"叫你呢，老头子！"第二次叫的时候，声音变得尖利起来，"要是听见了就答应一声！"

可我有时候即便听见了，也没法回答。

"你在哪儿呢？班委会的增川打来电话。"

我还是沉默不语，即使老伴用手捂住了话筒，电话另一头多少还是能听到她喊我的声音。随着年龄的增长，老伴的性格越来越暴躁，其实她把电话放下，过来招呼我一下，就用不着那么大声叫唤了。等我从卫生间出来走到客厅，电话已经挂断了。

增川恭子和大场怜子很长一段时间都是班委会的会计。我和这些学生的缘分一直没断，年底还为我举办了忘年会和喜寿宴会，过年时又办了新年会，目前这段时间应该不会有什么活动了。

"她说了什么吗？"我问老伴，她正像平常一样坐在被炉里读小说。

老伴从老花镜上方看着我，不耐烦地说："说是去了一趟

---

①日本徘句、连歌中表达特定季节的词。

蓑岛。她应该还会打过来，你就待在电话旁边别动了。我只要停下来接电话，就不知道读到哪里了。”

我来到放有电话的隔壁屋里，坐下来。心想增川恭子是去年年底听了我的一番话，才去的蓑岛吧。不一会儿，电话铃又响了。

“是老师吗？我是增川恭子。我和大场怜子去了您以前提到的蓑岛，想赶快向您汇报一下。”

增川声音低沉，但很清晰，我记得她以前参加过合唱团。我多年来只是脑子里转悠着再去蓑岛的念头，年轻人的行动要迅速多了。

增川接着说道：“听了老师讲的蓑岛故事，我向很多朋友和熟人打听，看看有没有人最近去过蓑岛。据说那附近有个休闲旅游的去处叫宿根岛，可没什么人知道蓑岛。于是我和大场就利用一个周末跑去看了看。”

增川和大场是家庭主妇，今年都是四十七岁。不仅她们两个，同一届的学生中生日是一月到四月之间的，现在都是四十七岁。增川的丈夫是公司职员，有两个儿子，丈夫不断地升职，两个儿子也相继考上了大学，增川每周做几天兼职的会计工作，总体来说过着什么都不缺的生活。大场没有孩子，和丈夫都是公务员，她以前是田径队短跑选手。

“我们乘电车坐到户崎港，那里有开往蓑岛的船。然后又坐了两个半小时的船，那里还是没通渡轮和快艇，和以前一样。我们是四月十日出发的，只待了短短的两天一夜，但把能看的地方都看了。”

我能从话筒中感受到增川轻柔的语气。我握着话筒，满心欢喜和期待地对增川说：“啊，是这样啊，真是辛苦你们了。”眼前浮现出蓝色的小小的蓑岛的形象，像是馒头的形状。

“好久没有看过海了，古海老师，我就像个孩子一样激动。那种感觉很奇妙，在我面前除了水再无他物，大海真的是被海水填得满满的。我不会游泳，总是忍不住想象波浪之下几百几千米的深度和水量，那对我来说就和水中地狱差不多。这么一想，浮在海面上的岛屿不管离陆地多近，总觉得还是个孤岛。”

“是啊，的确是个孤岛。”我附和着兴致颇高的增川。

“这样想想，无论岛上发生什么陆地上无法想象的事，都不奇怪了。”

“可不是。”我继续附和着。增川和大场看来已经见到了我想知道的东西。这十年间，我的脑海中时不时闪现这样的情景——岛上的老婆婆们推着手推车一直在不停地走啊走。现在我的心情就好似把手伸进了梦中的百宝箱，要取出里面的宝物。而拜托她们这样做的正是我自己。

“岛上情况怎么样？”我轻轻地吐了一口气，问道。

从我上次去蓑岛，已经过去十年了。

“栈桥旁边正好有出租车营业所，我们本来打算坐出租车到预约好的家庭旅馆，可旁边还有家租车公司，喜欢车的怜子觉得自己开车自由，立刻又改主意要租车自驾，于是我和她说起自己的担忧。

“我对怜子说，如果遇见碰瓷的老婆婆，出了什么人身事故就麻烦了。可是怜子小声说，‘我会谨慎驾车的，就交给我吧。再说如果租车风险大，人家也不会做这生意了。’我觉得她说得也有道理，就同意租车了。

“我们租了岛上唯一的一辆旧丰田车，开往在营业所打听到的家庭旅馆。这家旅馆在五公里外的村子里，我们沿着海边道路慢慢地行驶，映入眼帘的除了一望无际的大海、沙滩，就是裙带菜了。

“正如老师您说过的，当时正是岛上捞取裙带菜的旺季，马路上全是裙带菜，散发着浓浓的海腥味。那些在阳光下乌黑发亮的裙带菜，在我看来不像黑头发，更像成群的黑蛇密密麻麻地蠕动，看上去好恶心，感觉它们随时都可能爬到路上来。

“我们终于安全到达了一家叫‘浜崎’的家庭旅馆，这一路上别说是人了，连猫都看不见一只。‘浜崎’是一户当地渔民的房子，说是家庭旅馆，不过是把屋后的仓库改造了一下，弄成了两间房。夏天客人可能多一些，现在就只有我们两个。皮肤黝黑的老板娘为我们端来了茶水，我随口问道，‘这个岛上的老年人是不是很少啊，来的路上都没看到？’老板娘平静地回答，‘老年人多得很，但都在家看孩子或看家，所以看不见她们。’本来还想再多问问，可是老板娘忙着要去海滩晒裙带菜，急急忙忙出门了，她也干一些下海的活儿。

“我们把手提包放在旅馆，便开车到老板娘告诉我们的一个叫猿岩海滩的旅游胜地，途中真的连一个老年人的影子都没见到，只有波光粼粼的大海一路伴随。”

“是嘛……”我对着话筒小声嘀咕。

我自己也预料到了，虽然这种预感没来由，但总觉得会变成这样。即使碰瓷是老婆婆们自愿的行为，岛上也不会放任这种可耻的行径，警察或镇政府可能治理过了。

“是嘛，那些老婆婆全都不见了。”我点头叹道。增川有些过意不去，继续说道：“在去猿岩海滩的途中，我们顺便去了一家海边的小饭店吃午饭，然后去照相馆买胶卷，还去点心铺买了点心。每到一处，我们都要打听关于老婆婆的事，可都没有有用的信息。

“猿岩海滩是一片非常美丽的浅滩，后面有一座小小的岩石山，几十块犹如野兽般的奇形怪状的岩石兀立在海面上。我们把车停在海滩附近的草地上，步行来到了波涛翻滚的海岸边，在那儿发现了一个人影。走近一看，原来是个渔翁打扮的老大爷，提着个口袋，捡了些贝壳之类的正要回家。

“我们期待这位老人能告诉我们点有价值的消息，便下定决心去问问。

“‘您知道以前这附近有一些推着手推车的老婆婆吗？’

“‘手推车？’他抬起黝黑的脸庞望着我们，困惑不解地反问，‘是什么样的手推车啊？’我们告诉他是一种木制的简易手推车。

“‘你们到底从哪儿听来的这些事？’满头白发的老人满腹狐疑，用质问的口气问道。他的头发像嵌满了雪白的盐粒，银光闪闪，连眉毛和睫毛都是斑白的。‘我没见过那样的老人。’老大爷说完这句话，便快步离开了。

“我们在海边边走边议论，怜子和我各执己见。她认为岛民觉得碰瓷的老婆婆是岛上的耻辱，故意隐瞒了事实；而我认为问过的人真的不知道这件事。可岛上的人表情都很单一，态度生硬，光看脸也不知道他们在想什么。好比厚厚的岩石内部有声音也传不到表面来，让人干着急。”

接着，增川又吞吞吐吐地说：“老师，会不会不是蓑岛，而是把其他岛误认为蓑岛了呢？”

“不会，是蓑岛。”

“这么说来，还是岛民隐瞒事实喽？”

“当时路上有那么多老婆婆，仅仅过了十年，岛上的人应该不会忘记。”我的心情变得有些凄凉。

曾经，我和诗友们遇见了推着手推车徘徊在生死之间的老婆婆们，十年后，她们却消失得无影无踪，我们知道的唯有这两个事实。可是想探知更多的真相，我们这些和蓑岛没有关联的人就办不到了。也许都没有查明的必要了，一切都已结束。老婆婆们是怎么消失的？她们莫名其妙的消失虽然让人摸不着头脑，但这种情况消失是好事，那种可怕的事不能一直持续下去。

“谢谢，你们了解得够详细的了。”

听到我的感谢，增川好像下了什么决心，声音稍稍开朗了些，说道：“老师，还有一件事。”电话那头，她似乎在笑眯眯地说，“我呀，在回来的那天早上，一个人遇见过一位老婆婆。”

“在哪里？”

“那天早上，熬了一夜的怜子还没起床，我一个人开着车又去了猿岩海滩，因为旅馆的老板娘告诉我那里的朝阳特别漂亮。清晨的蓑岛，路上空荡荡的，只要没有碰瓷的老婆婆，空有驾照不会开车的人也能放心驰骋。

“下了车，来到海滩上，大海已经被初升的太阳染得绯红，绵延入海的沙滩在冉冉升起的朝阳下，将人的足迹和海风留下的波纹印记都变成了红黑斑驳的幻影。我带了一次性的全景相机，拍了不少海上日出的照片。拍照时，我发现镜头中浪涛翻滚的沙滩右侧，出现了一个奇怪的人影。

“那真的是很小很小的人影，穿着御寒的棉坎肩，腰几乎弯成了两节，头上裹着白毛巾，穿着裙裤和草鞋，应该是住在附近的老婆婆。难道是碰瓷的老婆婆？不，她没有推手推车，只是拄着长长的竹杖，沿着海边慢慢地走。我不由自主地按了几下快门，老婆婆好像注意到了，便朝我这边走来。

“她停下来向我点头鞠躬，由于离得太远，我听不清她的声音，好像在对我说早上好。于是我把相机装进包里，朝她走过去。嗯，老婆婆应该有八十多岁了，正像老师您形容过的，她的腰像海虾一样弯成了つ形。

“老婆婆说自己每天早上都来到海滩叩拜日出。我们来到一块岩石边坐下，看着朝阳在一片红艳艳的云彩中缓缓升上海面。我也趁这个机会向她打听手推车老婆婆的事，她回答说：‘十年前的事情我记不清了，再久远一些的反而忘不了。’

“我想起以前在书上读到的，老年人能清楚地记得很久以前的事，却会忘记几天前的。于是我问起老婆婆年轻时的往事，得知她曾经下海干过活。

“‘我老伴也是下海干活的呀。’她说道。我仔细询问后知道，老婆婆两口子都曾是下海捞海藻和贝类的人，从事这种职业的不论男女，都被当地人称作‘海人’。当时捞上来的大多是鲍鱼，赚了不少钱。后来她的丈夫由于身体不好不再下海了，成了一条名为‘户前’的渔船的船老大，接送妻子到海中的捕捞地点。当时老婆婆常常一个人潜到水下，再一个人浮出来，这期间丈夫就在船上边钓鱼边等。

“‘那样也挺好的。本来在蓑岛，能养活丈夫、孩子，还有公婆的女海人才能成为称职优秀的女人。’老婆婆得意地笑着说，躬着的腰也稍稍舒展了些。而我神情凝重起来，养活了全家的女海人年纪大了，就会变成被奉养的对象，而她们极不情愿接受这个结果。我眼前浮现出试图用自己的生命换来孙子孙女的新车和礼服的、推着手推车碰瓷的老婆婆的身影。

“‘当时，女人浑身上下只穿着一条兜裆裤样的东西下海，大家的胸都像皮球一样在水里摇曳晃荡，腰上别着装鲍鱼的袋子，戴着潜水镜，手里握着铁家伙。’

“‘那您当时的同伴们现在都怎么样了？’

“‘都不在啦，全都死了。我也许是最后一个了。’

“我和老婆婆并排坐着，但侧过头，却看不见她的脑袋。老婆婆的个子实在太小太小了，她的头大约在我胸部以下的位置，再加上腰弯曲得厉害，头是往前探着的。她面朝大海，嘴里已没有了牙齿，一脸无忧无虑。

“‘我整个身体都记住了大海的感觉，就像潮水在轻抚自己，四周环绕着大海，非常舒服。’老婆婆说着，满是皱纹的眼睑轻微颤动，而我紧紧地挨坐在老婆婆身边，看着日出的景象。

“太阳完全升起后，老婆婆便起身拄着拐杖离开了海滩。

我说开车送她，可她无论如何都要自己走回去，她远去的身影渐渐走向林荫小路，つ形的身体加上长长的拐杖，远看就像拐杖自己在动。

“就这样，老婆婆离开后，为了最后照一张洒满阳光的海滩照片，我又拿出了相机，从刚才坐着的岩石向海边走去。忽然，我发觉沙滩上有一大片银光闪闪的东西在缓缓爬行。我看了看脚下，的确有东西在爬动，仔细一看，原来是望潮蟹。

“从脚边的这只开始，我慢慢地放眼望去，啊，看见了，看见了！沙滩上到处都是望潮蟹。这些背壳发青的茶褐色小螃蟹齐齐地挥动着亮闪闪的螯钳，向大海爬去。

“老师，沙滩上成千上万只望潮蟹挥舞着螯钳向大海爬行，那场面太壮观了！简直就是一场眷恋大海、眷恋潮水的仪式。此情此景让我心潮澎湃，啊，老婆婆们就在它们中间……整个海滩像受到热浪侵袭般沸腾了。”

增川说完后挂断了电话。

电话这头的我陷入了沉思，眼前仿佛看见了那片开阔的海边风景。脑海里慢慢地浮现出“望潮蟹”这个词，一首俳句涌上心头：

“千只望潮蟹，挥舞双螯钳，入海经风浪。”

“望潮蟹”是寓示春天的季语。

回到客厅后，我若有所思地在被炉里坐了好一会儿，刚才长时间贴着话筒的右耳热得发麻。

等我回过神来，不知什么时候，老伴已经不在了。每天傍晚老伴都出去购物，这会儿大概是出去了。

我每次出门前都和老伴打招呼，可是她出门却从不告诉我，也不说去哪儿。

我有些口渴，便去厨房烧水，泡好茶后端到被炉这边。

我倒上一杯茶，一饮而尽。凝视着茶杯上方袅袅的热气，有那么一瞬间，我的脑海中划过望潮蟹螯钳的光影。

山 菇

每年一到春天，乡下的家人就用快递给我寄来很多蘑菇。第一批是山上野生的菌类，像风干的金针菇啦，沾满灰尘的小香菇啦，全都是些不起眼的奇怪东西，用来煲汤味道却是极好。半个月后，第二批邮包就寄到了，里面是山里的野菜和大量新鲜香菇。香菇是春秋两季的作物，但听说春天采摘的香菇和早春的冬菇味道更好。表妹康江家就是栽培春季香菇的专业户。

和野菜、香菇一起寄来的，还有康江用圆珠笔草草写下的信，说是可以用面粉裹住香菇和野菜后炸来吃，也可以稍微烤一下蘸芥末酱或蛋黄酱吃，剩下的香菇和野菜放进冰箱冷冻，什么时候拿出来都能保持新鲜爽脆的口感。香菇这类东西没有特别的气味，也没什么热量，就和蔬菜一样清淡，吃进肚里也不会有负担。当作火锅食料大吃一顿，也只像喝了一大杯水一样没什么妨碍。我喜欢油炸着吃，老公和女儿则喜欢蘸着蛋黄酱吃。

今年第一批野生金针菇如约而至，正当我觉得第二批香菇快要寄到的时候，四月中旬的一天夜里，乡下来电话说康江的脚受伤了。是康江的丈夫岩田仲道打来电话的，他是个沉默寡言的人，几十年来，这是他第一次主动联系我们。我问他康江伤势如何，是怎么受的伤，可是木讷拘谨的仲道回答得不得要领，东一句西一句地说："踩到镰刀上，割了个口子。在仓库里收拾东西来着。"

我搞不懂镰刀那样的东西为什么会放在脚边。听说康江是割伤了脚趾，虽然没有切断，但还是住院了，看来伤得不轻。

"我女人非让我给你打电话不可，真是强人所难啊。"

乡下男人管自己的妻子叫"我女人"，叫别人的妻子也一样。我丈夫叫富吉悟，估计他们叫我"富吉家的女人"吧，也就相当于某人媳妇的意思。可"女人"这个说法在城里人听来有些陌生和刺耳。

"康江要说什么？"

"现在正是采香菇最忙的时候，能不能请美枝你来帮十天左右的忙……"

"帮忙采香菇吗？"我可是连栽培香菇的大山都没见过。

康江不能生养，也没有领养孩子，只有夫妇两人搞香菇栽培。收获时节如果缺少一名劳动力，对康江家生意的打击可想而知。我虽是她的亲戚，可从小在城里长大，完全是个外行。

"我们这边的亲戚都是香菇专业户，这个时期大家都忙得吃不上午饭，我女人说城里年轻的亲戚就只有你了。"

康江是我母亲大姐的孩子，她父母过世后由哥哥继承了家业，哥哥那边也是香菇专业户。城里倒有好几个表兄弟，可他们都是公司职员，更是没法帮忙。母亲生前偶尔带我去乡下玩过，可现在只是在新年、处暑和盂兰盆节时寄卡片问候。我们过着不同的生活，平时都把她忘了，很惭愧，只有在春天收到金针菇和年末收到正月饼的时候才会想起她。

“香菇是在一个时期内一起成熟的吗？”

听了我的问话，仲道似乎不知该如何回答，只听他叹了口气，说：“下雨的时候长得可快呢。”

木讷的仲道回答了这么一句，真让我一筹莫展。

仲道接着说：“收香菇虽然忙了些，但也不是难事，就是摘下刚开伞的香菇而已。”

仲道怎么都不愿开口说请我帮忙的话，总是支支吾吾地说是康江请我去帮忙的，但能明显地听出来，他非常希望我去。这时，我忽然想起康江以前写的信中的一句话。

“真想让美枝看看一万棵榾木[①]上面一下子涌出香菇的景象啊！”

“谢谢你给我寄来这么多香菇。我也希望有一天能看到那种景象。”

我的确是这样回复康江的，她也许是记得我说的话，才会在这次陷入困境的时候，像抓住一根救命稻草似的求我帮忙。我对仲道说稍后再给他答复，挂断了电话，然后走进旁边的房间，打算和正在吃晚饭的丈夫和当公司职员的女儿商量。

①种植香菇用的（米槠、麻栎等的）木片。

我坐了五个小时的JR特快列车，然后又换乘公共汽车，去往被称为“九州屋脊”的母亲的故乡。汽车穿过种着高原蔬菜的开阔高地，进入大山深处。这一带杉树林和杂树林相互交错，到处都是烧荒后用来放牧的焦黑山头，紧接着又出现了麻栎林。麻栎树是养殖香菇的原木，这座山正是康江娘家的所在地。现如今麻栎树很难弄到，大多数香菇种植户都只能购买伐好的原木。凭借这些生意，康江娘家人的家业很是兴旺。

汽车驶过山口，经过一段山谷上方的悬崖路，设有车站的村落变得越来越小、越来越冷清。我在汽车折返处的终点站下车，又爬了一个小时的山路。以前我都是坐家人或亲戚家的车来，康江娘家的外甥们会在中途迎接我们。可这个收获香菇的繁忙季节里，根本没有多余的人手。紧挨悬崖的路边有些墓地，还有个废弃的寺庙。前方是一道瀑布，我按照以往的印象继续向前走，来到了一条开满山樱花的路上，远方能看到几户农家的屋顶，那里就是康江家所在的村落。

这个村落海拔有七百五十米，已是四月，康江家里还是用着被炉。做完手术后住了两天院的康江穿着睡衣，衣领处露出白鹤羽毛般白皙的颈部。康江靠坐在被炉边，右腿平伸着，放在被炉外的一把无腿座椅上。阔别十年，她看上去并不显老。

“我一辈子都会记得你的大恩。”

康江苍白的脸颊上只浮现了半分微笑，另一半则是伤口的疼痛带来的痛苦。

“伤到哪儿了？脚趾伤得怎样？”

康江那包裹着脚部的石膏一直打到脚踝，她看着自己的伤脚回答说："大脚趾差一点就保不住了，不过总算是接上了。现在只要静养，骨头就会长好的。"

"都伤到大脚趾啦，这可是重伤啊。"不知不觉中，我也说起了方言。康江露出一丝苦笑，转移话题说："那边的壶里有开水，去泡点茶喝吧。我家那位快回来了。"说完扭头看向窗外。那一刻，我察觉她不太愿意触及脚伤的话题。

过了一会儿，院子里开进一辆小卡车，车停后仲道下了车。我事先打电话告知过到达的大概时间，他是工作中途回来的。个子高高壮壮的仲道显得比以前精神了，可能是喝烧酒的缘故，鼻头的毛细血管弯弯曲曲地凸显出来，不认识的人在街头碰上他会感到害怕。康江问他香菇采摘现场的情况，说是从早上到现在采集了八个货箱左右的香菇，一会儿运到烘干的地方去。

"剩下的怎么办？"

"已经开伞的香菇还有很多，但是今天采下的比较潮湿，不赶紧烘干就该变黑了。"

听说早上山里下过雨。淋湿的香菇要刻不容缓地放入烘干机里。可康江说有讽刺意味的是，只有在这早春的暖雨中，香菇才能快速开伞。我给仲道倒上茶，心想既然来到这里，就不能把自己当客人看了，于是开口道："那我也赶紧换身行头去吧。"说着便要起身。

"太感谢了！不过今天你刚到，明天再去也行。"仲道有些过意不去地说。康江则沉默不语。

“没关系，我就是为了帮忙才来的。”

喝完茶，我拿着手提包到旁边的屋里，换上了准备好的运动衣和裤子。康江慢慢站起来，从衣柜抽屉里拿出工作用的围裙。她告诉我仓库里有采香菇用的竹筐和货箱，让我拿些放到卡车里。

我换好行头走进院子，来到屋顶与正屋相连的宽敞仓库里。正要往外搬水泥地上堆着的货箱时，我看到墙角挂着四五把镰刀，木把手都已破旧不堪，刀刃却磨得非常锋利，放出荧荧的青光。我眼前浮现出康江被石膏包裹的脚趾，那就是被这闪光的刀刃一下子割伤的呀。虽说镰刀只是农具，可不知怎的，刀刃却给人一种不快之感。弯成月牙形的刀刃像蝮蛇一样，看着很不吉利。这些吓人的凶器平静地悬挂在稻束旁边。

“拿三四个箱子就够了。”仲道走过来，他注意到我正看着镰刀。

“从春天到秋天是蝮蛇出没的时候，进草丛时没有镰刀可不行啊。”仲道轻描淡写地说。

我放好货箱后，坐上副驾驶席，仲道开动卡车离开了家。

我们的安排是这样的，我负责到榾木场采香菇，与此同时，仲道去把刚才采下的香菇放进干燥机。

小卡车一路颠簸在极其狭窄的山道上，对面若是开来一辆车，我们就得停车，因为谁都过不去。穿过遮天蔽日的杉树林，我们进入修剪过的森林深处，这里能隐约看到由无数棵原木组成的榾木场，场地很开阔。树木之间的杂草被清理得干干净净，砍下的原木横七竖八地摞成一堆一堆的，有些像树林里雪崩后的场景。那些原木上布满星星点点的白斑点。车停稳后，我下了车走进树林，才发现那些斑点原来是无数大大小小的香菇。

香菇正在不停地“扑哧、扑哧”撑开小伞，大小差不多正好能托在手掌上。一根椙木上上下下都嵌满了软果糖一样柔软蓬松的半开的“伞”，仿佛是为了在这幽暗的林间收集微弱的光芒而播撒下的工具。仲道提醒我不要用手摸蘑菇的伞状部位，自己则观察起“伞”的里侧来。里侧有刚刚长成的皮肤颜色的锯齿状纹路，香菇茎部和锯齿状的伞部边缘之间张着羽毛般的薄膜。

仲道解释说，这层膜刚撑破的时候便是采摘香菇的最好时机，可以做成特等冬菇。膜刚破的时候，伞还没有完全打开，香菇还是小巧圆滚的模样，如果你不甘心，想等到撑大些再摘，那层膜很快就会一下子全部撑开，香菇也就成了伞片薄薄大大的二等货了。因此，当你产生想等它再撑大些才摘下的想法的时候，摘下香菇最合适。

“你揪一个试试。”仲道努了努嘴说道。我把手伸向近旁一棵圆滚滚、胖墩墩的香菇。摘之前，我先观察了一下伞的里侧，确认薄膜刚刚破裂，便握住了茎部。

“向旁边轻轻一拽就行了。”仲道指点着，他被雨水打湿的肩膀散发出一股霉味。

香菇的茎有一种类似橡胶的弹力，只要横向一拉，很容易完整地摘下来。我指间还残留着香菇悄然落入手中的触感。淡淡的阳光下，白色的香菇犹如一根白蜡烛，我战战兢兢地抓着它，生怕弄脏了这个洁白的小东西，伞下的薄膜扯碎后像羽毛般缠绕在指尖上。

康江则忙活着家里的事，扶着墙从一间屋子走到另一间屋子。她本来就是举手投足都很安静的女人，这么一来更是不发出动静，就像一只大壁虎。可能因为有伤，她没有钻进被炉里，穿着棉衣寒颤颤地靠在无腿座椅上，整理洗好的衣物，傍晚到厨房准备我们三个人的饭菜。这时候，康江娘家上中学的侄女放学后过来，受她母亲之托带来煮鸡肉和鱼之类的菜肴。

受伤的康江白天留在家中，我和仲道就到山上的三个榾木场采香菇。据说榾木场的质量排序为一竹、二桧、三松，康江家的榾木场在桧木林里。培植香菇所需的条件，如通风情况、湿度还有日照程度，竹林是最好的，其次是桧木林。林木之间渗漏的缕缕阳光对蘑菇的生长非常有利，完全照不到阳光或是阳光直射都不行。虽然不能没有湿度，但过度的湿气会滋生培植香菇的大敌——霉菌。从满足上述条件来讲，康江家的榾木场可谓无可挑剔：白天光线微明，微风和煦，就像待在一间神奇的屋子里，我觉得可以把这里叫作“香菇大厅”。

春天栽培的香菇叫“春子”，秋天栽培的叫“秋子”，香菇的学名与女孩的名字相仿。冬天采摘的叫“寒子”，天气好的时候采摘的叫“晴子”，雨天采摘的叫“雨子”。来到乡下两天后，上午时分下起蒙蒙细雨，然后在阳光的照射下逐渐变暖，采香菇的工作也一天比一天忙碌起来。

我都是一边观察香菇的开伞程度，一边来到榾木中间。被雨水滋润的木头表面，参差不齐地探出一排排细弱的“小白伞”。走在椙木丛间，眼前是一排排望不到尽头的伞阵。即便一天采摘三千棵椙木上的香菇，第二天椙木上还会长出新伞来。大伞、小伞、胖伞、瘦伞、白伞、褐伞。伞、伞……这是一片没有尽头的伞的王国。

仲道说，纯白的伞可以做成特等的“天白冬菇”。这种香菇是不能让伞完全打开的，摘的时候如果方法不当，茎部会裂开；如果触摸了柔软的伞面，颜色就会变黑，香菇肉也容易破损。我小心翼翼地不断采集着，仲道的手法比我快好几倍。采下的香菇装满几箱后，便用卡车运到烘干的地方。香菇长时间放在箱子里就会受热变黑，所以采摘和运输必须交替进行。到了中午仲道都没时间吃饭，香菇开伞可不等人。我也很着急，想在仲道去烘干的时候尽量多采一点，也忘记了饥饿。

时间过了中午，仲道终于能喘口气叫我去吃饭了。只是他自己一个人，估计就省了午饭，但和我一起干就不好意思这么做了。便当是仲道在我和康江还睡着的时候起来做的，由于出自男人之手，饭团又大又不齐整，配菜是烤咸鲑鱼、有些烧焦的过咸的煎鸡蛋和一些腌菜。他把康江的份也做出来了。我起床要准备早饭时，仲道都把大酱汤做好了。

工作了这些天，我发现仲道虽然沉默少语，但是个温柔的男人。

“累了吗？”他时不时这么问我。香菇很轻，和地里的农活比起来并不是很累。

“这份工作的好处就是，和普通的农活不同，我们不用农药，是份干净的工作。”仲道一边大口吃饭团，一边骄傲地说。椙木的树皮上偶尔粘附着青绿色的霉斑，还有些自然生长的滑溜溜的蘑菇，有时还有天牛的窝，这类东西仲道都是用手剥下来扔掉，不使用杀菌药和杀虫剂，这些药剂也会把香菇菌杀灭的。

“死了的椙木可是很多细菌和虫子的温床。”

“这椙木死了吗？”

“是啊，蘑菇只能在死掉的原木上生长。”

可是那些死掉的原木好美，剥掉被害虫侵蚀的树皮后，便呈现出如栗子果实般明亮的金色纹理，简直是金色的，是香菇菌的蔓延催熟了枯树的内部。

趁夕阳落山前，我们下山了。在归途的车里，我说：“这份工作这么干净，也不累人，也算是对收获时节忙碌的一种补偿。”

仲道正在弯道不断的悬崖边的路上或左或右地操纵方向盘，听了我的话，用迟缓的语调说道：“不是那么回事，外人看来是这样，栽培香菇可是重体力活啊。从冬季的原木砍伐，到搬运，再到椙木场的原木摆放，可都是体力活，再加上这些活是在山里进行，机械进不去。干农活还能依靠翻土机和收割机，椙木场的工作只能靠人工。”

仲道这么一说，我才想起椙木场确实是在狭窄的林间斜坡上。砍伐原木、摆放和托举椙木的工作也在桧树林的斜坡上进行。在平地都十分费力的搬运工作，在那种情况下只凭借人力，绝不是一般人能干的事。而且为了防止椙木树皮被有害细菌侵蚀，还必须小心翼翼地操作，不能破坏树皮。

“康江也来帮忙吗？”

“嗯，这是我们夫妇俩的工作，康江也搬木头。”

我这才知道原来纤细的康江也很能干。只听见仲道在小声嘀咕：“康江是个能干的女人啊。”

到家的时候，太阳已经快落山了。在家里像壁虎一样劳作的康江这时估计正扶着墙，把晚餐用的餐具拿进客厅。想到这里，我在眼前那条笼罩在薄暮中的林间小道上，仿佛看见了康江那只裹着白色石膏的脚。

在乡下人的习惯中，最令我惊讶的是他们晚上的酒量。仲道每晚都喝烧酒，这个地方盛产米制烧酒。和小麦、荞麦以及番薯酿制的烧酒不同，米制烧酒清淡爽口，酒精度数是二十五。喝的时候也不兑热水或凉水，加上冰块就直接喝。

第三天晚上，我被叫到康江娘家去吃饭，这也是酒量大的一家子。康江当家的哥哥用城里男人喝啤酒的速度喝了好几杯加冰的米酒，仲道和他一唱一和，也喝了那么多。康江的嫂子和儿媳们也都各喝了一杯米酒，聊起了往事。

米制烧酒没什么特殊的味道，它像上等日本酒一样口感清洌，含在嘴里有一种清冷的感觉，让人觉不出它是烧酒，但带来的不是一般酒平稳的醉意，而是一股出其不意席卷而来的醉意，就像忽然间被什么东西猛地击中，有点遭到镰刀刀刃袭击的感觉。

康江娘家的宴会结束后，仲道又像来时那样若无其事地开车回家了。说是离得不远，可到家也要二十分钟。穿过伸手不见五指的杉树林时，坐在副驾驶席上的我在颠簸的车上哭了。当时眼前浮现出已经去世的乡下老人们的脸庞，一股难以抑制的悲伤涌上心头。但那是喝了烧酒的缘故，回到家后酒稍微醒了些，泡个热水澡后，刚才的悲伤便消失得无影无踪了。

“刚才真是莫名其妙。”我说。

“我不知道你一喝醉就会哭。别人家的女人在我车里哭还是头一回……”仲道有些尴尬地说。

结束了一天的香菇采摘，整个家就被鸦雀无声的山中夜色包围了。夫妇二人的餐桌上多了套客人用的碗筷，三个人便开始用餐。康江一瘸一拐地到厨房拿出准备好的蔬菜和鸡肉，端到了客厅，我们开始享用冒着热气的火锅。收获时节的晚饭基本都是火锅，材料有鸡肉、鱼丸，有时有猪肉，还有大量的生香菇、木耳、蕈朴、金针菇等菌类，仲道晚上的小酌便开始了。

“你也喝点吧，一个人喝太没意思了。”仲道喝酒时不怎么说话，他一边从锅里夹出豆腐，一边劝我也喝点。

“这个人啊，没人陪他喝就感到寂寞。”康江解释说。

想不到外表刚毅的仲道还有这一面。康江给我端来酒杯，医生让她在伤愈前不要喝酒。仲道拿着一升装的烧酒咕嘟咕嘟地往我杯里倒，加了冰块的烧酒寒浸浸的，入口后就像含着一把匕首般冰爽刺激。这样清冽的液体滑进喉咙，身体一下子热起来，心荡神驰、热情高涨，有一种妙不可言的感觉。

“习惯了就没什么了。”

等习惯了，我该不会已经酒精中毒了吧。

"只吃蔬菜和香菇就会醉哦。"仲道说。

"美枝也和我一样不爱吃肉。"康江告诉他。

"所以你很快就会醉的。"仲道下结论道。

蔬菜是水，豆腐也是水，再加上蘑菇，这些清淡至极的东西入胃后，又都变成了水分。烧酒喝下去后，就像清水渗透了沙子一样，很快就被胃壁吸收，不一会儿我就醉醺醺的了。

"我已经醉了。"

"这就醉了？"仲道惊讶地看着我问。

"又觉得有点伤感了。"

连我自己都很惊讶，做姑娘的时候总会没来由地伤感。现在喝醉了，那种感觉又回来了。

"山里的生活让人很伤感啊。"

"有什么伤感的呢？"

我眼前浮现出今天采摘香菇的桧树林榾木场。在那里，今晚香菇也在不停地撑开小伞，仲道和康江每天都去采摘；香菇每天都在生长，仲道和康江每天都孜孜不倦地采摘，这些情景在我眼前走马灯般闪过。啊，这就是山里的人生啊！忽然，我又潸然泪下。

"别让她再喝了。"康江皱着眉头对仲道说。

来这里帮忙已经七天了。

我采摘香菇的手法已经有了长足的进步，但和康江相比还差得远。仲道也和我一起紧赶慢赶地采香菇，可还是经常来不及烘干。康江家虽有三台烘干机，但还需要时间对香菇进行分类，实在来不及的时候，就在傍晚时分用车运到合作社的公用烘干场。

那天傍晚，仲道开着小卡车出了家门，车行驶在泥泞的道路上，溅起细碎的泥点。我和康江目送仲道离开后，开始吃晚饭。我们把仲道匆忙吃过的餐具放进水池，重新热了一下火锅，然后面对面钻进了兼做餐桌的被炉。康江斜靠着被炉，只放了左腿进去，打着石膏的右腿伸在外面，盖上了毯子。我像是这家的主妇一样，往两个人的碗里盛饭。

仲道不在，我们就没开电视。太阳落山后，比往常都要浓重的黑暗罩住了屋顶。

“今晚感觉和你像是久别重逢一样。”康江微笑着说。来这里快一周了，但我也感觉像头一回见到康江似的，心里涌起一种亲切而温暖的感觉。

“这次真的是帮了大忙，谢谢你！”康江忽然郑重其事地向我致谢，我摆摆手说没什么大不了的，虽然活儿不轻松，但采香菇别有一番乐趣。

“来一杯吗？”康江笑着问我。被炉旁边放着仲道出门前喝的那瓶一升装的烧酒，我有点犹豫，可康江说喝一点没关系，便往我的杯子里倒上酒。她又安慰我说一点一点慢慢喝就没事，还从冰箱里拿来冰块放进酒里，又加了一片瓯柑，酒里散发出柑橘的清香。

“你的伤快点好吧，我们两个女人偶尔也能一起喝点啊。”

“是啊……我也想喝酒闲聊天。”康江轻轻地抚摸着放在被炉外的右腿说道。我喝了一口掺有瓯柑淡淡酸味的冰冷的烧酒，酒到喉咙时还是冰冷的，从胸口往下的途中就变成了热热的液体，冰变成了热水。这时再喝上一口，胸口的热流就缓缓而下了。

我感觉血液一点点往头上涌，脸颊火烧火燎的。在伸出右腿、斜坐在被炉边的康江身后，我仿佛看到了阴暗的桧树，还有林中那个被小雨濡湿的“香菇大厅”，它的天花板被纵横交错的桧树枝条覆盖，缝隙间漏下点点米糠般的雨丝。在远离人群的深山里，康江一生的光阴在分分秒秒地流逝。

啊，我知道自己又被抓住了。米制烧酒的醉意牢牢地扣住了我的肩膀。

“我又伤感起来了。”

“没关系，哭也没关系。”康江说着，白皙的脸上浮现出了笑意。

“不，今天不会哭了。”我摇着头说，感觉脑门也逐渐热起来。仲道不在的夜晚像一个空洞，冷冰冰的，整个家好像要被吸入大山的阴暗角落。这儿是远离仲道的地方，我眼中的“香菇大厅”消失了，眼前依稀出现悬挂在仓库墙壁上的镰刀。

“我一直都想问你件事，实在控制不住这种心情。”我又喝了一口烧酒，说。

“什么事啊？”

“……关于你的脚是怎么受伤的。”

康江默默地看着我，没说话。

“你说是踩在镰刀的刀刃上了？”

“嗯，是啊……”康江镇定地回答道，“在仓库收拾货箱的时候，脚边放了把割绳子用的镰刀……抱起箱子后看不见脚下，就不小心踩上了。”

“然后割到脚趾了？”

“脚一踩，刀刃翻了上来，一下就割到了……”

我直视着康江的眼睛说：“其实，是仲道干的，对吧。”

我终于说出了口，声音里带着醉意，有些含糊不清，舌头也烫烫的，比平时膨胀了快一倍。我又喝了一口烧酒，接着问下去：“为什么要干这么恐怖的事？”

听了我的话，康江大惊失色，脸变得像张白纸般惨白。明明是自己猜想到的事，可连我也有一阵害怕的眩晕，于是加了一句解释：“这是我的感觉。仲道的确是个好人，可是总让人觉得有点恐怖。”

这种感觉不需要理由，是自然而然的。

“你们俩过得好还是不好，我不知道。但是，康江，过得好也是会出事的，不是吗？”

有时候，正因为喜欢一个人才想要杀掉她……两个人在榾木场一干就是几十年，忽然间心生恶念也不是不可能。不知道为什么，我眼前总是浮现那个男人挥舞着镰刀的样子，也许是从在仓库里看到镰刀那一刻起逐渐生成的感觉。康江一声不吭地看着自己的膝盖。

“每个家都有每个家的气氛。康江，我觉得你这个家里凝滞着一种异样的气氛。”

“好吧，那我说。”康江抬起头直视着我。刚才一直生硬如蜡的脸庞放松下来，嘴角的线条也柔和了许多，火锅冒出的热气弥散在她面前。

“割伤我脚趾的，就是仲道。”康江瞥了一眼打着石膏的脚，点点头。我把酒杯放回桌上，发现额头已经凉下来，醉意正从体内慢慢褪去。

“我绝不和别人说这件事。”

“不是用镰刀割的，是厨房的菜刀。”

“就在这间屋里？”

“是的，就在这间屋里。这里是被炉，在被炉的那边，那附近。”康江指着正对走廊的拉门附近的榻榻米说。在荧光灯的照射下，原本发黄的榻榻米变成了一片白色。

“没有血迹呀。”

“当时怕弄脏了，所以铺了一层塑料布。”

“塑料布？”

听了我的问话，康江脸上漾出了温和的笑容，说：“事后想想，可真是干了件不得了的事，可在那天晚上却是自然而然、顺理成章。”

康江这么一说，我不禁猜测起来，到底发生了什么事，引发了康江的脚趾险些被割断的可怕结果呢。

“那天和往常一样，太阳落山后，我们两个围着被炉吃火锅。”康江开始讲起来。当她去厨房拿餐具的时候，仲道拿来一瓶烧酒和两个酒杯放在桌上，又兴冲冲地去厨房拿冰块和瓯柑。两个人一起工作，一起吃饭，一起喝酒，这就是他们的生活方式。仲道也将每天晚上的小酌当作愉快的仪式。日复一日，康江的酒量也变大了，仲道也很开心能和她一起喝酒。

“酒真的很好喝。不知是为完成一天的工作高兴，还是为能喝到酒高兴。有时候，白天工作时都会忽然冒出念头，想早点回家，晚上和老公喝酒，心里有时都激动难耐。”

那天晚上，康江比平时喝得快，自然醉得也快，便莫名地开心和兴奋起来。康江喝醉后变得异常开朗活泼，仲道很乐意和醉酒的康江对饮。

“喝着喝着，仲道高兴地抓着我的胳膊说，到这儿来。”

这时康江并没有喝酒，可脸色变得苍白，她抬头看着远处，讲起了和仲道夫妻间的故事。

“那个人一喝醉，就像个孩子似的乱说话。他让我坐到膝盖上，我就像小孩子一样坐到他的膝头。白天让老婆坐在副驾驶席上，晚上喝醉了就让老婆坐到自己怀里……你可别笑我，我们就是这样一直生活过来的。”

可是那天晚上，康江没有回应仲道的戏言，而是想多喝两杯，所以推开了仲道的手，说等一会儿。之后，康江喝完第一杯，又大口喝完第二杯，吃着火锅里一如平常的清淡如水的蔬菜和蘑菇。不久，醉意如潮水般袭来，仲道还在喋喋不休地让康江坐过去，康江一边推开他，一边开玩笑似的对他说：“我啊，有时候会忽然想到一些事。”

“什么事啊？”仲道摆弄着康江的手，问。

“还是不说了，会吓到你。”

一切都是从夫妻俩不着边际的闲聊开始。都是些私房话，却没想到引出了康江一直怀揣的噩梦般的愿望。

“说说看啊。”

“不了，就是有时候冷不丁冒出来的想法，不值一提。”康江那时还嘻嘻笑着说，心想那种话怎么说得出口。

“是什么呀，说说看，我想听听。”仲道给康江的杯子里倒酒，一个劲地催问，还说不用顾忌什么，想说什么就说，你到底想些什么呢？康江看着眼前的仲道，渐渐地也想和他分享自己时不时想象的情景。仲道知道了该多么惊讶！他会怎么想我呢？康江觉得必须告诉仲道，又想瞒着仲道逗逗他开心。在这样矛盾的心理下，她鬼使神差般开口说道：“你看我这只脚。”她从被炉里抽出右腿，掀起裙子下摆（这时她已脱去工作服，换上了裙装），把右脚平放在榻榻米上，接着说，“如果让你把我这大脚趾割断，会是什么感觉呢……”

仲道沉默不语。

“要是让你割，会是什么感觉呢……”

榻榻米上，康江白皙的右脚在发抖。那时，在康江自己看来，那只脚也仿佛是一只通着血脉的不属于人的脚。仲道瞪着一双醉醺醺的红眼看着康江的脚。夫妻两人就像被什么神秘的咒语击中一般，就那么一直盯着康江的脚看了好久。

“切大脚趾就行了。”康江一说出口，仲道就按照她的指引，摇摇晃晃地从被炉里站起身来，步履蹒跚地走向厨房去了。

“那个人去拿菜刀时，我就那样一动不动地待着。虽然害怕得不行，却有一种神魂颠倒的奇怪感觉。等我回过神来，仲道已经回来了，他用像冰一样寒冷的东西，碰了碰我伸出去的右脚大脚趾，还问，是这么割吗？话音未落，那个冰冷的东西顿时变成了一把火热的利刃，向脚趾割去……”

雾腾腾的火锅热气中，康江缓缓闭上了嘴。

康江那刚刚揭开真相的双唇仿佛还留有余热。可能是坐累了，她轻轻挪动一下打着石膏的脚，换了个坐姿。

我眼前浮现出刚刚听到的那一瞬间的情景，又环顾了一下屋里。现在充斥屋内的只有被缓慢流逝的光阴包围的、大山深处夫妻二人平静的生活气息。在康江的身后，我仿佛看到了今天晚上在某个地方工作的仲道的背影。

图书在版编目（CIP）数据

午夜自行车 /（日）村田喜代子著；莫琼莎译．——
海口：南海出版公司，2023.7
ISBN 978-7-5735-0535-4

Ⅰ．①午… Ⅱ．①村… ②莫… Ⅲ．①短篇小说－小说集－日本－现代 Ⅳ．①I313.45

中国国家版本馆CIP数据核字（2023）第115762号

著作权合同登记号　图字：30-2015-021

午夜自行车
〔日〕村田喜代子 著
莫琼莎 译

出　　版　南海出版公司　（0898）66568511
　　　　　海口市海秀中路51号星华大厦五楼　　邮编 570206
发　　行　新经典发行有限公司
　　　　　电话（010）68423599　　邮箱 editor@readinglife.com
经　　销　新华书店

责任编辑　翟明明
特邀编辑　贺　静　石　嘉
装帧设计　韩　笑
内文制作　田小波

印　　刷　河北鹏润印刷有限公司
开　　本　850毫米×1168毫米　1/32
印　　张　8.5
字　　数　186千
版　　次　2023年7月第1版
印　　次　2023年7月第1次印刷
书　　号　ISBN 978-7-5735-0535-4
定　　价　49.00元